NF文庫
ノンフィクション

軽巡「名取」短艇隊物語

生還を果たした乗組員たちの周辺

松永市郎

潮書房光人社

軽巡「名取」短艇隊物語——目次

第一部　名取短艇隊

1　潮気と練習艦隊　11
2　パールハーバー　14
3　ハワイの日系人　17
4　マンサニヨまで　29
5　戦闘非常配食　32
6　大西洋の海神　36
7　電波との因縁　39
8　アナポリス海軍兵学校　42
9　ドイツ語　47
10　艦上パーティー　52

11 ラボエ記念塔 57
12 コスモポリタン 63
13 黄金の間 69
14 ブレスト慰霊祭 73
15 ピラミッド 78
16 個人的体験から 89
17 国境を越えて 113
18 遠洋航海余聞 118
19 遠洋航海の報告 127
20 奇蹟の生還 134
21 身代わり珊瑚 144
22 ある操舵長の戦後 152

第二部　江田島教育

1　兵学校教育と海軍スピリット　157
2　かぼちゃの種　175
3　篠崎中尉につづけ　179
4　ノーベル文学賞　191
5　終わりなき悲劇　199
6　ラストシーン　233
7　スコールという天祐　238
8　キャプテン源兵衛　243
9　単発機　246
10　ヨットスクール　249
11　感謝の輪　252

12　企業参謀の理想型　259
13　統率力で難局を乗り切れ　267
14　理想的指揮官像とは　283
15　青年の船　297
あとがき　327
参考引用文献　330

軽巡「名取」短艇隊物語

――生還を果たした乗組員たちの周辺

第一部　名取短艇隊

1　潮気と練習艦隊

昭和十九年八月、軍艦「名取」（軽巡五千五百トン）は、サマール島（フィリピン群島）の東方六百キロの太平洋洋上で、敵潜水艦の魚雷攻撃を受けて撃沈された。乗員六百名中の二百名たらずが生き残り、カッター（大型ボート、定員四十五名）が三隻残った。小林英一大尉（当時二十七歳）が指揮官となり、軍艦「名取」短艇隊を編成した。

幸いにも味方の偵察機が飛んできて、

「駆逐艦二隻、救助に向かいつつあり」

との通信筒を落とした。みんなはこの救助艦を待つものと思っていたところ、小林大尉はつぎの決断を下した。

「昼間の発煙筒とか夜間の発光信号など、こちらのありかを示す要具を持っているならばともかく、そのような要具を何ひとつ持たない当隊が、洋上で救助艦に発見される確率はきわめて小さい。そこで、自分たちの力で陸岸まで漕いでゆく」

食べ物としては、乾したパン少々はあるが、まともな物はない。水もないので、歌の文句そのままに、「水は天から貰《もら》い水」の状態となる。磁石、時計などの航海要具もないので、昼間は方角もわからない。夜空に輝く星座が、方角を決めるたった一つのよすがである。

そのような状況下で、毎晩十時間ずつ漕ぎつづけ、十五日目に陸岸に到達する計画は、海軍常識では不可能だった。そこで全員が反対したが、小林大尉は決心を変えなかった。

こうして陸岸に向けて漕ぎはじめ、途中でいろいろな危険、困難にぶつかったが、みんなが持っている生活の知恵を出し合って克服した。魚雷が命中したさいに火傷をしていた者十名あまりが途中で亡くなったが、残る百八十名は陸岸にたどり着くことができた。

いつのころか、私は、「名取」短艇隊のことを書き残そう、それを私の終生作業《ライフワーク》にしようと決心した。

しかし、書き残すにしても、戦後すでに何十年間も陸上生活をしていた私には、「海に生きるセンス」がなくなっていた。「海に生きるセンス」、すなわち海軍でいう「潮気《しおけ》」を身につけるためには、少なくとも数ヵ月間は艦上生活をしてみる必要があった。

知人から、「海上自衛隊練習艦隊に、新聞記者として参加しては」との誘いを受けた。幸い、勤め先の了解ももらえたので、昭和五十四年の世界一周遠洋航海に参加し、五ヵ月間に十一ヵ国を歴訪することになった。自衛官以外の参加者として、「同行者」と呼ばれる人たち、防衛庁関係の事務官、それに記者など十三名がいた。

軽巡洋艦「名取」――サマール島東方600キロの洋上で敵潜水艦の魚雷攻撃をうけて撃沈され、生き残った200名が小林英一大尉のもと、短艇隊を編成して生還した。

出発に先だち、私は、航路付近の海域で戦死した人たちの遺族に、近く航海に出かける旨の連絡をした。数名の遺族から、個人的な慰霊祭をしてきて下さいとの依頼状がとどいた。

昭和五十四年六月十五日、練習艦隊（司令官・植田一雄海将補）は横須賀を後にして、東回りで世界一周の壮途に就《つ》き、まずハワイに向かった。練習艦隊は、旗艦「かとり」（艦長・中嶋三郎一佐）、随伴艦《ずいばんかん》「もちづき」（艦長・三須基央一佐）の両艦で編成されていた。

練習艦隊の門出を祝福するかのように、夜来の雨も上がり、横須賀市営桟橋では盛大な壮行式が行なわれた。十一時、旗艦「かとり」、随伴艦「もちづき」の順に出港した。

音楽隊の奏でる「別れの曲」は、送る者にも送られる者にも、別れの情趣をいやが上にも高潮させる。行き交う部内、部外の艦艇が、またそれらの乗員が、サイレンをならし、手を振り、旗を振って壮途を祝福してくれる。

三浦半島突端の観音崎の灯台を後にして、艦隊はやがて針路を東にとった。房総半島が次第にかすんできたころ、太平洋の底力を誇示するかのように、うねりが急に艦を揺《ゆ》すぶりはじめた。日没ごろにはテレビも映らなくなったし、房総半島も見えなくなってしまった。かもめが三、四羽、義理がたく別れのしんがりを勤めてくれた。

2　パールハーバー

植田司令官は、真珠湾《パールハーバー》寄港の折り、儀仗隊《ぎじょうたい》および音楽隊を帯同して、アリゾナ記念艦、国立無名戦士の墓（パンチポールの丘）、さらにはマキキ日本海軍墓地に正式参拝した。マキキ墓地では、重永茂夫会長以下、二十名ばかりのハワイ在住の日本海軍ゆかりの人たちも参加した。

マキキ墓地は、パンチポールの丘からワイキキ海岸へ向けて、だらだら坂を少し下ったところにある。万延元（一八六〇）年、咸臨丸《かんりんまる》が寄港してから第二次大戦の勃発までの間に、日本軍艦の来航は五十数回を数えている。

戦前の艦内は食糧事情も悪く、長期の大洋航海では栄養失調となって病死する乗員もいた。明治九年、初代「筑波」がはじめて海軍軍人を葬って以来、日本海軍の病没者十六柱がここに埋葬されている。

司令官の参拝が終わって、副官古庄幸一一尉から、「松永さん」の呼び出しがあり、私は日本海軍を代表して参拝した。行事も終わり、そこを立ち去ろうとしたとき、私は見知らぬ中年紳士から呼び止められた。

「副官がさっき、松永さんと呼んでいましたが、ネイビーブルー（注、書名『思い出のネイビーブルー』海文堂出版刊）をお書きになった松永さんですか」

「そうです」

と答えると、その人はさらに言葉をつづけた。

「申しおくれましたが、兵学校七十五期の岩崎剛二です。永住のつもりでハワイに来て、七年になります。先年、御著ネイビーブルーを読んでとても感激しましたので、失礼も省みず声をかけました。ハワイにお知り合いがなければ、私が案内しましょう」

私は、このご好意を受けることにした。翌朝、岩崎夫妻はマイカーで、パールハーバーに横付け中の「かとり」まで迎えにきた。

岩崎剛二氏(左)は、特殊潜航艇にまつわるエピソードを著者に語った。

　車は海軍基地からホノルル市内を抜けてだらだら坂をのぼりはじめると、やがてアレワ台地に着いた。ここはパールハーバーを眼下に見下ろす絶好の場所で、開戦直前、吉川猛夫海軍少尉が森村正の偽名で、諜報活動をしていたところである。

　夫妻は去る三月、海軍軍人で現在は盛岡市に住んでいる西城留三郎《さいじょうとめさぶろう》さんを、ホノルル港から遊覧船でパールハーバーに案内した。その折りのことを、つぎのように話した。

西城さんが乗っていた潜水艦は、特殊潜航艇とその搭乗員二名を、呉からここハワイまで運んできた。

ちなみに、一般に特殊潜航艇〈特潜と略称する〉と呼ばれているのは、昭和八年に考案された小型潜水艦で、海軍部内では機密保持のため「甲標的」と称していたものだが、日本海軍では、これを外洋における艦隊決戦用として考えていた。

すなわち、来攻する敵艦隊の前面に伏在させ、大きな水中速力を利用して、敵主力同士の決戦前に漸減させる目的で設計されていたのである。

重量四十六トン、二人乗り、二次電池〈蓄電池〉だけを動力とする。水中速力は当初、時速四十四キロに設計されたが、司令塔を取り付け三十四キロに低下した。それでも当時としては、一般潜水艦の二倍の水中速力だった。航続距離は最高速力で二十八キロ。時速十一キロで九十キロ、時間では八時間だった。

西城さんは、死地におもむくこの特潜搭乗員のあまりにも立派な態度に強く心を打たれ、ハワイに出向いてこの二名の霊を慰めることを、戦後の生活目標にしてきた。

「あそこがパールハーバーです」

との説明を聞くと、しばらく静かにながめていたが、急に姿勢を正して、あたかも生きている人に挨拶するように言った。

「広尾彰大尉、片山義雄兵曹長！　特別攻撃ご苦労さまでした。伊号第二十潜水艦操舵長・

西城留三郎、おくればせながらご挨拶に参上しました」

　そこまで言って感きわまったのだろう、西城さんは突然、泣きじゃくった。夫人は、男が男泣きするのをはじめて見ましたと、当時のようすを感慨ふかく語った。

　つぎの晩、岩崎宅に招かれたので、私は実習幹部の森英世三尉を連れてうかがった。岩崎さんのお宅は、アラモアナ・ショッピングセンターの近くの三十四階建ての高層マンションの十七階にあった。別れにさいして、私は、ハワイ在泊中のご厚意に感謝し、さらにつぎのように言った。

「広尾と私は、佐賀県立三養基《みやき》中学校から、いっしょに兵学校に進みました。西城さんにお伝え下さい。十一月、松永が日本に帰ってから、折りを見て、西城さんを広尾の遺族に引き合わせたいと思っています」

3　ハワイの日系人

　艦隊乗員は、貸し切りバス六台に分乗して、ハワイの市内観光に出かけた。日系人のバスガイドが美しい歯切れのよい日本語で話した。

「私、純子と申します。ドライバーは陸奥《むつ》さんです。海軍のみなさんにとって、陸奥さんという名前は、とても覚えやすいでしょう」

　と、如才がない。海軍に軍艦「陸奥」があったことを、十分知った上での言葉だろう。純子さんは日系三世か四世で日本語はペラペラだが、陸奥さんは日系混血で片言《かたこと》の日本語がやっとわかる程度だった。

　バスは、パールハーバーからホノルル市街地を通り抜けて、まずは標高三百六十メートルのヌアヌ・パリに向かって坂道を上りはじめた。ドライバーとガイドは息もぴったり合っていて、風景や建物について案内した。ハワイの宗教は、キリスト教が圧倒的に多いけど、日本の西本願寺、それに生長の家、金光教も結構、盛んですよと、宗教談義も一くさり。

「左側に三重の塔が見えます。一見なんの変哲《へんてつ》もない建物ですが、どう致しまして。釘を一本も使っていない、世界でも珍しい建物です。また、あのあたりの庭園のたたずまいには、日本の風情が偲ばれるでしょう。そこで、アメリカ本土からはもとより、カナダからも、ハワイで日本の風情を味わおうと、大勢の観光客が訪ねてきます」

　その三重の塔は、さして古い建物とも思えなかった。昭和の御代にも釘を使わずに、あのような建物を建てることができる棟梁《とうりょう》、それに職人がいたのか、いずれにしても、日本から呼びよせたのだろうと、私たちは改めてその塔を見なおした。ガイドが説明をつづけた。

「あの三重の塔、じつはコンクリート造りで、釘はいらなかったわけです」

　一同、思わず吹き出したが、ウイットに富んだジョークは客を飽《あ》かせない。ときには、アドリブも入れる。

　みんなが家族づれのピクニックに見惚《みと》れているのを、目ざとく見つけて言った。

「ハワイでは、六月、七月、八月と、三ヵ月間も学校の夏休みがあります。現在、夏休みですから、家族づれでピクニックをしているわけです」

ガイドは、私物のバッグの中から、白い花を数十輪ほど取り出した。

「ハワイ娘は、お客さん、もう一度いらしてくださいとの願いをこめて、レイをつくります。この花は、私が今朝の出がけに家から取ってきたものです。レイをつくる暇《ひま》がなかったので、花のまま差し上げます」

と、営業をはなれた親切心ものぞかせた。

バスはまもなく、ヌアヌ・パリの展望台に着いた。パリとはハワイ語で、峠《とうげ》という意味である。ヌアヌ・パリは、ハワイを統一したカメハメハ大王が、オアフ島のカラニクプレ王を破った古戦場で、ハワイの関ヶ原というところである。

ここはオアフ島の背骨に当たるコオラム山脈の切れ目で、いつも北東の強い風が吹き抜けていて、霧と雨の多いことで名高い。

なるほどこの日も、帽子を吹き飛ばすような北東風が吹いていた。吹き上げる風がジープを吹き飛ばしたとか、雨が下から降るので雨傘は足もとにさすという、珍しい場所としての宣伝文句《キャッチフレーズ》も、あながち大げさではなさそうに思えた。

帰りは、さっき上ってきた道を引き返して、パンチボールの丘に向かうことになった。ガイドが、急に改まった態度で切りだした。

「話を、三十八年前にもどします。昭和十六年十二月七日早朝、日本時間の十二月八日、日本海軍の艦上機はパールハーバーを奇襲攻撃しました」

亡父が不義理をした古い借用証書を、いきなり突きつけられたようなもので、一同固唾《かたず》をのんだ。

「そのハワイ空襲につぐ日米の激戦で、大勢の将兵が戦死しました。その後アメリカは、朝鮮戦争、ベルリン空輸、ベトナム戦争で、多数の戦死者を出しました。やがて、国立墓地のある、パンチボールの丘に着きます。そこには、二万八千柱の英霊をお祀りしてあります。パンチボールの丘は、ホノルル港の真北にある死火山で、そこからはホノルル市内が手にとるように見えます」

ガイドのさっきの言葉は、私たちを責めるためではなく、説明のための枕詞に使ったことが分かって、一同ほっとした。

ガイドはさらに、ハワイ日系人の生活について説明した。日本がハワイを奇襲攻撃したことから、ハワイの日系人は仕事ができなくなったばかりでなく、指導者はアメリカ本土に抑留された。

日系人が途方に暮れていたとき、日系二世の男子青年が立ち上がった。彼ら七千人あまりが、ハワイとアメリカ本土からアメリカ軍隊に志願した。そしてイタリア戦線で大活躍したが、その半数は戦死または負傷した。

日系二世のこの活躍は、日系人がアメリカ国民に認められる切っかけとなった。戦前の日系人は、貧乏のため、子弟を大学に進めることはできなかった、生き残った二世は、軍隊の退職金で大学に進んで、多くの人たちがドクター、弁護士になってハワイに帰ってきた。

現在ハワイ州知事、女性の副知事、二人とも日系人だが、その他にもハワイのあらゆる分野で、日系人が目覚ましい活躍をしている。私たち日系人が、現在、肩身の広い気持でハワイに住んでおられるのは、二世部隊の犠牲があったればこそである。

純子さんの説明を聞いている限りでは、息子が戦死した家族はお気の毒だが、息子が生還した日系の家庭では、戦後すべて好都合に運んだだろうと想像していたが、そこには思いがけない悲劇が起こっていたとは知る由もなかった。

バスはパンチボールの丘を後にして、カメハメハ王朝の遺跡と新生ハワイの建物が入りまじる、ホノルル市街地に入った。やがて裏道に曲がった大型バスは、肩をすぼめて走るような格好になった。

「左手に見えるあのホテルは、数年前まで、世人の口の端《は》にものぼりませんでした。このところ、ちょっとした観光名所になっています。どこかの国の首相が、このホテルで裏金をもらったそうです。裏金のやりとりは、やはり裏道の方が都合よかったのでしょう」

一同、思わずニヤッと笑った。バスはまもなく、ふたたび大通りへでた。

「やがてワイキキ海岸に着いて、十五分間の休憩をします。ドライバーはそのままですが、ガイドの私はここでお別れします。代わりに、らいさんが参ります。みな様、本日はどうも有難うございました。またのお越しを、心からお待ち申し上げています」

とのべ、乗客一人一人に丁寧な挨拶《あいさつ》をして回った。

新聞記者の私は、あなたの説明を記事の参考にしたいから、書いたものをいただきたいと申し入れた。ハワイの観光バスでは、日本のように、会社で一括した教育をしていないので、各人が自分で勉強している。「私は書いた物を持たないので、明後日出港なさるまでに、吹きこんだテープをお持ちします」とのことだった。

それはそれとして、各人が自分で自発的に勉強していたからこそ、あのように真心のこった説明ができたのかと、今日の市内観光を改めて思い浮かべた。

名にしおうワイキキ海岸は、柔らかい白砂の砂浜で遠浅《とおあさ》になっていた。また、ここの沖合には海流が流れていて、海岸に打ち寄せる浮遊物はとても少なかった。日光浴、水泳、ヨット、サーフィン、カヌーと、まさに水上レジャーのオンパレードだった。大勢の老若男女が、嬉々として水とたわむれていた。

新しいガイドのらいさんが乗ってきて、バスはワイキキ海岸からダイヤモンド・ヘッドをへてハワイ大学付近に向かうことになった。

「このあたりの観光については、さっき純子さんが案内したので、私は趣向をかえまして、私のハワイにおける体験談を話します」

の前置きで、つぎのように話した。

今度の敗戦で、日本人も日系人も、それぞれ苦労した。だが、一番苦労したのは、私としては、ハワイの一世、二世の夫人たちだったと思っている。その人たちが、戦後三十年もたって、当時の苦労をぼつぼつ口にし出したから、そうだったのかと、いまごろになってやっと分かってきた。

その人たちのご主人は、戦争が終わった当時、まだアメリカ本土に抑留されていた。出征していた息子の半数は、イタリア戦線で戦死した。幸いに生きて帰ってきた息子は、戦勝国の凱旋《がいせん》勇士に変身していて、敗戦国の母親が親身に相談できる相手ではなかった。

日本に住んでいた日本人の中には、家は焼かれ、食べる食糧もなく、頼む息子は戦死して、とても苦労した家族があった。そのような家族は、苦しければ苦しいほど、家族は団結し、心をあわせて頑張っていたはずである。ところが、ハワイの一世、二世の夫人たちは、家族にさえ話せないことがあった。

日系人のバスガイドの純子さんと著者。真摯な態度で、ガイドをした。

自分の気持をだれにも打ち明けられないハワイの一世、二世の夫人たちは、戦後の長い間、毎日毎日、山の中に出かけて泣いていた。しかもそのことを、戦後三十年あまりも口に出さず、それぞれ自分の胸におさめてじっと堪えてきた。世相が落ち着いてきたいまごろになって、やっと胸のうちを明かすようになってきた。

ハワイの日系人は、現在ハワイのあらゆる分野で目覚ましい活躍をしている。その影には、ハワイ一世、二世夫人たちのご苦労があったことを、日本人も日系人も忘れてはならないと思う。

私事になるが、私には四人の子供があり、それぞれ二十歳前後の年齢になった。ところが、一人も日本語を話せない。日本人の子孫として、私はそれが残念でならない。私はなんとかして子供たちに日本語を教え、少しでも日本人としての自覚をあたえたいと念願している。

「とりとめのないことを申しました。みな様の安全な航海と、ふたたびこの地でみな様とお目にかかることを念願していると申し添えまして、ガイドを終わらせていただきます。みな様、本日は本当に有難うございました」

正直のところ私は、ハワイにやってきて、社会の恩とか、戦争犠牲者に感謝するとの言葉を聞こうとは、夢にも思っていなかった。しかもそれは、公的立場の人の建て前的な言葉ではなく、二人のガイドによる本音の言葉だった。私にとって、まったく思いがけない出来事である。

つぎの日の午前、兵学校後輩・岩崎剛二さんの案内で、パールハーバーを見下ろすアレワ台地に行った。岩崎さんは、ホノルル市内に帰る車中で、山本特年兵について語った。

「日系二世の山本さんが、たまたま日本に帰国滞在している間に、日米開戦となりました。

山本少年は若すぎて、海軍志願兵にはなれなかったが、戦時中にできた新制度で、海軍特年兵として入団しました。

山本さんは、戦後、ハワイに帰ってきました。家庭には皇室の御写真を飾ってあって、毎朝拝んでいます。日本語のまったく分からない子供たちも、見よう見真似で毎朝拝んでいます。山本さんは家族に、いつもつぎのように言い聞かせています。

『今後、日本が、どこかの国と戦争をはじめたら、私は海軍軍人として、さっそく祖国日本に帰る。そのとき、家族の者がどのように行動するか、それは各人各人の判断にまかせる』

山本さんの生活態度は、とても立派です」

＊

その日の午後は、やはり兵学校後輩・仙頭泰《せんとうやすし》さん（生長の家ハワイ総長）が、岩崎さんに代わって案内することになり、タンタラスの丘に行った。パンチポールの丘にくらべ、観光客は少なかったが、ワイキキ海岸に近くてホノルル市内が手にとるようによく見えた。公園内は、ちり一つなく清掃が行きとどいていた。清掃が行きとどいているというより、市民が公徳心を持っているので、公園を汚さないということだった。

月下美人の咲くところだからと、スローで走ってみたが、折悪しく、咲いていなかった。その代わり、プルメリアがいまを盛りと咲いていた。白、黄、ピンクの花が色鮮やかに咲いている。私は車を下りてその香りをかいで、第二次大戦でソロモン群島を転戦していた当時を偲んだ。仙頭宅に立ち寄り、開戦秘話として原田義雄さん御一家の話を聞いた。

真珠湾攻撃をした艦上爆撃機一機が、ハワイ群島の西端にあるニイハウ島に不時着した。搭乗員・西開地《にしかいち》重徳《しげのり》兵曹は、しばらく人事不省になっていたが、幸い命はとりとめた。日系二世の原田義雄さんは、二十一歳のこの若い搭乗員を、カナカ土民数十人が監視している中で自宅にかくまった。この島には、搭乗員救助のため潜水艦がやってくるはずだったが、潜水艦はとうとう現われなかった。

その後、西開地兵曹は、人事不省の間に、暗号書と拳銃を盗まれていることに気がついた。このままでは軍人の恥と、土民集落に取り返しに行こうと決心した。原田さんが、道案内として同行することになった。

ひそかに行動しているつもりだったが、気がついたときには、土民三百人ほどに囲まれていた。二人は力の限り戦ってみたが、多勢に無勢、とうとう二人とも射殺されてしまった。原田さんは当時三十九歳で、奥さんとの間に八歳を頭《かしら》に三人の子供があった。原田夫人はその後、スパイ容疑のため三年あまり収監された。釈放後も原田夫人は、三人の子供とともに、侮辱と貧乏のどん底生活を余儀なくされた。

原田梅乃夫人は、戦後十五年間、一切このことを口に出さなかった。生長の家本部講師・東山半之助氏の一年以上にわたった調査の熱意にほだされて、原田夫人は、当時のことをはじめて述懐した。この取材を通じて、東山氏は一つの悲願を持つようになった。

それは、日本政府か民間の適当な団体が原田夫人を日本に招待し、感謝の会を催す。さらに日本の観光旅行をさせて、日本国民の感謝の意を表明することである。しかし、東山氏のこの悲願は、まだ実現していない。

この痛ましい出来事にも、たった一つの救いがある。それは、昭和三十五年、西開地重徳兵曹の遺骨が、愛媛県今治市に帰郷したことである。

＊

六月三十日十時、「かとり」と「もちづき」は、日米軍楽隊の合奏する「軍艦マーチ」に送られてパールハーバーを後にした。私個人としては、数々の美しい思い出と、ちょっとした心残りを持ちながら……。

純子さんが約束したテープは、出港までにとうとうとどかなかった。一見《いちげん》の客に過ぎない私が、あんなことを頼むのが常識はずれである。現在の世相として、テープがとどかなかったのは当然じゃないかと、私は自分自身に言い聞かせた。未練心を捨てて、私室で新聞記者としての書類整理をすることにした。

出港して二時間ばかりたったころ、監理幕僚杉本光・二佐が私室に入ってきた。

「松永さん。ハワイで録音テープを預かりました。代金はいらない、とのことでした。一応、お礼状を出しておいて下さい」

「そうでしたか。お手数をかけました。ところで、このテープの、いわれを聞いて下さいよ」

と前置きして、私は一くさり録音テープの経緯《いきさつ》を話した。

日本内地では、敗戦を境にして、約束を守るとか、他人への思い遣りを持つという、醇風《じゅんぷう》美俗がたいへん薄くなった。日本内地に住んでいる人たちの中には、敗戦後、国家観念とか国防思想をまったく捨ててしまった人もいる。

国民の指導的立場にある人たちの中には、戦後は時流におもねり、戦前、戦中に自分が言っていた言葉と、百八十度違ったことを平気で言う人がいる。また戦時中に、自分は戦争に協力していなかったと、手柄顔で話す人もいる。

私の田舎の後輩で、現在は日本大学広報部長（元サンケイ新聞編集局次長）の末永重喜君から、私はつぎの話を聞いた。彼が佐賀県立佐賀中学校に通っていたころ、中学の先生は、甲種海軍飛行予科練習生に進むように奨めたので、その教えにしたがった。戦後、佐賀中学校に復学したいと、自分に予科練を奨めた先生に相談したところ、その先生は言った。

「現在は学区制が実施されているから、君は三養基《みやき》中学校に行け」

彼としては、新しく入校するのではなく、復学だからと申し出て、やっと復学させてもらった。

戦時中の中学生として国策にそったつもりだったのに、戦後は復学できないと言われたときには、大いに憤慨した。

彼は純真で多感だっただけに、とたんに世の中が嫌になった。立ちなおるのに、とても時間がかかったと、彼は残念そうに当時を述懐した。

日本内地で見かけない醇風美俗、それに国家観念とか国防思想が、故国を遠く離れたハワイの日系人の中に、いまなお残っていることを知った。日本内地とハワイを見くらべながら、私はひとりもの思いにふけった。

そして私は、東京から横須賀まで見送りに来て、激励して下さった寺崎隆治先輩の言葉を思い起こした。

「外国に行って、外国を知るのも結構なことだ。だが、一番大切なことは、外国を見て日本を見なおすことだよ」

4　マンサニヨまで

パールハーバーを出港して、マンサニヨ港（メキシコ）に向かった。低気圧が付近に居座っているのか、来る日も来る日も雨ばかりで、うんざりさせられた。

晴れていれば、美しい満月を拝《おが》める月齢なのにと、仲間がしきりに嘆くので、一句、ひねってみせた。

この船出《ふなで》　付きがないので　月がない
いくらなんでも、明日は晴れそうな気がしたので、私は大見えを切った。

「私はもともと船乗りだ。それに最長老としての人生経験もある。その私が、太鼓判を押す。明日はかならず晴れる」

ところが、そのあくる日も、やはり降っていた。その日の午後、くさりきっている乗員に、拡声器が久しぶりに明るいニュースをもたらした。

「右舷中央に、大きな亀が見える」

私も私室から上甲板に駆け上がって見たが、なるほどとても大きな亀が悠々と泳いでいた。

偶然だろうが、不思議なことに、そのつぎの日はからりと晴れ上がった。口さがない連中が、笑みをふくんで言った。

「松永さん。ここは、やはり日本ではありません。日本とは違います。年の功より、亀の甲ですね」

＊

なんでも見てやろうとの好奇心をもって、私はなるべく艦内を見て回った。また、できるだけ多くの人たちと雑談してみた。

CPO《シーピーオー》室は、乗員食堂近くにあって、年長の海曹（下士官）十名あまりが、食事をしたり、休憩したりする部屋である。中の一人が私に質問した。

「松永さん。戦前の軍艦と戦後の護衛艦と、なにか変わっていますか」

「私、三十年ぶりに艦に乗ってみましたが、すっかり変わりましたネ。一口で言えば、電化がとても進んでいます。

昔の軍艦では、短艇の揚げ下ろしも物品積み込みも、すべて人力に頼っていました。そこで碇泊中の軍艦では、

『短艇揚げ方、両舷直整列《りょうげんちょく》』

『食糧品積み込み方、『両舷直整列』などと、作業員を集める号令が、一日に何回となくかかっていました。護衛艦では、そのような号令を聞いたことありません。電化が進んで、あなたたちの仕事も楽になって結構ですねえ」

「電化が進むのも、善し悪しですよ。私の場合、困ったことに、家庭まで電化されましてネ」

「そしたら、お宅では、電気洗濯機、テレビ、クーラーなんでもそろっているわけですネ。私としては、電化が進めば進むほど、人間は快適な生活ができると思っています。お宅は、羨《うらや》ましいかぎりですヨ」

「洗濯機、テレビ、クーラーなど、そんな物をそろえている間は、まだ楽しみがありました。ところが、そのうちに、私の家は、とうとうカカーデンカになってしまいました。艦で楽をした分は、家庭でしぼられています……」

ミッドウェーは太平洋のほぼ中央にあり、ハワイはぐっとアメリカ寄りに位置している。だから、ハワイからアメリカ大陸西岸への航海は、ほんの数日のことだろうと予想していた。ところが、この遠洋航海で、横須賀からハワイまでは三千六百四十五マイルあって十二日間かかり、ハワイからマンサニヨ（メキシコ西岸）までは三千八十一マイルあって十日間かかった。私の予想はまったくはずれたが、それにしても、太平洋の広さを改めて感じさせられた。

5　戦闘非常配食

アカプルコ（メキシコ）からバルボア（パナマ）までは、二番艦「もちづき」に便乗した。「かとり」は、もともと教育艦として設計されているので、乗員のほかに司令部要員、実習幹部合わせて、二百名ほどが乗艦する施設をもっている。

「もちづき」は護衛艦で、定員外の者を宿泊させ、余分の食糧を格納する施設はない。そこで「もちづき」では、実習幹部数十名分のベッドを仮設し、余分の食糧格納には、他分隊の倉庫を借用していた。

補給長鶴田久雄一尉は、私に借用倉庫の状態を見せようと案内した。思いがけないことに、その倉庫内は点灯しているし、奥の方でゴソゴソ音がする。補給長が「だれか」と声をかけたら、「三島です」と答えて、上半身裸で汗びっしょりの男がでてきた。補給長の部下で、四分隊先任海曹三島敏道だった。

補給長は私に、「見苦しいところをお見せして申しわけありません」と、しきりに謝るので、私はつぎのように言った。

「補給長。私は甲板士官として勤務したので、事情は承知しています。倉庫の奥の物は、入口の物と入れかえないと、古くなるばかりです。理屈は分かってますが、人目のない通風の悪いところの作業は、だれでも嫌がります。それを先任海曹が、進んで人知れずやっていることは、見苦しいどころか尊い姿じゃないですか」

三島海曹には、いま一つの思い出がある。

練習艦隊が外国の港に寄港すると、そこの市長、議長などの主要人物、それに在留邦人の主だった人たちを招いて艦上パーティーを開いた。パーティー用の料理は、「かとり」「もちづき」両艦の調理員が分担して準備していた。

「かとり」調理員は、パーティーの接待員を勤めながら、料理の出具合を見ていた。「もちづき」の三島海曹が、接待員になって料理の出具合を調べに来ても、とがめ立てする者はいないだろう。しかし、三島海曹は、料理の出具合は「かとり」の平牧海曹から聞くことにして、パーティーには一回も出なかった。あくまで、縁の下の力持ちに徹していた。

鶴田補給長が、ニッコリ笑って私に話しかけてきた。

「松永先輩。明日は戦闘非常配食です。補給科員総出で、限られた時間内にたくさんのお握りをつくります。なかなか、間に合いそうにありません。先輩、一つ手伝って下さいませんか」

先輩という言葉は、妙に凡人の自尊心をくすぐる。人間のできていない者ほど、先輩という言葉に弱い。私は、二つ返事で引き受けた。

補給科からの呼び出しで、調理室に行ってみた。お握り作業は、すでにはじまっていた。手馴れた人たちが、何気なくやっているお握りも、いざやってみると、生やさしいことではなかった。手がアツくて、堅く形よく握ることはとてもできなかった。柔らかいぼさーっとしたものを見せたら、不合格だった。しっかり握ったので形は小さいが、これなら大丈夫だと差し出してみた。

「お嬢さんのおちょぼ口用は駄目です」

と、それも合格しなかった。

とにかく、私はお握り作業に、ほとんど役に立たなかった。それでも幸いなことに、はからずも人生における一大発見をした。

「面《つら》の皮の厚い人は、かならず手の皮が厚いというわけではない」

この航海では、北緯十二度の緯度線を、北から南に通過することになっていた。夜中だが、私は航海長小林賢・二尉に頼んで、その時刻の一時間前に起こしてもらうことにした。仲間の北川喜章・記者に話した。

「軍艦『名取』が撃沈されたのは、北緯十二度の海域です。私はそのときの星空を、佐世保市児童文化館のプラネタリュウムに日野剛夫《たけお》先生から、何回となくセットしてもらいました。しかし、そのときの星座を、本当の空で見たいと、この遠航に参加しました。今夜おそくその星座がでるので、私は起きだします」

北川記者も、お付き合いすることになった。この大空の星座で方角を定め、短艇隊は西へ西へと進んだ。

この星座が、私たち短艇隊員百八十名の命を助けてくれたと思うと、興奮してますます目がさえてきた。

熱っぽく話して、時のたつのも忘れていたが、いつのまにやら東の空が白んできた。バルボアのアメリカ海軍桟橋に横付けした。桟橋は南アメリカ大陸側にあり、バルボア市街は北アメリカ大陸側にあって、両大陸間には大鉄橋・アメリカ大橋がかかっていた。

仲間四人で、タクシーを桟橋から市街地まで交渉したら、「ワンダラー」と言う。いくらか割高とは思ったが、その車に乗り、ドライバーに奨められるまま、荷物は車のトランクにおさめた。ドライバーは、日本軍歌のテープをかけて、如才なく英語で話しかけてきた。アメリカはパナマに、なかなか領土を返さない。そのアメリカに交渉して、佐藤栄作首相は沖縄を日本に返還させた。佐藤首相は偉いと、しきりに誉めそやす。佐藤首相に格別の関係はないが、悪い気はしなかった。

すっかりいい気分になっていたころ、目指す市街地に着いた。約束の一ドルを支払おうとすると、ドライバーは、「イーチマン、ワンダラー」と言いはる。こちらは車一台借りたつもりだが、ドライバーはイーチマンを叫びつづける。付近に警官はいないし、荷物が人質のようにトランクに入っているので、ケンカにならなかった。しぶしぶ四ドル支払った。

後で聞いたことだが、このあたりには日本漁船がしばしば入港するので、ドライバーは日本人の扱いに馴れている。お客の年齢に応じて、お客の喜びそうな音楽テープを選ぶとのことだった。

ここで苦い体験をしたので、その後、タクシーに乗る場合は、イーチマンかどうかを確かめ、荷物はトランクにおさめないことにした。

6 大西洋の海神

バルボアを出て、パナマ運河を通り大西洋に向かうことになった。「かとり」艦長付平岡孝雄・二尉は、つぎのように説明した。

「これからパナマ運河を通ります。ところで、バルボアの一部の地区から見ますと、太陽は太平洋から出て大西洋に沈みます。また運河の大西洋側入口は、太平洋側入口よりも約二十七マイル西寄りになっています。そこでこれから、西北へ西北へと進んで、大西洋に出ることになります」

大西洋は太平洋の東側にある、というのが世間の常識である。だから、私は、狐につままれた感じで、平岡二尉の話を聞いていた。

縮尺の大きい地図をよく見てみたら、南北の両アメリカ大陸が描きだす地形で、バルボアはS字の第二コーナーから第三コーナーにかかるあたりに位置している。またパナマ運河は、大西洋側の入口から太平洋側入口に向けて南東方向に掘削《くっさく》されている。平岡二尉の言葉も、まんざらウソではないと思えてきた。パナマ運河はロック式（水門式）になっていて、太平洋から大西洋に向かう場合には、船舶は周りの水とともに三段あげられ、二段さげられ合計八十五フィート上げ下げされて、運河を通過することになる。

艦隊は、五十マイルの運河を八時間かけて、暮色迫るころ大西洋に出た。風波も静かで、大西洋は艦隊をこころよく迎えてくれた。

勤務が終わってからの夜の語らいで、古庄幸一副官が大ぼらを吹いた。

「前回の遠航で、私はこの航路を通りました。大西洋は太平洋につぐ大洋、ということが常識になっています。しかし、太平洋と大西洋は、月とスッポンです。大西洋は、とても狭いですよ」

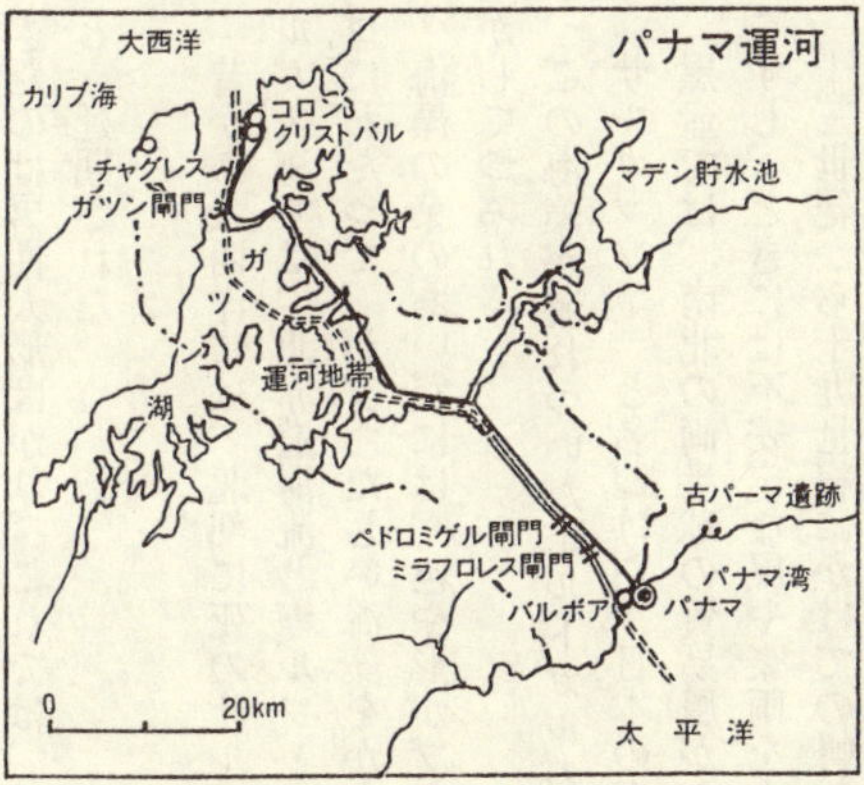

私も負けじと、だぼらを吹いた。

「短艇隊で太平洋を航海したとき、十日以上漕《こ》ぎつづけても、陸地はなかなか見えなかった。海藻《かいそう》でも浮いていないかと、血眼になって捜してみたが、陸岸に着く前日まで何ひとつ見つからなかった。ところが、大西洋は、昼間見たように、茶褐色の海藻が一面に浮かんでいた。大西洋は太平洋にくらべると、品位が格段に落ちる」

この二人の悪口雑言が、大西洋の海神《ネプチユーン》のかんにさわったらしく、夜中から急に激しく時化はじめた。

苦しいときの神頼み、乙橘姫《おとたちばなひめ》の故事にならって、メキシコ人形でも海に流そうと捜してみたが、出てきたのは男性人形ばかり。これでは、効果はなさそうだ。翌日の演芸会は、時化のためとうとう延期された。

昔から大西洋には、北部に死のサルガス海、南部に黒壺《くろつぼ》と称された海の難所があった。サルガス海では、北赤道海流とガルフ・ストリームとが合流して大渦を巻き、円周一万五千キロにわたって、おびただしい海藻をかきまわしている。海藻の葉のあいだには、色や形がブドウに似た玉がついていて、指でおすと、ブスッと音がしてつぶれる。

この海藻が流れついたポルトガルの人たちは、「海のブドウ」という意味から、これに「サルガッソー」と名づけた。日本の近海でもよく見かける、ホンダワラと同じ種類である。黒壺では、南北の両半球の貿易風がぶつかり合って、ときには予想を上回る旋風をまき起こすし、ときには不安定な風や豪雨をもたらすこともある。

十三世紀から十九世紀にかけての帆船時代、幸い、この二つの難所を抜け出しても、カリブ海には「私拿補船《しだほ》」が横行して、海賊行為を重ねていた。それらは、オランダやイギリス政府から拿捕免許状を受けていた。

当時の人たちは、食糧保存に十分な知識も経験も持たなかったので、栄養のバランスがくずれて、死亡する船員も少なくなかった。

「船は帆まかせ、帆は風まかせ」の状態で、幸運と偶然を頼りに航海しているわけだが、船員の反乱も起こっていた。

当時の航海は、まさに内憂外患の状態だった。

このような回想も現実の海の時化も、嘲笑《あざわら》うように、艦隊はリズミカルなエンジンのひびきを残して、ノーフォーク軍港（アメリカ東岸）めざして、力強く北上してゆく。二人のはしたない言葉に下心はなかったと、海神もみそなわされたわけだろう、二、三日して時化はおさまった。

7　電波との因縁

思い起こすと、私は「電波」のお陰で命があるし、また職業として数多くの電波に係わりを持ってきた。

軍艦「古鷹」が、サボ島（ソロモン群島）付近で航行不能に陥《おちい》ったとき、超短波無線電話機で司令部に救助方を連絡し、派遣された駆逐艦「白雪」に救助された。

潜水艦隊暗号長に転任してから、作成した暗号電報は、短波（夜間波六千キロサイクル、昼間波一万二千キロサイクル）、超長波（二十キロサイクル）で送信されていた。超長波は、潜航中の潜水艦に到達するので、潜水艦隊にとっては、とても重宝だった。

「那珂」「名取」「葛城」、さらには岩国航空隊通信長になってからは、戦況に応じて、長波、中波、短波、超短波を使っていた。

電波に深い関心を持っていた私は、この世界一周の遠洋航路では、NHKの海外向けゼネラル放送を、行くさきざきで毎日聞きつづけようと、計画をし準備もととのえてきた。現地時間で早朝四時から五時ということで、毎朝眠い目をこすりながら、その場所の適切な電波を選んで聞いてきた。

これまでは毎日、快適な聴取ができていたのに、ノーフォーク軍港沖に達する二日前、突然聞こえなくなった。「バーミューダ・トライアングル」という言葉が、一瞬私の心の片隅をよぎった。

二十世紀の怪といえば、バーミューダ・トライアングルである。バーミューダ島、フロリダ半島、それに北緯四十度子午線の三点にかこまれた三角形の中では、飛んでいる飛行機が突然いなくなるとか、走っている船が突然消えるとか、言われている。

このような迷信めいた話には、私はこれまで関心を持っていなかった。とはいっても、艦隊が、この海域に近づいていることは、紛《まぎ》れもない事実である。符節を合わせたように、昨日までいつも聞こえていた電波が急に聞こえなくなったので、「バーミューダ・トライアングル」かと、一瞬、思ったわけである。

それにしても、リズミカルなエンジンの音は、これまでどおりつづいている。短波によるゼネラル放送が聞こえなくても、「かとり」には「マリサット通信」があると思い返した。

静止衛星インテルサットが、太平洋、大西洋、そしてインド洋と三個打ち上げられている。「かとり」には、日本で十三番目の船舶地球局として、マリサット設備が装備されている。この設備を使えば、南北の両極以外では、地球上いつどこからでも、超短波による無線通話ができることになった。

短波通信では、これまで、跳躍距離《スキップディスタンス》とかデリンジャー現象に悩まされてきた。短波では、遠距離にはとどいているのに、当然とどいていると思われる近距離にとどいていないことがある、これを跳躍距離という。また短波通信では、十分から数十分にわたって突然、通信障害の起こることがあり、発見者の名をとってデリンジャー現象という。

短波通信は、長波、中波にくらべると、小さな電力で遠方にとどくという、大きな特長を持っている。それでも、さっきの二つの欠点を持っているから、いま一つ信頼性に欠けていた。

マリサット通話によって、短波通信の欠点は解消された。また、マリサット通話は、乗員が個人で使用することもできる。通話料金は、インド洋上の衛星を経由した場合、最初の三分間が九千百二十円、追加一分間ごとに三千十円である。大西洋上の衛星経由では、いくらか割高になる。

三分間に一万円では懐にひびくわけだが、ちなみに私は、これが最初で最後のチャンスと思ったので、インド洋から自宅にかけてみた。アポロ宇宙船と基地との間の会話要領のように、話が相手に通ずるのに多少の時間はかかったが、それでも市内電話のようにハッキリと会話ができた。

8　アナポリス海軍兵学校

実習幹部はバス五台に分乗して、ノーフォーク軍港から、アナポリス海軍兵学校およびワシントン市の一泊研修旅行にでかけた。私は記者として参加させてもらった。バージニア州からメリーランド州に抜けるハイウエイを時速百キロでひた走りに走る。バージニア州東側は農業地帯になっていて、見渡すかぎりピーナッツ、いも、とうもろこし、豆などの畑だった。

出発から四時間半後、アナポリス海軍兵学校に到着した。記念堂、講堂、学生舎などは石造りの重厚な建物で、歴史と伝統の重みを改めて感じさせられた。学生四千三百名の中には、日系三世もいるし、女子学生も三百名いる。大半の学生は、乗艦実習などに出かけて留守だった。

四年生の首席エリザベス・ベルダー（女子）学生指揮で、新入生の課業整列が行なわれた。新入生は入校教育中で、士官帽にセーラー服という、一見奇異なスタイルだった。新入生はこのように、上級生と区別してあった。だれかへまをしても、新入生ならやむをえないと見分けられるようになっていた。

実習幹部一同が食堂に入ったとき、

「ジャパン　エンスン　アライブド」（日本少尉、到着した）

と、アナウンスされた。食事中の学生たちは、「オー」とかん声をあげた。将来の両国海軍を背負う若人たちは、お互いに手を振り合いながら、日米海軍の友好とパートナー・シップを肌で感じ合っていた。

食後は、バン・クロフト・ホール（江田島兵学校の参考館に相当）を見学したが、米海軍草創期における帆船の奮戦図や提督の肖像画があった。ジョン・ポール・ジョン提督の言葉、「ドント　ギブ　アップ　ザ　シップ」（艦を見捨てるな）

が、ひときわ大きく掲示してあった。

ボランティアの市内の主婦二十名が案内役となって、一時間あまり校内を見学した。まずチャペル（礼拝堂）に案内された。数年前までは毎日曜日、学生たちは強制的に礼拝させられていた。宗教の自由という見地から、現在は希望者だけということになっているが、ほとんどの学生が礼拝しているということだった。

兵学校は、チェサピーク湾に注ぐセバーン川沿いにある。多数の学生がヨット訓練をしていたが、私はその情景をながめながら、ここの卒業生W中佐を思い浮かべた。

W中佐との出合いは、私が以前住んでいた佐世保市で開かれたあるパーティーで、偶然にも隣り合わせになったことからだった。面識もなかったが、お互いに船乗りという気やすさから、戦時中に乗艦が三度撃沈されたと、私の方から話しかけてみた。

彼も開戦時、マニラのキャビテ軍港沖の東シナ海で乗艦が撃沈され、板につかまって漂流しているところを、日本海軍に助けられたとのことだった。航海はしたかとの私の質問には、航海要具を持たなかったから、航海はできなかったと答えた。

そこで私は、「名取」短艇隊の話をした。フィリピンのサマール島の東方六百キロの太平洋の洋上で乗艦が撃沈され、二百名たらずが生き残り、カッターが三隻残った。救助艦は期待できなかったから、自分たちの力で陸岸まで漕《こ》ぐことになった。ほとんど飲まず食わずで、星座をたよりに毎晩十時間ずつ漕いで、十三日目に陸岸に着いた経緯《いきさつ》を話した。

W中佐は、ワンダフルを連発し、小林大尉のリーダーシップを賞賛した。そこには、勝者の驕《おご》りもなければ、敗者の卑屈さもなかった。海の男同士の共感と友情があった。

W中佐は、小林大尉を育てた江田島海軍兵学校を一度訪ねてみたいと、しきりに言っていた。敗戦軍人の私にとって、アナポリス海軍兵学校を訪ねることは、夢に過ぎないだろうと言って別れた。あれから二十年、偶然にも私の夢は実現した、そしてW中佐は、現在、どこでどうしているだろうかと思った。

市内に出てみると、アンカー通りとか、アドミラル通りとか、海軍に関する名称を数多く使っていた。兵学校とアナポリス市に一体感があることを、実感として味わった。アナポリス海軍兵学校と、地名を冠して呼ばれる所以だろう。

昭和十二年、私が兵学校に入校したころ、やはり江田島海軍兵学校と地名を冠して呼ばれていた。兵学校のある江田島で「生徒さん」という言葉は、固有名詞になっていて、兵学校生徒を指した。そして島の人たちは、「生徒さんは、絶対に悪いことをしない」と言っていた。

戦前、世界の三大海軍兵学校は、イギリスのダートマス海軍兵学校、アメリカのアナポリス海軍兵学校、そして日本の江田島海軍兵学校と言われていた。念願のアナポリスを、とにかく訪ねることができた。この上は、イギリスのポーツマス軍港に入港したさい、できることならばダートマス海軍兵学校を訪ねてみたいと思った。

ヨットハーバーから見たアナポリス海軍兵学校生徒館。イギリスのダートマス海軍兵学校、日本の江田島海軍兵学校とともに、世界の三大海軍兵学校といわれていた。

アナポリスから首都ワシントンに向かい、大使館における東郷文彦大使主催の歓迎パーティーに出席し、同夜はワシントン市内のショアーハム・アメリカーナ・ホテルに一泊した。翌日、リンカーン・メモリアルを経て、アーリントン国立墓地では、植田司令官が無名戦死の墓に献花式を行ない、ネービー・メモリアルに向かった。

ここの建物は粗末だが、大砲、魚雷、潜望鏡、主《もと》機械などの実物が展示されていた。子供たちが興味にまかせて展示物をいじり回しても、一切おかまいなしだった。そこでここは、子供たちの興味と関心を引き出して高める、素晴らしい施設になっていた。

国会議事堂、ホワイト・ハウスを見て、スミソニアン博物館に行った。ここには十いくつかの分館《パビリオン》があるが、その中でもっとも人気のある航空宇宙博物館を見学した。ライト兄弟の飛行機からアポロ宇宙船まで、実物もしくは実物大の模型が展示されていた。見ていて実物のもつ、迫力を感じた。

私がもっとも深い興味を持ったのは、第二次大戦における各国の戦闘機の展示室だった。日本の零式戦闘機を真ん中に置いて、それを取り囲むように、ドイツのメッサーシュミット、イギリスのスピットファイア、アメリカのF4U、F6Fなどを周りに並べてあった。

緑色の迷彩をほどこし、日の丸をくっきりとつけた零戦を見たとき、多くの期友《クラス》が命をかけて、北に南に奮戦した当時を回顧した。私たち兵学校六十八期からは、二十八名が零戦乗りとなり、野口義一、神崎国雄、鴛淵孝など二十三名が戦死した。戦後に生き残ったのは、三森一正、中島大八、塩水流《しおずる》俊夫、徳倉正志、山崎圭三のわずか五名に過ぎなかった。

開戦当初、零戦が驚異的な戦果を上げるので、アメリカ海軍の上層部は、「零戦を見たら、戦わずに逃げてこい」と指導していた。アメリカのF4U、F6Fが実戦に参加してからは、零戦の独壇場《どくだんじょう》というわけにはいかなくなった。それでもアメリカは、やはり、「日本の零戦は、隅《すみ》におけない」

と思っているのか。だから零戦を真ん中において、他の飛行機で囲んでいるのかと、私なりに見当をつけてみた。だが、私の弱い会話力では、それを館員に確かめる勇気は出てこなかった。

復路はバージニア州中部の森林地帯を通ったが、往路の同州東部の農業地帯と同様に、百キロの猛スピードで四時間走っても、同じような風景がつづくので、アメリカ国土の広大さを改めて知らされた。

ウイリアムズ・バーグに立ち寄り、夕食をして小休止した。古い町並みとか人家が、百数十年前のまま保存されていて、天皇陛下ご訪米の折り、馬車でお通りになったところでもある。

新しいアメリカ、そして古いアメリカを見て、それぞれの思いを胸に、予定どおり全員ぶじ帰艦した。

9 ドイツ語

ポーツマス軍港（イギリス）を出て、キール軍港（西ドイツ）に向かった。ドーバー海峡のイギリス側にある、あの有名な白い崖を物珍しく見ている間はよかったが、黒ずんだ北海に入ったころから、同室仲間たちの表情がだんだん暗くなってきた。

その事情を尋ねてみると、これまでは英語を話す国だったから、曲がりなりにも会話が通じた。これからの行き先は、ドイツ、スウェーデン、フランス、イタリー、エジプト、スリランカと、英語が国語でない国ばかりだから、上陸しても楽しみがないということだった。

一計を案じた私は言った。

「今回の遠航参加が決まってから、私はＮＨＫの上級ドイツ語講座と上級フランス語講座とを聞いてみた。どちらの講座も半分ぐらいは分かったよ」

「あれが半分も分かれば、大したものです。もう心配はいりませんねえ」

と、途端に明るい顔をする者もいた。

それにしても、戦前の兵学校生徒は優秀ですねえと、仲間からたいへん誉められた。生徒時代、評判のよくなかった私だが、戦後に兵学校の声価を高めることになったので、私は人知れず苦笑させられた。一計がばれた後の反動も大きいだろうと、チョット不安にもなった。

翌日、私がキール市に上陸するとき、仲間五、六人が、私についてきた。桟橋のところで電車に乗り、キール駅で電車を下りた。駅構内のレストランで飲み食いし、適当に排泄《はいせつ》して、ふたたび電車に乗って艦に帰った。ドイツ語をまったく知らない私は、この間ドイツ語を一《ひと》言《こと》もしゃべらなかった。

その晩、私は、いっしょに出かけた仲間から呼び出しを受け、吊るし上げを食った。

「松永さんは、ドイツ語が半分わかるとおっしゃったが、まったくご存じないわけですねえ。昭和の軍人は昔の武士に相当します。武士は、決してウソを言いませんでした」

「みなさんもテレビで、ドイツ語講座、フランス語講座をお聞きになったことはありましょう。ドイツ語講座と銘打ってあっても、最初から最後まで、ドイツ語をしゃべりつづけているわけではありません。半分ぐらいは日本語を使っています。私はその日本語のところだけ分かったから、正直にドイツ語講座が半分わかると言いました。あなたたちはそれを、ドイツ語が半分わかると受け取られたわけですか。私の言葉が舌足らずだったかも分かりませんが、私一人が吊るし上げされるのは、いささか心外ですよ」

「ドイツ語を全然知らずに、大勢の人を引き連れていて、不安はありませんでしたか。何かコツでもご存じですか」

「あなたたちが、そのように下手《したて》に出られるなら、そのコツを披露《ひろう》しましょう。私は兵学校生徒のとき、言葉の通じない港に上陸する要領を、上級生から教わりました。桟橋の前で、電車かバスに乗ります。行く先の地名など、覚える必要はありません。運転系統を表わす数字、3なら3だけを覚えておきます。途中に、駅、バスセンター、動物園、デパートなどがあれば、その中のどこかで下車します。そんなところには、レストランもあれば便所もあります。飲食の注文は、隣の席の皿を指差し、数量は指の数で示すと、言葉は必要がありません。そんな場所ならば、日本に帰ってからの土産話でも、話しやすいわけです。また帰りには、おなじ運転系統の反対方向に走る、3番なら3番の車に乗れば、かならずもとの桟橋のところに帰ってきます。桟橋を空港ターミナルに置き換えれば、現在でも応用できます。

　ところでみな様の中には、ジェスチャーという遊びを、戦後のテレビゲームではじめて知ったお方もありましょう。兵学校生徒は、戦前からジェスチャー遊びをしていました。生徒は全員、毎年十月に、広島県の八本松陸軍演習場に、一週間ほど泊まりがけで陸戦訓練に出かけました。夕食から消灯までの二時間ばかり、生徒は二手に別れてジェスチャー遊びをしていました。このジェスチャー遊びが、外国人相手にさっそく役に立ちました。

　私が三年生のとき、ドイツのヒトラー少年団《ユーゲント》が兵学校にやってきたので、ドイツ語班の者が案内しました。このとき、期友《クラス》の一人が、ドイツ語教授から会話がうまいと誉められましたが、その経緯《いきさつ》はこうでした。ユーゲントの一人が、きょろきょろしていて、どうも落ち着きがなかった。期友はトイレを捜しているのだろうと思って、彼をトイレに案内した。この日は暑かったので、喉《のど》もかわいているだろうと、洗面所にも連れていって水を飲ました。期友はその間、ドイツ語は一言《ひとこと》もしゃべらなかった。助けられたユーゲントが教授に向かって、この生徒のお陰で助かったと言ったので、教授としては会話が通じたと判断したわけです。こうして私は、外国の港に上陸する要領も、ジェスチャーが外人相手の意志疎《そ》通に役立つことも知っていたので、みなさんを引っ張っていても、大きな不安はありませんでした」

＊

このあたりで外人相手を止めておけばよかったが、つぎはローカル列車の中で、大失敗して男を下げてしまった。

私は北川記者を誘って、ローカル列車と国際列車を乗り継いで、西ドイツとの国境沿いにある、デンマークのアーベンという町に日帰り旅行をした。ローカル列車の私たちの前席に、大きなリュックを背負ったカニ族スタイルの二人の青年が、軽く会釈をして座った。

私たち二人はドイツ語はまったく駄目だから、英語で、

「キャン　ユウ　スピーク　イングリッシュ」（英語は話せるか）

と質問したら、少しなら話せるという返事だった。

相手が英語を国語とする国民なら、私は気おくれして、どうしても英語で話しかけられな

かった。ところが、ドイツ人にとっては、英語はやはり外国語だから、私たち日本人とアイコだと思うと、急に気が楽になった。

私たちは、海上自衛隊練習艦隊の新聞記者として、世界一周の遠洋航海をしている。イギリスのポーツマス港から、キール港にやってきた。これはイギリスのキャラメルだが、めったに食べる機会もなかろう、遠慮なくどうぞと奨《すす》めた。

彼らの返事は、発音のきれいなキングスイングリッシュだったから、私は、

「ユー　アー　ベリグッド　イングリッシュ　スピーカー」（君は英語が上手）

と誉めてやったら、とても喜んでいた。

彼らは、古い城を見て回っていたが、旅行計画は自分たちで立てていた。二つ三つさきの駅で下車することになり、彼らは別れぎわに言った。

「私たちはイギリス人です。英語をほめられて、嬉しうございました。あなたたちの、安全な航海を祈っています」

いやはや、驚いた。一般の日本人が外国旅行に出かけるときには、背広にネクタイが通り相場である。ドイツでカニ族スタイルの青年は、当然ドイツ人と思いこんでいた。

ところが、欧州《ヨーロッパ》の外国は陸つづきで、距離も案外に近いから、外国旅行をするときには背広にネクタイというわけでもなかった。また、私たち東洋人が西洋人を見て、この人はイギリス人かドイツ人か、なかなか見分けられない。同様に西洋人が私たち東洋人を見て、日本人か韓国人か見分けることはできないだろう。

日本人の海外旅行者の中には、西洋人から韓国人と間違えられたとか、中国人と思われたとか憤慨する人もあるが、それは憤慨に値いすることではあるまい。

10 艦上パーティー

キール軍港における艦上パーティーでは、キール市のドイツ人の主だった人たちと、在留邦人の代表者が招かれていた。いつもの艦上パーティーとさして変わりはなかったが、私としては他所では味わえない幾つかの体験をした。

仲間の一人が、私をドイツの現役海軍士官に紹介した。

「松永さんは現在、新聞記者として乗艦しています。もともと海軍兵学校を卒業し、第二次大戦では海軍将校として参戦していました」

そのドイツ士官は、急に姿勢を正して私に先輩としての礼儀をつくした。そこで私は、あなたは自分の職業に誇りを持っていますかと、いきなり不躾《ぶしつけ》な質問をしてみた。彼は、目を輝かしながら自信に満ちた態度で答えた。

「国民は軍人に、全面的な信頼と尊敬の念を捧げます。そこで私たち軍人は、国民の負託に応えるため、日夜職務に励んでいます。もちろん私は、私の職業に誇りを持っています」

第二次大戦の当時に、キール海軍基地司令官をしていたウェーリッヒ退役大佐は、日本と係わりのある戦時中の写真十数枚を、植田司令官に進呈した。来る九月十一日、ブレスト沖

（フランス）で遺独潜水艦の慰霊祭を計画している練習艦隊にとって、これらの写真は、またと得がたい貴重なものだった。

その一枚の写真に、私ははからずも兵学校の期友・須永孝を発見した。須永は、戦時中にキールで行なわれた、ドイツ潜水艦の日本への譲渡式に参列しているが、その経緯はこうである。

昭和十八年春、ドイツ海軍は、

「ドイツ最新鋭の一千トン級潜水艦二隻を、無償で日本海軍に譲渡する。その条件として、譲渡潜水艦のうち一隻はドイツ人の乗員で日本に回航するが、残る一隻は日本人乗員で回航するよう手配されたい」

と申し入れてきた。このため日本の派遣潜水艦は、回航要員と南方物資を運ぶことになるが、日本側はこの申し入れに応ずることになった。

派遣潜水艦には、伊号第八潜水艦（艦長・内野信二中佐）が充てられ、回航要員にはつぎのようにとくに優秀な者約六十名が選ばれた。

艦　長　乗田貞敏少佐
水雷長　久保田芳光大尉
機関長　前田直利大尉
航海長　須永孝大尉（兵学校六十八期）

軍医長　清水正貴少佐
中　尉　藤田金平
中　尉　藤枝義行
兵曹長　清水安五郎
兵曹長　渡辺茂
兵曹長　大沢幹太郎
兵曹長　黒沢清定
兵曹長　高橋富雄

伊八号は、回航要員を乗せ、鵬程《ほうてい》一万五千キロのブレスト（旧フランス領）を目指して、六月二十七日、ペナン（マレー半島）を出撃した。途中、悪天候に悩まされたり、厳重な警戒に肝を冷やしたりしたが、八月の末、ブレストにたどり着くことができた。回航要員は、伊八号に便乗のお礼を述べて陸路ドイツのキールに向かった。

十九年二月十五日、U一二二四号の日本海軍への譲渡式が、キール軍港の同艦艦上で行なわれ、同艦は、日本名を呂号第五百一潜水艦と命名された。同艦はその後、バルト海に出て実戦訓練をかさねていた。

回航要員は、ドイツ人教官が驚くほどの進歩を示し、自由に使いこなせるようになった。三月三十日の日没後、日の丸を艦橋両側に印して、日本に向けてキールを出撃した。スカゲラック海峡から北海の東を通り、イギリス本土とアイスランドの間をぬけ、アゾレス諸島を遠く迂回して大西洋を南下する航路が選ばれた。一回無線電信を発信したが、その後、消息を絶った。

戦後、アメリカ側の資料によると、護衛駆逐艦ロビンソンは、五月十三日午後七時（アメリカ時間）、アフリカ大陸西海岸のベルデ岬北西海面を行動中、探深儀《ソナー》で潜水艦を探知した。ただちに、ヘッジホッグ（山あらしの意）で二十四発の対潜弾を発射した。対潜弾の炸裂音につづいて爆雷三個が爆発、海面が激しく盛り上がった、と記載してある。

ドイツ海軍の潜水艦が、そのころ、撃沈された記録はないから、駆逐艦ロビンソンに撃沈されたのは、呂号第五百一潜水艦であることは、疑いのないところである。沈没位置は、北緯十八度八分、西経三十三度十三分だった。

著者の期友・須永孝大尉。日本回航の途次、乗艦撃沈のため戦死した。

だからこの写真は、おそらく須永の最後の写真になるだろう。そこで私は、写真班に依頼して引き伸ばし、東京の目黒に住んでおられる須永の実姉・加藤いさ子さんに送るよう手配した。

在留邦人・長沼正明さんと、このパーティーで偶然知り合った。三十歳そこそこの長沼さんは、宮崎県出身でドイツ婦人と結婚して、現在はキール大学で経済学を専攻していると のことだった。長沼さんが、明晩は家にいらっしゃいとしきりに誘うので、仲間四、五人で 訪ねることにした。

ドイツの中年婦人が、監理幕僚杉本光・二佐に、古い写真を見せて頼みごとをしていた。「一九〇〇年（明治末期）ごろ、私の祖父は、日本に潜水艦建造技術を教えるため、技師として神戸で暮らしていました。これは、祖父母が神戸で住んでいた家の写真です。この家が現在あるかどうか調べて下さいませんでしょうか」

キールには、潜水艦を建造した造船所もあるし、潜水艦の教育隊も基地隊もある。また潜水艦の記念塔なども多いので、キールとドイツ潜水艦の関係が深いことは知っていた。

私は海軍時代、「日本は、潜水艦建造をはじめるに当たって、ドイツ、イギリスから指導を受けたし、アメリカから潜水艦を購入したこともある」と教わってはいた。とはいっても、七十年も昔のことだから、当時の生き証人が、キール軍港で突然、現われてこようとは、予想もしなかった。

ドイツ海軍と日本の自衛隊との間の友好関係が、キールで脈々とつづいているとは、後で知った。

ウェーリッッヒ元海軍大佐は、十六年前、キール基地司令官として、戦後はじめての日本の練習艦隊（司令官・滝川孝司将補）を迎えた。監理幕僚杉本光・二佐は、当時の実習幹部だった。また九年前の練習艦隊（司令官・谷川清澄将補）入港のさいには、「もちづき」補給長・鶴田久雄一尉、「かとり」艦長付・甲斐敏春一尉を実習幹部として迎えている。

ウ大佐は、旧知のこの三名を自宅に招いて旧交を温めた。そこの応接室には、戦前戦後を通じて、日本海軍の楯、写真、旗などが、ところ狭しと飾ってあったと聞いた。

11　ラボエ記念塔

植田司令官は、儀仗隊を帯同し、キールより車で一時間あまりのラボエ記念塔に向かった。この記念塔は、第一次、第二次大戦で散華した、十五万五千人あまりの海軍将兵の慰霊碑になっている。

バルト海の海岸沿いにあり、左手には潜水艦産みの親・海軍工廠が望まれ、右手には潜水艦が訓練に励んだバルト海がつづいている。海面から八十五メートルの高さのこの塔は、Uボートの司令塔と艦首の形、さらには天にのぼる炎を形どったものと言われている。

塔内には、両大戦で失った艦船のシルエットが壁にはめこまれ、戦死したすべての海軍関係者の氏名が刻みこまれている。この地下室が慰霊室になっていて、礼拝者が捧げた花輪がところ狭しと飾られている。

植田司令官は、儀仗隊を従え、献花礼拝した。居合わせていた二十名あまりのドイツ人は、大戦で肉親を失った人たちだろうか、「捧げ銃」の号令に合わせて頭《こうべ》をたれていた。悲しい奏楽の調べが、静かに場内に流れてきた。

ここの敷地には、高さ二メートルほどの公孫樹《いちょう》の木三本が、十メートルの等間隔に三角形に植えられていた。そばの銅鈑に、植樹由来記が日独両国語で刻みこんであった。

ドイッチエランド号乗組員の
当靖国神社参拝を記念し
境内に於て育成せる公孫樹を
ドイツ国戦没英霊に捧げる
昭和四十年三月
日本国靖国神社宮司　筑波藤磨

この公孫樹の由来をたどってみよう。第二次大戦において、日独両国は同盟を結んで連合軍と戦ったが、ともに敗れてしまった。

昭和三十八年、日本の練習艦隊はキール港を訪問したが、これは日独両国間で戦後における相手国への初訪問となった。

昭和四十年三月、西ドイツ海軍の練習艦「ドイッチェランド」が、日本側のドイツ訪問に対する答礼を兼ねて、東京、大阪を訪問してきた。

三月二十六日午前九時、コールマン艦長はじめ士官候補生ら百八十名が靖国神社に参拝した。さらにデイットマン駐日西独大使、コールマン艦長、ヴィクトル副長の三名が拝殿に花輪を捧げて靖国の英霊を弔った。

靖国神社はこの行事を記念して、境内にはえている公孫樹の苗木を贈った。ドイツ海軍は、この苗木を、日本の靖国神社に相当するラボエ海軍記念塔の敷地に植えることになった。ラボエにおける植樹祭は、七月二日、海軍軍楽隊およびドイッチェランド号の儀仗隊参列の下に、おごそかに行なわれた。ドイツ側からルヒト退役海軍少将、フライバルト代将が、そして日本側から内田藤雄駐独大使、防衛駐在官（門脇尚一・一海佐）が参席した。日独両海軍の想いに応えて、公孫樹三本は順調に成長している。記念樹の成長に比例して、両国海軍の友好と協調とは、年とともにそのひろがりと深さを増してゆくことだろう。

記念塔を出て、海岸の方へ十分ほど歩くと、第二次大戦で活躍した、Uボート九五五号（七百五十トン）が、海岸の砂浜に定置されている。戦争終結時、同艦はスウェーデンに抑留保管されていたが、戦後、西ドイツの要請によって返還されたものである。

ドイツはこれを記念艦に定め、一般公開することにした。後部入口から入って通路を歩き、艦首側の出口から出ることになっている。これより一回り大きい千トンのU一二二四号が、戦時中に日本へ無償譲渡され、日本名を呂号第五百一潜水艦と命名された。残念期友の須永孝は、選ばれて同艦航海長として、日本回航の重責を負うことになった。

ながら同艦は、途中の大西洋で敵駆逐艦に捕捉され、ヘッジホッグ攻撃により撃沈された。記念艦の司令塔には、速力計、回転計、ツリム計などの航海要具が、ところ狭しと装備されていた。

須永はこれらの計器類を、死の直前まで見つめていただろうと思うと、万感胸に迫るものがあり、私は去り難い心境になった。

＊

昭和四十五年一月十二日、ドイツ空軍総監ヨハネス・シュタインホッフ空軍中将は、靖国神社に参拝した折り、高さ一メートルのドイツ楢《なら》（原名アイヒエ）一本を記念植樹した。この楢は、靖国神社が先に西ドイツに進呈した公孫樹のお返しの役目をして、日独両国の親善のかけ橋となり、靖国会館前庭で現在見上げるほどの大木に成長している。私はこの取材を通じて、同社の松平永芳宮司、古川信行奉賛会事務局長（元海軍主計少佐、海経二十七期）にお目にかかった。

私はこのとき、木山正義さん（元財団法人水交会長、元海軍中佐、海機四十期）が、同社の機関誌・靖国（第三百十二号。五十六年七月一日発行）に、同社が敗戦後に存続されるにいたった経緯《いきさつ》を発表していることを知った。

靖国神社当局および木山さんのお許しをえて、左に抄記する。

連合軍の日本進駐直後、マッカーサー占領軍司令部では、靖国神社の処理問題が討議され、

「焼却すべし」の意見が大勢を占めた。明治神宮、伊勢神宮、熱田神宮なども同じ論内にあったが、結局、この問題は、マッカーサー総司令官の決断によることになった。マ司令官は、最後の決断を下すにさき立ち、キリスト教会の意見を聞くことにし、駐日ローマ法皇代表、バチカン公使代理のブルノー・ビッテル神父に、「靖国神社処分に対する使節団の統一見解を、文書をもって回答されたい」旨、要望した。ビッテル神父はこの要望に応え、副官H・B・ウィラー大佐を介してマ元帥に、つぎの要旨の答申を提出した。

自然の法に基づいて考えると、いかなる国家も、その国家のために死んだ人びとに対して、敬意をはらう権利と義務があるといえる。それは戦勝国か、敗戦国かを問わず、平等の真理でなければならない。無名戦士の墓を想起すれば、以上のことは自然に理解できるはずである。

もし、靖国神社を焼き払ったとすれば、その行為は、米軍の歴史にとって不名誉きわまる汚点として残ることであろう。歴史はそのような行為を理解しないにちがいない。はっきりいって、靖国神社を焼却することは、米軍の占領政策と相容れない犯罪行為である。

靖国神社が国家神道の中枢で、誤った国家主義の根元であるというなら、排すべきは国家神道という制度であり、靖国神社ではない。われわれは、信仰の自由が完全に認められた神道、仏教、キリスト教、ユダヤ教など、いかなる宗教を信仰するものであろうと、国家のために死んだものは、すべて靖国神社にその霊をまつられるようにすることを、進言するものである。

木山さんは、さらに書きつづけている。

マ元帥はこの答申により、靖国神社の焼き払いを中止した。

ちなみにビッテル神父は、第一次大戦で活躍したドイツの陸軍中尉で、母国の敗戦後は聖職者の道を選び、昭和九年から四十六年間も日本に在住し、財団法人上智学院の院長も勤めた。（昭和六十三年一月二十一日逝去、八十九歳）

木山さんは、海軍先輩の小島秀雄さん（元海軍少将、兵四十四期）の紹介で、昭和五十五年八月六日午後三時、上智大学の聖イグナチオ教会の一階事務所に、ブルノー・ビッテル神父を訪ねた。

木山さんは、ビッテル神父のさし出す大きな手を両手でしっかり握りしめ、

「アッ！　このお方の手が、靖国神社が焼き払われるのを救って下さった」

と思いをめぐらして、大きな感動を受けた。

日本は無条件降伏していたので、当時の日本人は、「皇室の護持安泰さえ確立されるならば、他のことはなんでも忍ばなければならない」状況におかれていた。

敗戦後のあの混乱した時期に、もしビッテル神父がいらっしゃらなければ、靖国神社はもとより、明治神宮、伊勢神宮、熱田神宮など、すべて焼き払われてしまっただろう。

もしそのような状況になっておれば、日本が戦後たどってきた再建の道は、現状とは大きく違ったものになったと思い当たると、感謝の念はいっそうつのってきた。

思い起こすと、昭和五十六年五月二十一日、フランス大統領選挙が行なわれ、左翼陣営の社会党党首ミッテラン氏が、保守党の現職大統領に大差をつけて圧勝した。

ミッテラン新大統領は、就任後の最初の公式行事として、祖国フランスのために尊い生命を捧げた戦士の墓に詣でた。パリー凱旋門にある戦士の墓の献花式に臨み、社会党のシンボルであるバラの花輪を捧げた。

私たち日本人は、社会党といえばすぐ「左」を連想し、フランスの社会党も日本における「左」と同一視しがちである。しかし、過去幾度か勝敗の歴史をくり返し、何回も国土を蹂《じゅう》躙《りん》されているフランス人の祖国愛には、右と左の区別はない。

祖国のために身命を捧げた戦士に対しては、右も左もなく、思想、宗教の如何を問わず、国民等しく感謝と敬虔《けいけん》な祈りを捧げている。

フランスのこの実状と、戦後の靖国神社をめぐる四囲の状況とをあわせて考えるとき、まことに感無量なるものを禁じえない。

12　コスモポリタン

記者仲間三人、すなわち北川喜章さん、石渡幸二さん、それに私は、医務長の細井睦美・

一佐を誘って、キール大学の学生、長沼正明さんのお宅を訪問した。長沼さんはドイツ婦人と結婚し、やがて赤ちゃんが誕生する。

この地に住んで音楽の勉強をしている、三十代の三組の日本人夫婦も来合わせていたので、その人たちの目を通したドイツの育児および教育について知ることができた。結論的にいうならば、ドイツでは戦後も民族の誇りを失わずに、戦前どおりの育児とか教育が行なわれていた。

ドイツでは授乳時間以外は、赤ちゃんがどんなに泣いても放っておく。育児で赤ちゃんを甘やかしてはならない、との厳しい態度でのぞんでいる。教育はすでに、このときからはじまっている。

三、四歳になれば子供部屋をあたえられ、そこでは、どんなに散らかそうと騒ごうとかまわない。その代わり、子供が大人の部屋に入りこんだり、子供はたいがい留守番をさせられる。母親が買物に出かけるとき、子供はたいがい留守番をさせられる。家が石造りで類焼の心配もなく、鍵をかけておけば賊が入れないこともあるだろう。

夜八時には、どこの家庭でも、子供は寝かされる。それから夫婦そろって、コンサートに出かけたり、知人を訪ねる。今夜ここに夫婦そろって来ているのも、子供を寝かしつけているわけである。

ドイツにはベビーハイムと称して、子供を一時的に預かる施設がある。そこに子供を預けて、夫婦づれでちょっとした旅行に出かけることもある。このようにして、子供の親に対する依頼心は、徐々に取りのぞかれていく。

子供が駄々をこねたり、聞き分けがなかったりしたとき、ドイツ人は人前だろうと往来だろうと、おかまいなしに子供のお尻をぶつ。居合わせた者が「まあまあ」と仲介に入って、子供の肩を持つこともない。

ドイツの子供は両親からだけでなく、ときには見知らない大人から叱られることもある。子供は社会の財産で、その育成は社会の責任という観念があるからだろう。規律を尊ぶゲルマン精神は、家庭と社会との連帯意識に基づく、スパルタ教育によって培われていた。

小学校には、宗教の時間がある。戦前日本の修身の時間に相当している。「うそを言うな」「盗むな」「人に迷惑をかけるな」「隣人を愛せよ」など人間本来の生活態度を、くり返したたきこんでいる。小学校の教育は、知識や技能を授けることよりも、精神教育と体育に重点をおいていた。

ドイツには昔から「職人は黄金の土地を持っている」との格言があり、職人を重んずる風習があった。現在は職人の最高の地位としてマイスター制度が確立されたので、社会的地位も収入も、ある程度保障されることになった。そこで高等教育コースを捨てて、みずから進んで職業コースを選ぶものもある。

このため大学入試は、さして激しい競争試験ではない。大学に入ることはやさしくても、卒業することはなかなかむずかしい。長沼さんも、九月末の卒業試験に備えて猛勉強中だった。高等教育コース、職業コースいずれを選ぶにしても、青年たちは真剣に勉強していた。

ひるがえって考えるに、日本はもともと領土を接する隣国を持たなかったし、敗戦による領土分割の悲運にも会わなかった。また戦後の一時期、国際緊張が欧州方面に偏ったこともあって、国民に国防観念が徹底していない。非武装中立論とか、早期降伏論とか、現実離れした抽象的な観念的国防論がまかり通っている。

ドイツはもともと数ヵ国と領土を接していた上に、敗戦によって東西の両ドイツに分断された。またソビエートのチェコ侵入に当たっては、戦車のひびきや軍馬のいななきに耳をそばだて、恐ろしさのため震え上がったことだろう。このためドイツ国民は、かえって敗戦後の今日でも、国防をきわめて身近なものと受けとめている。

キールからリューベック、ハンブルグに日帰りバス旅行をしたとき、アウトバーンを通った。このハイウエイには、荷物を満載したトラックが、うなりを立てて突っ走っていて、ドイツの生産力を垣間見た感じだった。

ところで、このハイウエイは、いざというときには、飛行機の発着もできるよう、設計施工されているという。アウトバーンを走ってみて、ドイツの国防観念は、足が地についていることを改めて感じさせられた。

日本と西ドイツは、敗戦の痛手を受けながら、ともに経済復興を奇跡的に成功させた。そこで両国は、内外から、なにかにつけて同一視されてきた。だが、今回のキール訪問で、日本と西ドイツとの間には、少なくとも、人づくりと国防意識の点において、大きな隔《へだ》たりのあることを目の当たりにした。

長沼さんのお宅で、音楽青年たちは、どんな動機で西ドイツにやって来たのか、現在どんな暮らしをしているのかと尋ねてみた。

彼らは三人とも、自費で勉強にきていた。彼らの話によると、自費でドイツ各地に音楽の勉強に来ている者は、はっきりした数字ではないが、二、三百人はいるだろうとのことだった。

音楽青年をつれあいに持つ、ある夫人は言った。

「結婚して十年ほどになりますが、二年以上、同じ場所に住んでいたことは、一回しかありません。どこどこに行けば新しい勉強ができると聞けば、主人はすぐそこの楽団に転属することを考えます。子供もそろそろ学齢期になりますので、これからはいままでのように、転属のたびに従《つ》いていくのがむずかしくなります」

コスモポリタンという言葉を、私はこれまで何気なしに聞いていた。だが、外国で、現実にそのような暮らしをしている人から聞くと、この言葉が新たな圧力をもって私に迫ってきた。三人の夫人たちは、私の娘とほぼ同じ世代だから、私には余計に身にしみる。私の娘が、このような暮らしになるとき、私は平静でいられるだろうかと思った。

一人の音楽青年が言った。

「三十歳の私はこうして、楽器をいじっています。松永さんはもっと若いときに戦場にいらしたんですね。死線を越えておられたわけですね」

「私たちの世代は、二十歳ぐらいから戦場で命のやりとりをしていました。しかし、それは、国家の背景をもって行動していました。ですから、今夜のねぐらをどうするかとか、明日の糧《かて》はどうなるかなど、心配したことは一回もありません。あなたたちは、国家の背景もなく、独力で外国暮らしをしておられます。ご主人たちは、好きな音楽にたずさわっておられるので、仕事上の喜びもありましょう。

ところでご主人たちには、サラリーマンにくらべて金銭感覚が乏しいと思います。その分、奥様たちには、サラリーマン夫人にくらべると、暮らしの苦労とか子供の学校とか心配事が多いわけでしょう。音楽家の奥様たちは、音符《おんぷ》五線を越えた苦労をしておられます。死線を越えると、本人の命に関わります。五線を越えた苦労には、家族の生活がかかっています。死線と五線と、どちらが切実な問題かは、簡単には決められません。そこでご主人たちは、奥様のご苦労に報いるためにも、まず家族のために頑張ってください。

いま、日本は、世界各地で貿易摩擦を起こし、日本人はエコノミックアニマルなどと言われています。みな様が芸術の分野で成功されるならば、それだけ日本人の評価が上がりましょう。みな様が国家の背景も持たずに、日本人の評価を上げられるならば、これはとても素晴らしいことです。健康に注意してお仕事に励まれるよう、陰ながらお祈りしています」

人影のない、行き交う車も少ない夜道を、タクシーで帰った。人目はないが、ドライバーはきちんと交通法規を守っていた。

「ヨーロッパで、自動車の運転の一番下手なのは、ドイツ人」

という言葉を思い出した。ドイツ人はどんな場合でも、文句のつけようのない、法規一点張りの運転をするから、この言葉がある。

それにしても、これだけ遵法精神が徹底しているなら、たとえ天災地変があっても、パニック状態にはならないだろうと思った。

13　黄金の間

艦隊は、ストックホルムのスルッセン（関門）近くの岸壁に横付けした。近国行き豪華客船の仲間入りをしたわけだが、スウェーデン側の格別の配慮によるものである。

実習幹部および乗員合わせて二百五十名は、バス四台に分乗して市内見学に出かけた。ガムラ・スタン（旧市街）には、王宮、大寺院などがあり、古風で狭い敷石の路地には、十七世紀ごろの建物がたち並び、ハンザ同盟時代のおもかげをいまに残している。

この国では、国家の賓客や大臣が王宮を訪ねるときには、馬車を使用する慣習があり、十数騎の騎馬隊が護衛する。たまたまこの行列に出合ったが、それはまさに中世の絵巻物を見る心地だった。

バスで新市街に入り、グランドホテルの横を通って大使館に向かった。このホテルは、ノーベル賞の受賞者が宿泊するところで、古風な感じはあるが、やはり重厚な風格があった。ノーベル公園は、緑と水に囲まれていて、市民いこいの場所としては最高のところである。

子供の天国・スカンセン野外博物館のある島を左に見て、バスは市庁舎へと向かった。

市庁舎のシンボルは、屋上高くにそびえる三つの王冠である。それはスカンジナビア三国、すなわちスウェーデン、ノルウェー、デンマークを表わしているという。市庁舎は、二十世紀に建てられた欧州《ヨーロッパ》最大の美術建築と言われていて、現在は主として迎賓館として利用されている。ここの「黄金の間」に案内され、市長代理はつぎのように挨拶した。

「一九七九年八月二十八日、この日はスウェーデンにとって、歴史的な日となりました。戦前、戦後を通ずるこの百年間に、日本海軍練習艦隊がはじめてスウェーデンを訪れたからでございます。ご承知のようにストックホルムでは毎年、ノーベル賞授賞式が行なわれ、受賞者を国賓としてこの黄金の間にお迎えし、祝賀晩さん会を開いています。私たちはみな様を準国賓としてお迎えし、晩さん会を計画しましたが、艦隊側の都合で昼食会となりました。みな様にも受賞者と同様に、この地方の郷土料理『プリンセス・ケーキ』を差し上げますので、十分召し上がってください。みな様の当地ご滞在が、より楽しいものであることを祈念します」

ちなみに黄金の間は、黄金色に輝く二百七十万個のモザイクタイルで飾られている。このモザイクタイルは、ドイツが第一次大戦の賠償金の一部として連合国側に渡し、スウェーデンが引き取ったものである。

モザイクタイルを使って、正面にはメラレン女王を、また両側にはスウェーデン人で歴史に名を残した人、すなわちダイナマイトを発明したノーベル、船のスクリューを発明したエリクソンを描いてある。

ケーキという名称は、私たちには菓子を連想させるが、「プリンセス・ケーキ」とは南瓜《かぼちゃ》をあしらった料理だった。

スウェーデン・ストックホルムの市庁舎。塔の頂上にある三つの王冠は、スカンジナビア三国をあらわす。二十世紀を代表する美術建築で、迎賓館の役目をしている。

スウェーデンは、一八四一年からの百五十年間、一度も戦争に参加せずに、中立と平和を守ってきた。平時にはどのような同盟にも参加せず、戦時には局外中立を守りつづけてきた。品質のすぐれた工業製品を産出し、社会保障制度の極度に発達した、世界第一級の福祉国家である。

このようなキャッチフレーズをつぎつぎに並べてゆくと、私たち日本人の感覚からは、軍靴のひびきも戦車の音も聞こえない桃源郷のような気がしてくる。ところで中立国を、清純な中立国と生臭い中立国とに区分するならば、スウェーデンはむしろ後者に属する。

スウェーデンには軍隊もあり、兵器産業もある。「中立国スウェーデンの兵器は国産でまかなう」を原則として、国防軍の調達する兵器の九十パーセントは国産品である。それどころか、ボフォース砲などの兵器を外国に輸出している。

「中立国と兵器産業」というこの二つの言葉は、現在の日本人の感覚からは、どうしても嚙《か》み合わない。私たちが矛盾を感じることが平然と行なわれているのは、理想と現実とがはっきりと見きわめられていて、つぎのことが国民のコンセンサスとして定着しているからである。

「他国からあたえられる平和は、はかないものである。スウェーデンの平和は、他国の援助によって授けられたものであってはならない。スウェーデン人みずからの手で、かちえたものでなければならない」

スウェーデンの国防は、自国の経済力によってのみ維持できる綜合防衛政策《トータルデフエンス》をとっている。綜合防衛政策の目的は、戦争に対する十分な備えをして、敵の攻撃を断念させ平和を維持することにある。

軍事防衛を中心にして、これに市民が主となる民間防衛、経済防衛、心理防衛が補足協定を行なうことにしてある。

スウェーデンでは、国土面積は日本の一・二倍もあるのに、人口はわずか八百二十五万足らずである。少ない人口で広大な国土を守るためには、国民は老若男女をとわずだれでも、国防になにがしかの役割を果たさなければならない。

スウェーデン人が、平和をみずからかちとるためには、やはりそれなりの出費と努力がなされている。スウェーデンの国防費は、国家予算の二十パーセントを占め、国民所得の五パーセントを超えている。同じく中立を唱えているスイスでは、国防費は国民所得の三パーセントに当たっている。

黄金の間を出て、艦に帰るバスの中で、隣りの席の実習幹部が私に話しかけてきた。

「松永さん、私は制服を着ていたからこそ、ここで準国賓待遇を受けたわけで、私の一生で最良の日になるかもしれないと喜んでいます。ところで、日本で一度も味わったことのない制服の有難さを、地球の裏側のスウェーデンではじめて味わったことには、複雑な心境でもあります」

還暦近い私は、戦場ではしばしば死生の間を往来したし、戦後はいろいろな世の荒波にもまれてきたので、大方のことには対応できるだろうと思っていた。

それでも、この若い実習幹部になんと答えていいのか分からず、私はすっかり戸惑ってしまった。そしてキール軍港で、同じ敗戦国のドイツの現役海軍士官から聞いた、

「私は軍人という自分の職業に、誇りと自信をもっています」

という言葉を、私はひとり静かにかみしめた。

14 ブレスト慰霊祭

九月十一日、艦隊はブレスト（フランス）を出港して、ナポリ港（イタリア）に向かった。

二十時、夕闇せまる大西洋の洋上で、慰霊祭が杉本光・監理幕僚司会の下で厳かに行なわれた。

植田司令官は、第二次世界大戦における日独潜水艦乗員の労苦をしのび、作家吉村昭氏の作品の一部を引用し、さらには決意の一端をのべた。

大戦中の枢軸側、すなわち日、独、伊三国間の連絡は、わずかに日、独両国潜水艦に頼るのみで、他に方法はなかった。

連合国側の厳重な警戒網をくぐり、喜望峰回り片道一万五千マイルを超える大航海に挑んだ先輩たちの労苦があったればこそ、今日の私たちがある。

私たちは先輩の偉業を偲びながら、民族の生成発展のため、今後ますます本務に励まなければならない。

キールで、ウエーリッツヒ海軍大佐が持参した写真の中に、期友・須永孝の写真があったことから、私は期会《クラス》代表として慰霊の辞をのべることを許された。

クラスメート須永孝に捧げる辞

須永よ。日本は第二次大戦において、個々の戦闘では幾度か勝利をおさめたが、終局的には敗北をきっした。

そのとき、おれたち兵学校六十八期生徒は、生存者わずか九十名で、戦死者はじつに百九十八名の多きに達した。そこで六十八期は、毎年五月三日十一時、靖国神社においてクラスの慰霊祭を行なっている。関係者百数十名が、全国から集まってくるが、貴様のお姉様・加藤いさ子様も毎年参列しておられる。

さて、日本は苦しい中から立ち上がり、奇跡的に経済発展をとげることができた。帝国海軍の伝統は、戦後新しく生まれた海上自衛隊に受け継がれている。

また貴様は、勉学のかたわら柔道にも打ちこんでいた。兵学校の柔道教官・杵淵政光教授と貴様との間の師弟愛は、真にうるわしいものがあった。杵淵教授は、現在、東海大学の柔道教授をしておられ、その愛弟子山下泰裕五段は、世界制覇を目指して日夜精進している。

ブレストの慰霊祭で、期友を代表して須永孝に捧げる辞を述べる著者。

須永よ。貴様が青春の情熱を注いでいたことは後輩たちによって立派に受け継がれているぞ。須永よ、安らかに眠れ。

思い起こすと、おれたち六十八期は、昭和十五年、日本海軍の二代目練習艦「香取」で、練習航海を行なった。その名も同じ三代目「かとり」艦上に、海上自衛隊諸官の参列をえて、この慰霊祭がいともしめやかにおこなわれていることを報告して、慰霊の辞とする。

昭和五十四年九月十一日

海軍兵学校第六十八期生徒代表　松永市郎

艦上から海面に向けて花輪が投げられた。私は、日本の清酒と煙草を投げた。「かとり」と「もちづき」は、ぼーっぼーっとサイレンを鳴らしながら、花輪の回りを大きく三回まわった。花輪にしつらえてある電灯が、暮れなずむ波間に見えかくれして、しきりに懐旧の情をそそる。

須永孝は、静岡中学から入ってきた。お姉さんのお話では、中学時代、勉強もできたが、スポーツは柔道、野球、水泳なんでも上手だった。早稲田大学野球部から勧誘を受けたが、本人の希望で兵学校を選んだ、ということだった。

兵学校での須永は、やはり勉強もできていた。だが、それにも増して忘れられないのは、豊田穣と共に、六十八期柔道の双璧《そうへき》だったことである。二人の優勝試合のことは、いまでもクラスの語り種となっている。

ところで須永、驚くなよ。その豊田は、戦後、直木賞作家となり、文筆の社会で活躍しているぞ。

＊

写真のことから、須永孝に慰霊の辞をのべる機会をあたえられたが、期友・太田政治も、伊号第五十二潜水艦航海長として、大西洋ビスケー湾で戦死している。太田は、期友の館山武裕とシンガポールで出会ったとき、遣独潜水艦の乗員に選ばれたことを誇りと思い、喜んでいると告げて出かけていた。

同艦乗員は、艦長宇野亀雄中佐、水雷長箱山徳太郎大尉、機関長松浦慎一少佐、通信長松園正信中尉、機関長付田中亥一郎中尉ら約百名だった。

十九年四月二十三日、同艦は、シンガポールを出撃し、八月上旬ごろ、ロリアン（旧フランス領）到着の予定だった。

同艦の出撃後、連合軍の進攻作戦は意外に早まってきた。六月下旬には、伊五十二潜が目指しているロリアン近くに上陸作戦を敢行し、その一角を占領した。

同艦は、アフリカ南端の喜望峰を回ってから、目的地に向かっている旨、数回、無線連絡をしていた。

しかし、ロリアンには、とうとうたどり着かなかった。当時は、連合軍側の警戒がとても厳しかったので、この警戒網突破はならなかったと思われる。

十九年八月二日、太田政治は戦死と認定された。

太田は福岡県出身だった。兵学校の受験には、中学校四年二学期終了の学歴が必要だったし、一方では年齢制限があった。

太田は中学に通っていなかったので、まず「専検」と称する国家試験で兵学校受験の資格をとり、それから兵学校の入学試験を受けなければならなかった。

年齢制限の期限内に、双方の試験に合格することは至難の業である。この至難の業をやりとげたのは、わが六十八期では太田だけである。前後のクラスの中でもあまり見かけない、珍しい経歴を持っていた。

体は小さかったが、野性味があり、闘志満々の快男児だった。志操堅固で闘魂あふれる太田は、特殊潜航艇要員に選ばれて、軍艦「千代田」で期友・磯辺秀雄とともに訓練を受けていた。特潜攻撃が一段落したので、昭和十八年十二月から同艦航海長に転じていた。

15 ピラミッド

アレキサンドリア港（エジプト）に入港するとき、港の入口で、うす汚れた小さな灯台を見つけた。開発途上国では、灯台もさえない色をしていると、私は軽蔑の目で見ていた。アレキサンドリア大王は、その大帝国内の各所に自分の名をつけさせていたが、ここはその中でもっとも有名である。首都カイロの北百八十キロにあり、エジプト第二の都市に位置づけられている。自動車、機械、セメント、石油精製などの工場があるほか、綿花取引所もあり、文字どおり商工業の中心地になっている。

その事実を裏書きするように、港内にはおびただしい外航船が荷役待ちをしていた。また船だまり場には、内航船がところ狭しとひしめいていた。

モンタザパレスは、ラスチーン桟橋から車で小一時間ほどかかる、市の東側の出はずれにあった。かつては王室の避暑地だったが、現在では一般市民に開放されている。なかでもっとも重要な建物の二、三階には王室の遺物がおいてあるが、一階はカジノになっていた。

帰りに、グレコローマン美術館に立ち寄った。展示物には、紀元前にさかのぼる物が多く、中には学問上とても貴重な資料もあるし、芸術的に価値の高い物もある、との触れ込みだった。

ところが、実際に行ってみると、建物は古めかしく、重たい大きな物を雑然と並べてあるという風情だった。ロンドンの大英博物館、パリーのルーブル美術館、ローマのヴァチカン宮殿など、世界的に有名な美術館を見てきた私たちには、なんだか泥《どろ》くさく感じられて興味を持てなかった。

陳列ケースの中に、昨日見てきた港入口の灯台の模型があり、アラビア語と英語の説明文をそえてあった。英文を読んでみると、あのうす汚れた灯台こそは、人類がこの地球上ではじめて造った灯台と書いてある。途端《とたん》に私は、驚きと感嘆の入りまじった複雑な気持になったが、その後は展示物を念入りに見て回るようになった。

私たちは中学校の幾何の時間に、三角形とか円の図形を描いていたが、そのような図形のコーナーには、ピタゴラスについて説明してあった。

ピタゴラスは、紀元前五八〇年ごろ、サモア島（ギリシャ）の宝石細工師の子として生まれ、南イタリアのクロトンに長く住んでいた。生存中、数学、哲学、宗教などの幅広い分野で、超人的な活躍をしたのはもちろんだが、死後二千年たった今日でも高い名声を残している。ところでエジプトの数学は、そのピタゴラスに対してだけではなく、ギリシャ数学に大きな影響をあたえている……と書いてある。

これらの展示物を見ながら、私がこれまでエジプトに対して持っていたさげすみの気持は、次第に尊敬の念に変わってきた。

その晩、私は、艦内の私室で、翌日見上げるピラミッドについて資料を整理してみた。四角錐《すい》になっているピラミッド基底の一辺の長さは二百三十メートルで、高さは百三十七メートルもある。

基底部の長さの差は二十センチ以下、底部の北西角の一点と南東角の一点とのレベル差は二センチ以下で、完璧に近い施工精度を持っていることを知った。着工時の五千年も前に金属製の物差し、それに水準器《レベル》は果たしてあっただろうかと思うと、驚きは倍加される。

ピラミッドは単に地上最大の建造物であるばかりでなく、きわめて精巧な建造物ということが分かってきた。私がエジプトに対して抱いていた尊敬の念は、次第に畏敬の念に昇華してきた。

翌朝七時、実習幹部はバス五台に分乗して、二百五十キロ離れているカイロに日帰り研修旅行に出かけた。あどけない大勢の小学生が、通学姿でさかんに手を振っている。今日は日曜日なのに、これはおかしいと不審に思う。ガイドは、こちらの気持を見すかしたように説明した。

「エジプトではイスラム教の関係で、金曜日が休息日になっています。ですから本日は、通学日に当たります」

アレキサンドリアとカイロとの間には、砂漠道路と農業道路と二つの道路がある。この日は、所要時間の短い砂漠道路をえらんだ。

人口二百五十万の大都市アレキサンドリアを後にして、わずか三十分も走らないうちに、早くも砂漠地帯となった。私たち日本人には、とても想像のつかない自然条件の厳しさである。

霧みたいなものが急に出てきて、二十メートル先も見えなくなってしまった。ガイドの説明では、南方砂漠の熱気と地中海からの海風とによる気象現象で、ときには交通に支障もあるとか。どうなることかと気をもんだが、みんなの精進がよかったためだろう、霧はまもなく晴れてきた。

ガイドの自己紹介によると、小学校の歴史の先生だが、英語での説明を頼まれてやってきたとか。広い砂漠のところどころに、背の低い植物がはいつくばうように、地面にしがみついている。水もなかろうにと、たくましい生命力の神秘さにおどろく。

ガイドがさかんに、ニュー・バーレー（新しい水路）とか、ニュー・コンストラクション（新しい建設）とかの言葉を使いだした。五千年前の歴史探訪にきた私たちだが、予想もしなかった言葉がつぎつぎに出てくるので、だれでもしきりに首をかしげる。

語学力の不足を想像力でカバーしようと努めるが、それにも限界がある。英語の説明では、かゆいところに手がとどかない感じで、なんとももどかしい。

はるか前方に緑の点が見えてきた。時速八十キロのスピードは、その点をまたたく間に線にして、さらには面にとひろげた。そこは立派な緑の林になっていた。ニュー・コンストラクションの謎が、次第に絵解きによって解明されてゆく。

土管やケーブルが、道ばたにおいてある。おやっ、トラックが走っている。乗用車の専用道路のはずなのに。特別許可を受けているのだろう、砂利トラだった。道端の案内板には、「サダト市、建設中」と書いてある。ガイドの話では、このほかにも、テンス・ラマダン市を建設中とのことだった。

綿密な都市計画に、適切な労務管理が行なわれているのだろう、労務者に暗いかげはなかった。地上ではスプリンクラーが、勢いよく水をまいていた。空には、小鳥の群れが楽しそうに飛んでいた。

右側の林につづいて、大きな水タンクの塔が見えてきた。大型トラックが五十台ほど並んでいる。陸軍駐とん地だろうか。やがて野営用のテントも見えてきた。暑い日差しの下では、隊員の駆け足訓練が行なわれていた。

九時半、左側に、マイクロウェーブの中継塔が、突然、モダンな姿を現わした。高さは三十メートルほどもあろうか、八等身スタイルである。付近には、短波・長波用のアンテナもたくさん見えてきた。通信基地は、なかなか端正なたたずまいだった。

左側車窓にうつる砂漠に、金属性の柵《さく》が見えてきた。しかめっ面した番兵の代わりだろうか。その先は小高い丘になっていて、高角（射）砲陣地にでもなっているのだろう。

そう言えばエジプトは、数年前まで隣国と戦争をしていた。先ほど見た陸兵の訓練が、実戦さながら真剣に行なわれていたのも、そのような緊迫感があるからだろう。

またまた、殺風景な砂漠地帯に入った。広い砂漠の中に、果てしなくつづく道路が一直線を描いている。それでもこの砂漠には、一つの救いがあった。道路脇には、電柱が電線がきれいな幾何学模様を描いて、行儀よく並んでいる。新生エジプトを象徴するように……。

出発後三時間、右側の石灰山を越えた向こう側で、ピラミッドが、バスのフロントガラスをおおいかぶせるように現われた。やっと、カイロの郊外にたどり着いたようだ。

カイロの町はずれに入ったとたん、人や車が急にふえてきた。お国柄だろうか、効果はないのに、ドライバーはむやみやたらに警笛をならす。接触覚悟で突っこんでくる横着なドライバーもいる。横着といえば、馬車をひく馬やロバも例外ではない。人が呼ぼうと、警笛がなろうと、マイペースで歩いている。

乗合バスは、鈴なりの乗客が外にはみだしたまま走っている。馬車も市民権を主張するように、相当な数である。日本流にいえば、幕末の江戸と昭和の東京とをオーバー・ラップしたようなものだった。

繁華街に入ると、両側には八階建て、十階建ての大きな建物が立ちならび、馬車は少なくなってきた。バスはやがて、軍事博物館に着いた。館外の展示物は、新鋭戦闘機や戦車の残《ざん》骸《がい》だった。中東戦争のものだろうか、硝煙の臭いが残っているような気がした。館内に飾ってあるのは、大昔のものばかりで、新しい興味をひかれる物はまったくなかった。

軍事博物館のあたりは、四世紀ごろ、ローマ軍によって造成されたバビロン城塞の跡である。付近一帯はゴースト・タウンのように見えるが、現在でもコプト族が住んでいる。このあたりを見物するときは、大声をあげたり、家の中にカメラを向けないようにとの注意があった。幕末と昭和とが同居しているどころか、千五百年のタイムトンネルを逆もどりしたように感じた。

バスは、新市街地に入って、しばらくショッピングを楽しむことになった。カイロは人口八百万だが、昼間人口は通勤者とか観光客のため九百万にふくれ上がる。

水道、下水道、交通、通信などの社会資本は、半分の四百万くらいが適当と言われている。しかもカイロの雨は、年に四、五回で、合計して一時間ばかり申しわけ程度に、ぱらぱらと降るだけとのことだった。

だから、名だたるショッピング街ながら、街も人もうす汚なく感じられるし、いやな臭いもしてきた。ショッピングもそこそこに、エジプト博物館へと先を急いだ。

館内には、ツタンカーメンの黄金マスクとか、ファラオのミイラその他が、豊富に展示されていた。ガイドが誇らしげに、「紀元前一三五〇年」と、くり返しくり返し何度も説明したのが、強い印象として残った。エジプトで三つの博物館を見て回ったが、誇りとしているのは、いずれも紀元前の物ばかりだった。

ここの前のタハリール広場は、カイロ最大のバスターミナルになっていて、さすがに人ごみでごった返していた。

バスはギザ地区のホテルで止まり、持参の昼食弁当を食べ、十四時半に目指すピラミッド地区に着いた。ピラミッドは約五千年ほど前に造られた王様のお墓で、エジプト国内には八十基ほどあると聞いている。

カイロのギザ地区には大きなのが三基あり、もっとも大きいのはフク王のピラミッドである。高さは百三十七メートルで、底辺は各辺とも二百三十メートルもある。二トン半の巨大な石を二百三十万個も使ってあり、十万人が二十年間働きつづけて造ったと推測されている。

ピラミッドとスフィンクス。著者は、このピラミッドを見つめてエジプトに対する畏敬の念を高めていたが、ラクダの手綱を握った子孫との対比に強く心をうたれた。

ピラミッドの石は、きれいに成形したものばかりではなかった。いろいろの形や大きさの石を、無造作に積み重ねただけのように見える。それでいて、底辺はこの地の東西南北の方角に寸分の狂いもなく、何千年間も野（砂漠）ざらしにして形がくずれていないので、かえって神秘さを感じる。

私は三ヵ月前、メキシコ市から車で小一時間の郊外にある、テオテイワカンのピラミッドを見学してきた。そこには、太陽のピラミッドと月のピラミッドと、二つのピラミッドがあった。

太陽のピラミッドは、メキシコではチョルーラのピラミッドについで二番目に大きく、高さは六十五メートルあり、底辺の一辺は二百二十五メートルだった。

月のピラミッドの高さは地上四十六メートルだが、太陽のピラミッドよりも十九メートル高い場所に建設されている。だから、二つのピラミッドの頂上は、同じ高さに造られているわけである。いずれも、長方形に整形した石材を、きちんと積み上げていた。

大勢の見物客が太陽のピラミッドに登っていたので、私も背広に革靴で登ってみた。ところが、エジプトのピラミッドは、威圧感がまるで違っていて、とても登れそうになかった。

ここのピラミッドを見つめて、エジプトに対する畏敬の念を高めていたとき、背後でしきりに声高な人の声がする。

振り返ってみると、ラクダをひいた中年のエジプト男が、ピラミッドを指さしてなにかしきりに叫んでいた。

言葉の意味は分からないが、そのしぐさから、ラクダに乗ってピラミッドを背景に写真をとり、なにがしか恵んでくれとのことらしい。実習幹部の一人が、さっそくラクダに乗った。

五千年も前に世界最大で、しかも精巧な建造物を造った優秀な祖先と、ラクダの手綱を握っている憐れな子孫を見くらべ、私はこのコントラストに強く心を打たれた。優秀な祖先に優秀な子孫がいるのは、世間の常識である。エジプトでは、どうしてこんなに大きなコントラストができたのだろうかと、不思議でならなかった。

ピラミッドに驚嘆した一同も、つぎに見たスフィンクスには、期待はずれでがっかりしていた。鼻は欠けていたし、思ったよりも小さく見えた。不評を買うには、いま一つの原因もあった。

この像は真東に向いているので、午後になってやってきた一同は、逆光線になって正面から写真が写せなかった。お門ちがいの憤りをぶっつけられて、スフィンクスこそ迷惑千万だった。

この人頭獣身像、高さ二十メートル、長さは前足の先から尻尾の端まで八十メートルもある。この種のものではやはり世界一で、自信があるのだろう。日本人の不評を無視して、表情一つ変えなかった。

ここでは夜、政府観光局の主催で「光と音のショー」が催されている。この主役を演ずるスフィンクスは、「夜またおいで」と、心の中でせせら笑っていたのかもしれない。

バスはもときた道を引き返して、繁華街に向かった。エジプトは、イスラム教と切りはなしては考えられない。

カイロ市内だけでも、大小三百のモスク（寺院）がある。丸みをおびた細い高い塔が、あちらこちらに見えかくれする。

スルタン・ハッサン・モスクは十四世紀に、モハメッド・アリ・モスクは一八五七年に完成した。ともに大理石をふんだんに使って、豪華な雰囲気をかもしだしている。

イブン・トウルン・モスクは、カイロでもっとも古いモスクで、なかなか力強いたたずまいを見せている。北西アフリカの信徒たちが、メッカへ巡礼するときの宿所にもなっていた。

ここのミナレット（尖塔《せん》）の頂上は高さ百五十メートルで、カイロ市内を一望の下にながめられる。

エジプト人は、九十パーセントがイスラム教徒である。文盲率が高いこともあって、イスラム教はエジプト人にとって、社会規範でもあり、衛生思想の普及にも役立っている。イスラム教徒は、一日に五回メッカに向かって礼拝し、毎年九月には三十日間の断食《ラマダン》を行なっている。そして一生に一度は、メッカに巡礼にでかけたいと念願している。

エジプト女性が外出するときには、頭から黒いベールをかぶると、話にも聞いていたし、写真も見ていた。今日のエジプトでは、未亡人は黒いベールをかぶるか黒い服を着ていたが、一般女性にはそのような風習は残っていなかった。

一般女性はヨーロッパのファッションを大胆にとりいれ、トップモードの人たちも見受けられた。エジプトに戦時色が遠ざかるにしたがって、この種の傾向は加速度的に増加してゆくだろう。

十七時半から十九時半まで、日本大使館において、黒田瑞夫大使主催の歓迎レセプションが開かれた。エジプトには千五百人の日本人がいて、商社活動に運河掘削に活躍しているとのことだった。商社の人たちは、「マレーシュ」（気にするな）の呑気《のんき》なエジプト人気質に戸惑い、運河で働く人たちは、厳しい暑さの中で自然条件に悩まされている。

これらの人たちは、アフリカ全般について語った。

「エジプトは、まだましな方ですよ。アフリカ西岸に駐在している人たちは、マラリア防止のキニーネ注射をつづけています。キニーネを一年じゅう使っていると、身体が駄目になるそうです。そのような、しょうれいの地に勤務する人たちは、文字どおり体を張って仕事をしています」

どのような道をえらぶにしても、職業は厳しいものだと改めて知らされた。

16　個人的体験から

カイロ日本大使館でひらかれた歓迎レセプションが終わると、見学隊員二百五十名はバスで帰艦した。私は仲間の草地八寿郎さん、青木渉さんといっしょに、草地さんの大学の学友宅に泊まることにした。

この学友は、造船学科を卒業した工学博士で、当時は日本エンジニアリング・コンサルタント会社のカイロ支店長をしていた。マイカーで迎えにきたその学友が、エジプト人だったので、日本人と思いこんでいた私はまずびっくりした。幸いこの学友は、日本に十年間も留学していたので、日本語はぺらぺらだった。文中では、Nさんと称する。

Nさんは私たちを自宅に案内したが、そこはナイル川の川中にある中島だった。ここでは海岸と同様に、昼間は川風が陸地に向かって吹き、夜間は陸風が川面に向かって吹くので、雨の少ない、年中暑いカイロ市内では一等地である。

自宅は、車庫つき豪華マンションの五階にあり、エレベーターを出てドアの中に入ったら、奥さんは美しい日本女性だったので、私は二度びっくりした。五ＬＤＫの応接室には、日本語の日本文学全集と世界文学全集とが、それぞれ二百冊ほど並べてあり、夫人の才能と英知が推察され、私は三度びっくりさせられた。

大使館のレセプションで軽い食事をすましていたが、奥さんの手造りの日本料理で改めて夕食を頂くことになった。この持て成しは、四ヵ月間も家庭を離れて航海をつづけている私たちにとって、何よりの歓待だった。ビールでほろ酔い機嫌になったところで、私は言った。

「Nさん、あなたは怪しからん」

お客からいきなり苦情がでたので、Nさん夫妻は魂消《たまげ》たし、和《なご》やかな雰囲気はふっとんだ。

私はさらに言葉をつづけた。

「Nさん、あなたが工学博士の称号を持って帰国されたことに、文句を言っているわけではありません。ところで奥さんは、才色兼備の日本を代表する美人です。留学生のみなさんが、こんな優秀な日本婦人を連れて帰られるならば、日本人の質がだんだん下がります。そこで私は、あなたは怪しからん、と言ったわけです」

私の不躾《ぶしつけ》な言葉は、奥さんを誉めるための枕詞だったと分かって、雨降って地固まるの諺どおり、以前にもまして打ち解けた雰囲気になってきた。

私は昼間感じた、優秀な祖先と惨めな子孫のコントラストについて、率直に質問してみた。Nさんが私に、植民地と敗戦国との区別は分かりますかと反問したので、私は、ハッキリ分からないと答えた。Nさんはつぎのように説明した。

敗戦国には、ある程度の主権があるから、国民の生命、財産、名誉、自由などもいくらか認められる。ところが、植民地には、国家としての主権がないので、司政官の実績を上げることがすべてに優先する。このため住民は、大きな犠牲を受けることになる。

司政官が、あるところに道路を造る計画をたて、そこに労働者が足りなければ、他所から労働者を強制的に連行してくる。工事が終われば、連行してきた労働者をそこで解放する。解放された労働者は、故郷に帰る方法が分からないから、そこに留まって新しい夫婦関係ができる。

ふたたび駆《か》りだされて解放されると、さらに新たな男女関係ができる。このようなことを二、三回くり返されると、人間はだれでも、過去の栄光を忘れて将来の希望を失うことになる。住民がそのような心境になり、独立運動を諦めることは、司政官にとって願ってもないことである。

産業面でも、植民地はとても憐れである。農業は、英語でアグリカルチュアと言うが、英国植民地ではモノカルチュア（単一の）になっている。

スリランカ（戦前のセイロン島）もマレーシアも熱帯地域にあるから、農作物は何を作っても育つはずである。ところが、英国は政策的に、スリランカには茶だけ、マレーシアには米だけを作らせ、両地間における交易の利益を独占している。

日本は敗戦国だったから、マッカーサー司令官は、農作物に制限も加えなかった。また日本には、明治以来の重農政策があり、農民は手厚く保護されている一面がある。植民地政策に悩まされてきたエジプト人の目から見ると、日本の農民はモノカルチュアでもアグリカルチュアでもない、アグラ（胡座《あぐら》）カルチュアである。

思い起こすとエジプトは、まずギリシアから征服され、為政者はローマ、フランス、さらにイギリスと変わり、長い間、植民地の圧政を受けてきた。数世紀にわたって圧政に悩まされてきたエジプト民族では、優秀な者はほとんど教育者を目指す。教育者になっておれば、どのような政治体制になろうとも、自分の家族を養うことはできるわけである。中東諸国の教育者に、エジプト人がとても多いのは、このためである。

優秀な者が政治家、軍人にならないから、エジプトは独立国家として発展しないことは、エジプト人識者ひとしく認めるところである。その理屈は十分理解しているが、まず自分の身を守るために、優秀な者はやはり教育者になっている。

エジプトは独立国家として繁栄していないが、エジプト民族が劣っているわけではない。民族の総人口と博士の数との比率では、エジプト民族は世界の一流になっている。

ここで一息いれたNさんは、彼が日本に留学していた昭和三十年の当時を振り返って語った。

当時の日本人の中には、日本は敗戦国であるという認識に欠けている者がいた。これは戦中から戦後にかけて、大本営発表ないし日本政府発表が、言葉の魔術で国民を欺《あざむ》いてきたこともその一因だろう。

昭和十七年八月以降、日米両軍はガダルカナル島（ソロモン群島）の飛行場の争奪をめぐって、死闘をくり返していた。日本軍は補給がつづかず、翌年の二月、同島から撤退した。しかし、国民に向かっては、敗退や撤退ではなく、ニューギニア方面に戦場を変えるため、作戦として転進したと発表した。

二十年八月、ソ連の参戦と原子爆弾投下の悪条件が重なり、日本は戦争継続ができなくなり、無条件降伏という最低の講和勧告を受諾する羽目となった。それでも国民に向かっては、敗戦と言わずに終戦と言い、占領軍ではない進駐軍という言葉に置き換えた。

日本内地で地上戦が行なわれなかったこと、占領の軍政があまり厳しくなかったことも相まって、日本人の中には、敗戦を十分に認識していない者があった。

またNさんは、相当数の日本人から、つぎの言葉を聞いてびっくりしていた。

「戦争に負けてよかった」

日本は四面環海で、他国と領土を接していない。しかも列強は、欧州でお互いにしのぎをけずってきた。

そのため日本は、地政学の面からも、歴史的にも、侵略を受けたり、征服されたりする機会が、これまではほとんどなかった。昭和二十年に、日本ははじめて敗戦（終戦）を経験した。

敗戦が植民地化につながるかも分からないのに、はじめての敗戦で大した痛手を受けなかったことから、戦争に負けてよかったということは、敗戦に対する認識不足もはなはだしい。

マッカーサー司令官の占領政策は、植民地の圧政を経験しているNさんの目から見ると、とても寛大だった。植民地で育ったNさんの友人たちも、やはり彼と同様な意見を持っていた。ところが、日本人は、マッカーサーの占領政策をけなしても、ほとんど感謝していなかった。

そしてNさんは、個人的見解ですがと前おきして、つぎのようにつけ加えた。父アーサー・マッカーサーの生涯は、アメリカ陸軍史のほとんど半世紀をしめる長いものだった。南北戦争にはじまり、インディアンとの戦いをへて、米西戦争にまでおよんでいた。

その間、ニューオーリンズに駐屯していたとき、メリー・ピンクニー・ハーディと出合って結婚した。メリーは、バージニア開拓以来の旧家の出身で、彼女の兄弟は南軍のために戦った勇士だった。日本占領軍司令官・ダグラスは、両親の三男としてアーカンソー州リトルロックのアーセナル兵営で生まれ、四歳のとき、メキシコ国境に近い陸軍基地に移った。

両親が南北に分かれて戦っていた家庭だったから、ダグラスは幼いころからおそらく、人間は自由と平等でなければならないとの、宗教的影響を強く受けただろう。

ダグラスは回想記のなかで、母親が最初に教えてくれた道徳の一つとして、つぎのように書いている。

「自分の行動に責任を持て。国家のことを、まず第一に考えろ。そして正しいと思ったことは、どんな犠牲をはらっても、やりとげなければならない」

ダグラスがウェストポイント陸軍士官学校に入校した当時、父アーサーはフィリピンに上陸し、マニラ周辺でスペイン軍と戦っていた。そしてアーサーは、フィリピン派遣軍司令官兼フィリピン総督に任命され、民族主義的反乱分子と戦うこととなり、ついにアギナルドを捕まえた。その後は、反乱分子の抵抗も急速に衰えた。

ダグラスは士官学校を首席で卒業し、当時としてはエリートコースの工兵少尉に任官して、最初の任地を一年間フィリピンで過ごした。

本国に帰国したダグラスは、父アーサーが日露戦争観戦のため日本に派遣されたとき、父の副官として随行した。つづいて父子は、東南アジアおよびインドへの旅行を命じられた。ホンコン、シンガポール、オランダ領東インド、セイロンおよびインドの各地を歴訪し、行く先ざきの多くの指導者たちと意見を交換した。

このようにダグラスは、幼少年のころから、植民地の状況と住民の苦労を肌で体験していた。宗教的な家庭に育ち、少年の純粋な目で見たダグラス少年は、

「異民族が植民地政策を行なうのは、人道上よろしくない」

と、かたく心に決めていたのではなかろうか。

ダグラスは、日本占領軍司令官になったとき、日本を植民地にしようと思えばできたし、日本内地を四分割することもできた。しかし、ダグラスは、そのようなことはせずに、ひた

すら日本の民主化に努めていた。

個人的推論を許していただくならば、マッカーサー司令官は、少年のころの決心を日本で実施したのではなかろうか。ところが、日本人は、マッカーサーのこの根本的な占領政策は考えずに、枝葉末節的なことにあれこれ苦情を言っている。

それも敗戦国民としての自覚がなく、独立国家当時の大日本帝国と敗戦後の日本とを、単純に比べて苦情をのべているのは、国際的見地に立てばまさに噴飯《ふんぱん》ものである。

Nさんが言う個人的見解には、私自身の体験から、なるほどと共感を覚えた。

私は、佐賀県立三養基《みやき》中学校の一年生（十三歳）の夏休みに、台湾と中国本土との間にある澎湖《ぼうこ》島まで旅行した。当時は日本の領土で、そこには馬公要港部が設けられていた。父貞市は要港部の先任参謀として勤務し、両親も弟妹もそこで暮らしていた。

私は五歳のときから、佐賀県東部に流れている筑後川の川口付近にある六田《ろくた》という集落で、母方の祖母に育てられていた。祖母はずいぶん昔の人で、文字を読んだり書いたりして、私に教えることはできなかった。祖母は幼い私を、お寺でお説教を聞かせたり、田舎芝居を見せたりして、それらを題材にして、私に人間として生きてゆく道を言葉で教えていた。

檀那《だんな》寺・光円寺の住職さんは、善い行ないをすれば善い報いがあるし、悪いことをすると地獄にゆくと、勧善懲悪のお説教をしていた。付近一帯には、仏教信者の農家が多く、純朴な農村地帯だった。

芝居見物から帰ったある晩、祖母は私に、今夜の芝居でどの役者が一番えらいか、と尋ねた。私が殿様役だと答えたところ、祖母はつぎのようにたしなめた。

「殿様役は、綺麗な着物をきて舞台の中央にいるから、客はだれでも注目する。だから、殿様役なら、大根役者でもつとまる。舞台右隅の庭に、ボロ着物をきて土下座していた役者がいただろう。なにもなかったら、お客があの役者を見ることはない。だからあの庭番は、芸の力でお客の目を引きつけなければならない。あの庭番が千両役者だよ。世の中はそんな具合だから、着ている着物のよしあしで、その人を判断してはならんよ」

このような家庭に育ち、このような社会環境で暮らしていた私は、はじめて遠方に旅行したわけだが、見るもの聞くもの珍しいことばかりだった。

ダグラス・マッカーサー。植民地の状況と住民の苦労を体験していた。

とくに私が不思議だったのは、日本人が台湾人に向かって、理由もないのに威張っていることだった。私がこれまで受けてきた教えでは、人間はだれでも平等のはずである。

ところが、ここでは、相手が雇い人でもない台湾人に向かって、また商品を買わない店の台湾人に対して、日本人がやたらに威張りちらしている。こんなことがあっていいのだろうかと、私は不思議でならなかった。

私はこの島で腸チブスにかかり、馬公海軍病院に入院して、伝染病舎に隔離されることになった。全治退院までの四十日間は、患者も看護婦も、世間には一歩も出られなくなる。患者の私は自業自得と諦めるとしても、お付き合いをさせられる看護婦はまったく気の毒である。この辛い役割を担当させられたのは、小学校高等科を卒業してまもなくの、許氏淑という十七歳の台湾人だった。すまないという気持から、私はこの看護婦さんを「おねえちゃん」と呼ぶことにした。

腸チブスは、半月ほど四十度近い高熱がつづき、それから回復期に入る。この病気では、高熱期に死ぬことは少なく、回復期に食べて命を落とす者が多い。そのあたりの理屈はよく分かっているが、食べ物をあたえられない身には、腹がへってとても辛かった。

私にあたえられるのは一日に、竹箸《たけばし》のさきに巻きつけた、水飴《みずあめ》五本だけだった。それでは腹がへって、腹がへったため死ぬのではないかとの妄想にも駆られた。

そこで午前中にまず三本食べて、おねえちゃんには、まだ二本しか食べていないと言い張った。こうしておねえちゃんをごまかして、七本まで食べたことはあったが、それ以上は決して食べさせてくれなかった。

後から考えてみると、医者はおねえちゃんに、七本まではいいと内々で許していたのかも分からない。退院したとき、父は私に言い聞かせた。

「六田付近によく伝染病が発生して、松永家では、十五歳以上の男の子は育たない、というジンクスがあった。やはり駄目かとお前をあきらめていたが、優しくて厳しい一面を持った、理想的な看護婦さんにめぐり会えたからこそ、お前は九死に一生をえた。おねえちゃんのご恩は、一生忘れてはならんぞ」

私が育てられていた六田は、筑後川の支流・六田川沿いの位置だった。当時は衛生思想も低かったので、上流の上峰村に腸チブス、赤痢などが発生すると、下流の六田にはかならずと言ってよいほど伝染してきた。このため、私の村・三川村には避病院《ひびょういん》が設けられていて、そこに入って亡くなる者が多かった。そんなこともあって、父貞市は私の回復を人一倍、喜んでくれた。

昭和十五年、私は海軍兵学校を卒業して、翌十六年には軍艦「榛名」で甲板士官として勤務していた。軍紀厳正な日本海軍でも、年に二回ぐらいは艦内で無礼講で酒を飲んでよかった。分隊会と称していた。ある分隊会の日、甲板士官事務室で休んでいると、医務科の山村先任兵曹が入ってきて、いきなり私に、

「甲板士官、懐かしうございます」

と声をかけたが、私としては狐につままれた感じだった。

「中学生のとき、馬公海軍病院に入院されたでしょう。松永少尉は、あのときの松永少年と想像はつきましたが、下士官の私が士官のあなたに、大勢の人前で話しかけてはならないと、分隊会の今日まで待っていました」

「アー、あのときの看護兵か。その節は、たいへんお世話になった」

「あのときは仕事でしたから、別にお礼を言わなくてもいいですよ。とにかく、無事に成人

できてよかったですねえ」

一昔前のことだが、当時のことが昨日のことのように思い出された。おねえちゃんは一日に一回、二百メートルほど離れた本院に、氷の補給に行かなければならなかった。若い娘にとって、真っ暗な夜道を一人歩きするのは、やはりこわかったのだろう。おねえちゃんは昼間行きたいと言ったが、私をおいてけぼりにして病室を出るのを、私は許さなかった。

病室の天井には、ときおりヤモリが現われる。人に危害をくわえないとは聞いているが、身動きもできない子供の私にとって、グロテスクなこの小動物はとてもいやだった。そこで私はおねえちゃんに、私が眠っている間に氷をとりに行くように頼んだ。

回復期に入ったころ、もっと食べさせろ、いえそれはいけませんと、私とおねえちゃんは、よく口喧嘩《くちげんか》をするようになった。いつのころからか、この山村看護兵が病室に出入りするようになった。

私にとってはよい話し相手だったし、おねえちゃんは昼間に氷をとりに行けるので、二人とも山村看護兵を心待ちするようになった。そしておねえちゃんと私の間には、「あの人」という共通用語ができていた。

「ところで先任下士、お礼はお礼として言うけど、俺はあのとき十三歳でまだ色気を知らなかった。二十三歳の今日から考えてみると、看護兵が伝染病舎の中学坊主に会いに来る道理がない。あの看護婦に会いに来ていたんだろう」

「じょうだんじゃ、ないですよ」

口では否定しても、急に顔がほてったのは、酒のためばかりではなさそうだ。

「先任下士、俺はあの看護婦に無理ばかり言っていた。いま一度会って、謝っておきたい」

「あなたが無理ばかり言うので、あの看護婦は毎日、泣いていました。あなたがお礼に行かれるならば、それこそ喜びますよ。現在は媽宮《めきゅう》の日進商会に嫁いでいます。馬公に入港したら、私が案内しますよ」

「先任下士、おねえちゃんのために乾盃、これから徹底的に飲もう」

ところで、情勢が逼迫《ひっぱく》してきたので、どこかに入港しても、乗員には上陸が許されないようになってきた。そこで私は、副長吉田利喜蔵中佐に、おねえちゃんとの係わり合いを話し、馬公に入港したら特別上陸をお願いしたいと、あらかじめ相談しておいた。そのような事情なら、ぜひ会いに行ってこいと、副長としてはむしろ奨めるような口振りだった。

昭和十六年十二月三日、軍艦「榛名」は思いがけなくも馬公に入港した。乗員に上陸は許されなかったが、いつものことで、私としてはさして気にもとめなかった。そして私が既得権として特別上陸をお願いしたら、吉田副長は一瞬、迷惑そうな顔をされた。私は無理にお願いして、山村兵曹を道案内にして出かけた。面会時間は十分間と制限され、平生から人情味豊かな副長にしては無粋なと、いくらか割り切れないものを感じながら……。

訪ねる家は、すぐ分かった。桟橋近くの海岸通りにあり、乾物の海産物を商う店で、二階が住まいになっていた。主人らしい人に来意を告げたら、その人は二階に上がって行ったが、おねえちゃんはなかなか現われなかった。

病院では子供だったが、現在の私は二十三歳の青年である。男性の患者が看護婦を訪ねてはいけないだろうかと、ちょっと不安になった。そのときおねえちゃんが、やつれた姿で階段を下りてきた。一週間ほど前に、男の赤ちゃんを産んだとのことだった。

「おねえちゃん、病院では無理ばかり言って、ごめんね」

「まだ子供でしたし、それに病気でしたから、いいんですよ。お父様のように、士官になれてよかったですね」

「有難う。あなたに命を助けてもらったから、士官になれたよ。家が分かったから、またやってきます。サヨウナラ」

十分間は、とても短かった。心を残して艦に帰った。

馬公を出港したら、これから戦争に出かけるところだと聞かされ、特別上陸をお願いしたときの副長の苦悩がやっと分かった。時が時だけに、吉田副長は自分の進退を賭《か》けて、私に上陸を許されたに相違ないと思った。

それにしても私は幸運だった。山村兵曹と偶然にも軍艦「榛名」でいっしょに勤務していたこと、それに吉田副長は人情味豊かな人だったこと、この二つの条件がそろわなければ、短時間にせよ、おねえちゃんとの再会は実現しなかった。これから戦場に向かうとなれば、再会できたことはとにかく嬉しかった。

その後の私は、ソロモン群島とか中部太平洋方面に転戦し、ふたたび馬公に入港する機会はなかった。戦後は差し当たりの生活に追われ、おねえちゃんを思い出すこともなかったし、まして訪ねることなど思いもよらなかった。

佐世保ロータリー仲間の友広嘉久君が、佐世保同仁会病院を新築し、オリエンテーションとして看護婦に話をしてくれと頼まれた。私はおねえちゃんのことを、物語り風に話した。

「近ごろの病院は、堂々たる建物で高価な医療機械もそろっていますが、私は入院したいとは思いません。三十七年前、私は十三歳の少年でしたが、腸チブスで馬公海軍病院の伝染病舎に、隔離入院させられました。建物は粗末で調度品は何一つなかったが、親切いっぱいでした。看護婦は、許氏淑という十七歳の台湾人でした。テレビ、ラジオはもとより、何一つ娯楽のないところで、四十日間外出もせずに私を看病してくれました。とても優しい人でしたが、医者の言いつけはしっかり守って、定められた以上の水飴を私に食べさせませんでした。私としては、親切で、しかも厳しい看護婦さん、そのイメージをこわしたくありません。皆さん、許氏淑さんに負けない看護婦さんになって下さい。そして私が、安心して入院できる病院にして下さい」

大きな感動をあたえたようで、三十人ばかりの人たちはしばらく顔も上げなかった。総婦長はつぎのように言った。

「患者から四十年間も名前を覚えられている許氏淑さんに負けないよう、私たちも十分に職務に励みましょう」

私はこの話を、佐世保ロータリー吉富勝次会長につたえたところ、国際ロータリーの組織を利用して、その看護婦さんを捜してみましょうとのことだった。月着陸の時代で距離は近いといっても、戦後の台湾は外国である。しかも四十年近い歳月が流れている。「外国の尋ね人」――この気の遠くなるような話に、私は大して期待もしなかった。

吉富会長は、高雄ロータリー会長に彼女の調査を依頼したが、一ヵ月もたったころ、返事は台南ロータリー会長からとどいた。澎湖島にもさきごろロータリークラブができ、吉富会長の手紙を、澎湖クラブのスポンサークラブの台南クラブへ転送したと添え書きしてあった。

彼女は事故で片脚切断の奇禍にあったが、六人の子宝に恵まれ、ご主人は学校教師で暮し向きも割合いよいとのことだった。私が訪ねたときの赤ちゃんは、現在医者としてイタリーに留学中と書いてあった。この返事にはオマケがついていて、澎湖ロータリー許会長からつぎの伝言があった。

「松永さんは、先任参謀の子供さんでしょう。私は井手呉服店の外交員で、井手一郎の名前で海軍官舎に出入りしていました。松永さんのお母さんも存じています。松永さんご一家は、佐賀の人たちでしたね」

当方がびっくりするほど、そのものズバリだった。敗戦国家の日本では、海軍士官の家族など話題にもならないのに、海の向こうの外国で四十年前のことを覚えていてくれたとは、まさにオドロキである。

回復期を迎えたころ、私はおねえちゃんの望みを尋ねてみた。

「小さな望みはネ、一度でいいから軍艦に乗ってみたいこと、大きな望みはネ、日本に行って雪を見たいわ」

恩返しに、おねえちゃんの望みを一つでもかなえてあげられたらと思ったが、それはなかなか実現できそうになかった。

昭和四十四年、海上自衛隊練習艦隊が台湾の高雄に入港することになったので、私はさっそくおねえちゃんに手紙を出した。

「練習艦隊司令官の本村哲郎海将補は、私の友人です。おねえちゃん、高雄までお出かけ下さい、あなたの小さな望みがかなえられますよ。本村司令官に連絡しておきました。私の代わりに案内して下さるはずです」

おねえちゃんは脚が不自由だから、主人か娘が高雄まで出かけるとの返事があった。

おねえちゃんと私との係わり合いが切っ掛けとなって、台南と佐世保との間に姉妹クラブを締結することになり、台南から蘇銀河さんと傳再生さんが相ついで来佐した。

この締結式には、佐世保から十名ほど台南に行ったが、私もその一員に加わった。締結式が終わってから、他の会員たちは台湾本島の観光旅行に出かけたが、相良礼巳さんと私は澎湖島に飛んだ。戦前は高雄から船便で八時間かかっていたが、現在はジェット機でわずか二十分の旅である。

おねえちゃんはご主人にともなわれ、空港まで出迎えにきていたが、それはまさに三十年ぶりの対面だった。おねえちゃんには右脚がなく、松葉杖を使っていた。町に向かう車中で、おねえちゃんは右脚を失った当時を振り返って語った。

戦後、北京軍がこの島に駐留してきたとき、おねえちゃんは娘を産んだ直後で、牛乳を買いに町の中に出かけなければならなかった。日没後は外出禁止となっていたが、おねえちゃんは日暮れごろ出かけた。

北京軍の衛兵が何か声高《こわだか》に叫んだが、北京語の分からないおねえちゃんは、夢中で駆けだした。衛兵の銃口が火を吹き、おねえちゃんはバッタリと路上に倒れた。ただちに病院に担ぎこまれ、右脚切断の手術を受けた。

このときの執刀医は、当時の澎湖島公立病院長で現在は台南市で開業している蘇銀河医師だった。その後の蘇さんとの交遊から、私の従弟渡辺剛州《よしくに》と蘇さんとは、台北高校付属中学校から京都帝国大学へと、同じコースをとったとのことだった。

おねえちゃんは、右脚をなくしてから、恥ずかしいと外出しないので、運動不足となって太っていた。病院でみていた、十七歳の娘時代の体形とはまったく変わっていた。

昼食におねえちゃんの自宅へ招かれた。居間には、本村哲郎司令官から贈られた記念品が飾ってあった。私としては、おねえちゃんの小さな望みを、間接的ながらかなえてやれたと思った。脚が不自由では雪見に日本への旅行は無理なので、私はその代わりとしてケース入りの博多人形を進呈した。

前回お宅を訪ねたときは、面会時間を制限されて、ゆっくり話も出来なかったので、改めて出なおしてきたと事情を説明した。あの病院では、無理ばかり言ってすみませんでしたと率直に謝ったところ、おねえちゃんはつぎのように言った。それは、涙ぐんでの言葉だった。

「病院で無理を言っていたのは、あなたではありません。あのときは、病気が言わせていました。あなたは私を、おねえちゃんと呼んで、日本人と同様に待遇して下さいました。私はそれがとても嬉しくて、看病の苦労は、苦労と思っていませんでした」

澎湖ロータリーからも招待を受け、私はおねえちゃんといっしょに出向いて、この島で二日間を過ごした。おねえちゃんは、もう一晩泊まって、新婚旅行で台湾本島に行っている、娘に会って下さいと、しきりに奨めた。団体旅行だから、これ以上の日延べはできないと答えた。

別れが辛いからと、おねえちゃんは家にいて、代わりにご主人が空港まで見送ることになった。

ご主人が空港で、「帰ってきました」と言って、一人の娘を私のところに連れてきた。銀行員に嫁いで、新婚旅行に出かけていたおねえちゃんの娘さんだった。

私は、おねえちゃんの顔は覚えていなかった。それでも、おねえちゃんのスタイルとか、本院に氷を受け取りに行く後ろ姿は、まだ脳裏に焼きついていた。この娘さんを一目見た瞬間、四十年前のおねえちゃんにそっくりだと思った。世間の人たちもそう言うから、おねえちゃんとしては、なんとかしてこの娘を私に会わせたいと思ったのだろう。

私は、この娘さんに握手を求めた。娘さんの手を握ったとき、この手よりもっと小さかったただろうおねえちゃんの手が、私の命を守ってくれたと思うと、こらえていた涙が両ほほをつたった。私は声をつまらせながら言った。

「まずご主人と仲よく暮らしなさい。私はあなたにお願いがあります。あなたのお母さんは、あなたのお母さんになる前に、私のおねえちゃんでした。私は感謝の気持を失うわけではありませんが、たびたびここにやってくることはできません。私の代わりに、私のおねえちゃんを大切にして下さい」

日本語の分からないこの娘さんに向かって、同行していた台南クラブの傅再生さんが通訳をしてくれた。娘さん夫婦が、ニッコリ笑ってうなずいた。

空港のスピーカーは、台南行きのお方は早く乗って下さいと、しきりにせきたてている。私は見送りの人たちに向かって手を振り、別れを惜しみながらタラップを踏んだ。

思い出多い澎湖島も、はや見えなくなった。帰りの機中で、私はひとり物思いにふけった。もしも私が、二十歳を過ぎて病気になり、日本人と台湾人との区別とか、植民地の事情を承知していたならば、私は看護婦をおねえちゃんと呼んだだろうか。

そんなことに思いをはせながら、私はNさんの言葉を反芻《はんすう》した。

「マッカーサー司令官は、幼少の折りに植民地の実情を見て、植民地政策は人道上よくないと思ったのではなかろうか」

Nさんのこの推測を、私は自分の体験から理解できるように思った。

「ところで、Nさん。現在の日本人に、何か忠告して下さいと頼まれたら、あなたはどんなことを言いますか。遠慮なくおっしゃってみて下さい」

「日本は私を育ててくれたし、家内の縁つづきの者も住んでいます。私は日本に関心もありますし、日本を愛しています。植民地の経験を持つ者として、率直な意見をのべてみましょう」

との前置きで、つぎのように語った。

さっきも言ったとおり、植民地の圧政を見てきた私たちの目から見ると、マッカーサー司令官の占領政策は寛大だった。それは日本人にとって、短い焦点距離の見方では幸運だったと言える。

しかし、そのため、日本人が敗戦を軽く見て国防をおろそかにし、エジプトのように一度植民地化されると、永久に立ちなおれないかも分からない。

戦後の日本では、戦争はすべきでない、だから軍隊は持たないとの意見があり、非武装中立論とか早期降伏論とか、学生じみた議論がまかり通っている。

永久中立を表看板にしているスイスが軍隊を持っているし、百五十年間も戦争に係わりのないスウェーデンにも軍隊がある現実を、日本人は厳粛に見きわめなければならない。日本は現在、経済的に発展しているが、ある国の経済発展が永久につづかないことは、歴史の教えるところである。経済が衰微するとき、日本人は何を心の支えにして生きてゆくだろうか。

現在、年間五十万の日本人が海外旅行に出かけているが、その行く先はほとんど欧米の先進諸国である。これからは開発途上国にも出向いて、植民地とか途上国の苦悩を見すえて、そのようにならないために、日本はどうしなければならないかの具体策をつかむ必要がある。

Nさんの話で、夜も更《ふ》けた。というよりも、明け方近くなってきて、そろそろ一番鶏《どり》のなくころである。そのとき私は、三養基《みやき》中学校の英語の時間に、曽根先生から教わった、「鶏はイギリスで、コッカ、ズーズル、ズーとないている」

との言葉を思い出した。そこで私は一座の者に、

「カイロの鶏は、英語でなくだろうか、それともアラビア語でなくだろうか」

と、問題を投げかけた。一同は鶏のなき声を聞こうと、耳をすまして待っていた。

草地「いまなきました。私には日本の鶏のように、コケコッコーと聞こえました」

松永「私にも、そういうふうに聞こえました。だけど安心はなりませんよ。日本人はエコノミックアニマルと言われています。生卵も輸出しているか分かりませんヨ」

青木「まさか。そんなことはないでしょう」

Nさん夫妻は、大阪の都会の真ん中に住んでいて、日本の鶏のなき声を聞いていなかったのか、私たちの会話を聞いて、ただにやにやっと笑っただけだった。

翌日は昼ごろ起きて遅い朝食を済ませ、モスク（イスラム教の寺院）を見学してから、Nさんのマイカーでアレキサンドリアまで送ってもらうことになった。

モスクに入るときには靴をぬいで、室内では声高《こわだか》に談笑しないようにと、Nさんからとくに注意があった。イスラム教信者の中には、熱狂的な信者がいて、不測の事態も起きかねないから、ということだった。

私がうっかりして靴をはいたまま入ろうとしたら、

「松永さん、靴をぬいで」

と、Nさんが叱りつけるようにどなった。私は急いで靴をぬいだ。

モスクの中は薄暗く、偶像とか飾り物などは何一つなかった。大勢の人たちが、メッカと思われる方角に向かって、ひざまずいて額が床につくまで何回も何回も頭を下げていた。確かに談笑する者も私語する者もなく、みんなの敬虔《けいけん》な態度は、私には異様とさえ感じられた。

そこで私は、三十数年前のことを回想した。敗戦直後のある日、佐賀市の占領軍司令部からアメリカ兵が突然、私の家にやってきた。靴をはいたまま畳《たたみ》の上に上がってきたとき、私は敗戦の悲哀を改めて感じさせられた。

あのアメリカ兵は、自分たちの習慣どおり振舞っただけだろうが、私としてはわざと占領軍風をふかしていると反感を持った。私も、悪気はなく、いつものとおり靴をはいたままモスクに入ろうとした。その私の態度を、信者は悪意と受け取るかも分からない。Nさんが制止してくれなかったら、あの熱狂的信者が……と思い、慄然とした。

私には、こんな経験もある。日米両国の女子バレーボールチームが、オリンピック競技に備え、相携えて日本の各地を転戦していた当時のことである。スポーツの好きな私は、ある都市に試合見物に出かけた。近くには米軍基地もあり、そこは一つの国際都市のはずだった。国際試合というので、会場の雛壇の上には、両国の来賓たちが並んでいた。試合開始にさき立ち、両国の国歌奏楽裡にそれぞれの国旗が掲揚された。

アメリカの人たちは、選手も雛壇の人も、いずれの国旗掲揚の場合でも、不動の姿勢で私語するようなことはなかった。日本人の方は、一般観衆はもとより選手も雛壇の人たちも、だらしない格好で私語する者が多く、とても不様《ぶざま》だった。

そんなことから私は、さらに思いをめぐらした。現在の日本は、世界各地で貿易摩擦を起こしている。それは一般に、雪崩《なだれ》現象的な輸出をするからだと言われている。

輸出の態度、確かにそれも大きな一因だろう。ところが、日本人は、外国人から見ると、宗教に無関心で、国旗、国歌に無頓着である。日本人は外国人から見ると、成金根性まる出しで、こんなことからエコノミックアニマルと嫌われているのだろう。ここらあたりのマナーのなさが、貿易摩擦を実質以上に増幅しているのではなかろうか。

ちなみに練習艦隊では、ある国に寄港する数日前から、その国の国旗を食堂前に掲示して、乗員全員に周知させていた。また昼食前には、その国の国歌を艦内放送で何回も流していた。このようなこともあって、スウェーデン海軍報道部のカールソン氏は、新聞の紙面につぎのように語っていた。

「日本人は、とても礼儀正しい国民である。スウェーデン国民は、この機会に日本の練習艦隊を訪ねて、なにかを学びとるように」

このため艦内の一般公開には、見学者がどっと押しよせ、三百メートルほどの行列ができた。三千名の見学者を時間内にはさばききれず、やむなく見学時間を延長する一幕もあった。電灯艦飾を二晩つづけて行なったが、これまた市民の絶賛をあびた。

社会民主党系（当時の野党）の新聞は、いままでに軍隊を誉《ほ》めたことはなかったそうだが、つぎのように報道した。

「日本練習艦隊は、世界一規律正しい軍隊である……」

司令官・植田一雄海将補の率いる練習艦隊のスウェーデン初訪問は、関係者にとって楽しい美しい思い出になったばかりではなく、おそらくは両国間の末長い友好に大いに役立つことだろう。

17　国境を越えて

海上自衛隊練習艦隊には武道部員がいて、外国の港に入港したさいには、武道展示（演武）または親善練習をしている。従来は、剣道、柔道、空手道の三種類だったが、昭和五十四年には合気道が追加され、防衛庁から渡辺弘師範が派遣された。

渡辺師範は、五ヵ月間の世界一周遠洋航海に、仲間として寝食を共にしていた私に、合気道についてつぎのように語った。

「十一ヵ国、十三港を訪問し、ほとんどの港で武道展示を行ない、数ヵ所で交歓練習を行なってきました。合気道は、民族文化とも言われる日本武術を基盤とし、精神性、求道性を加えて高い哲理で貫かれた武道ですが、どちらかといえば、地道な歩みをつづけてきました。現代社会は洋の東西を問わず、物質面に重点がおかれ、何事もゲーム的に短絡的に考えられがちで、とかく精神面が軽視されてきました。

そのような世相の中で、心身を鍛練し、人間としての心を深める合気道が注目され、現在では国際的な広がりをもっていることを、この航海で実感として味わってきました。一例をあげますと、フランス西海岸のブレスト市（パリの西六百キロ、人口四十万の地方都市）の海軍スポーツジムで展示、練習をしたときには、千二百名の観衆が集まってきました。一緒に練習してみますと、素直で礼儀正しいし、単に武技だけでなく、精神面でも、合気道の立派な求道者になっていると思いました」

この遠洋航海に実習幹部（戦前の遠航における少尉候補生に相当する）として参加し、入港のたびに合気道の演武に駆り出されていた畑中裕生一尉は、私につぎの感想文を寄せた。

「寄港地見学を犠牲にして合気道をやることには、正直のところ、当初は抵抗を感じましたが、回を重ねるごとに考えが変わってきました。こちらが熱心に演武しますと、観客が感激して盛大な拍手をしてくれました。見も知らない言葉も通じないが、自分と観客は、一体となっていることに気がつきました。お互いに外国人ということを意識せずに、国境を越えて人間と人間との触れ合いがあると感激しました。練習を終わってから、練習相手と拙い英語ながら話し合ってみました。合気道のこと、武道のこと、人生観などについて話していますと、一般の旅行者では味わえない歓びを感ずることができました。

災害派遣訓練の一環として行なわれた45名定員のカッターの積載能力の実験。ポンドの中でカッターを岸壁につないだまま動かさなければ、81名の乗船も可能だった。

ブレストでは、とくに大勢の人たちが押しかけてきました。合気道は試合もおこなわれないし、日本人にもつかみどころのないように思われる一面があります。まして合理主義に徹した西洋人には、さっぱり分からないでしょう。この大勢の人たちは、日本ブームの世相に便乗して、ちょっとした好奇心で来ているだろうと思っていました。練習で体と体をぶっつけ合ってみますと、こちらの教えを熱心に聞き、『これでいいですか』と、納得するまで体得するまで質問してきました。その真剣な眼差しと礼儀正しさは、日本人以上の厳しさがありました。そこには、武道を通じて心身を鍛錬し、人生を探究しようという姿勢がうかがわれました。残念ながら現在の日本人には、武技の練習はしても、それを人間完成の方法と考えている者は少のうございます。自分のこれまでの合気道に対する考え方も、甘かったと反省させられました」

畑中一尉は未熟だったと反省しているが、私は別の考えをもってこの感想文を読んだ。戦前の日本人が、外国の美点、長所を認めることは、先進国に対する劣等感の表われにもなるので、一概に誉められることではなかった。

現在の日本は、世界各地で貿易摩擦を起こすほどの経済大国になっている。現在の日本人が、外国の美点、長所を認めず、外国の欠点、短所だけを口にするならば、外国人から成金根性とさげすまれる原因になりかねない。若い（当時二十五歳）畑中裕生一尉が、フランス人の美点、長所を見てきたことは、大いに意義がある。単なる旅行者としてではなく、スポーツの相手としてお互いに汗を流し合ったからだろう。

実習幹部として、同様に合気道に励んでいた森英世一尉は、帰国後しばらくして、第二二一教育航空隊（下関市）に教官として勤務し、災害派遣訓練の一環として、カッター（長さ九メートル、定員四十五名）の積載能力について実験してみた。繋船池《ポンド》の中で、カッターを岸壁につないだまま動かさなければ、大人八十一名を乗せても沈まないことを実験した。たまたま同基地を訪問した海上幕僚長吉田学海将がこの実験の報告を受け、森一尉と握手をして激励されたと聞いている。『先任将校』の文中には、カッター三隻に、それぞれ六十五名ずつ合計百九十五名乗せたと書いてある。読者からの読後感に、「定員四十五名のカッターに、太平洋の洋上で六十五名も乗せられるだろうか。大げさな表現ではないですか」の質問状が相ついで届いた。森一尉の実験は、著書の記述を実証してくれたわけで、著者としても感謝に堪えない。

練習艦隊が外国の港に入港すると、両国間の公式行事として、表敬訪問、無名戦士の墓参拝、艦上レセプションなどが行なわれる。さらに準公式行事として、武道部員は武道展示練習をし、音楽隊員は演奏行進をすることもある。

これらの公式行事ではないが、艦隊乗員は機会をとらえて、同地の海軍とラグビー、サッカー、バレーボールなどの交歓試合をしていた。そこで流していた青年たちの汗は、他日きっと「友好」という大きな稔りをもたらすだろう。その稔りは、公式行事に優るとも劣らない大きなものと思われる。

18　遠洋航海余聞

一、ノーフォーク沖

練習艦隊が外国の港に入港するさいは、礼砲交換など公式の国際行事になるので、前日の午後には港外に仮泊して、外舷の化粧直しとか、礼砲手入れをして準備する。

ノーフォーク軍港（アメリカ東海岸）沖に仮泊していたとき、若夫婦の乗っていたヨットが横倒しになり、強い引き潮のため沖の方へ押し流されていた。

放っておけば人身事故になりかねないので、随伴艦「もちづき」では、短艇を派遣して乗員とヨットを救助してきた。ぬれ鼠の二人にシャワーを使わせ、乾いた衣服と温かい食べ物をあたえ、ヨットは翌日渡すことにして、その晩は二人を自宅に帰した。これは日本艦隊の美談として、さっそくテレビ、新聞に報道された。

夜中に海が時化《しけ》てきたので、艦尾につないでいたヨットを甲板の上に引き揚げることにした。引き揚げるときに艦体にぶっつけて、ヨットの一部を毀《こわ》した。翌日ヨットを受け取りに来た若夫婦は、ヨットが毀れているのを見て、損害賠償を請求すると言い出した。「もちづき」が救助してやらなければ、あの二人は命を落としていた、それは当事者が当然わかっているはずである。ところが、この二人は、命の恩人に向かって弓を引こうとしていると、艦隊の乗員は大いに憤慨した。

ところが、打ち合わせにきていた日本の防衛駐在官・田村豊海将補は、

「若夫婦の言い分を理解できる」

　と言い出したので、私たちは二度びっくりした。

驚いている私たちに、駐在官は説明した。日本は一民族、一国家、一国語で、宗教もほとんど仏教である。だから国民だれでも、風俗習慣も考え方、物の見方もほとんど同じで、いわゆる常識が通用する。

　実例をあげると、子供の頭をなでてやることは、子供に愛情を示す仕種《しぐさ》であることは、日本の国ではいつどこでも常識となっている。ところが、同じ行為でも、民族が異なり宗教が違うと、子供を侮辱したと受け取られることがある。

　たくさんの人種がいて、宗教が違うと、共通の常識がかならず通用するとは限らない。そこに契約社会が生まれる。

　交通事故を起こして車内に閉じこめられている者を助け出す場合、車をこわさなければならないなら、契約社会では、

「君を助け出すには、車をこわす必要がある。こわしても差し支えないか」

　と、その人の承諾を得なければ、いらぬお節介をしたと判断される恐れがある。アメリカはそのような社会だから、ヨットの損害賠償請求はありうると思う、との説明だった。

　この説明をきくと、なるほどと思われる点もあった。この賠償金はアメリカ海軍が肩代わりしてくれることになり、艦隊は予定どおり出港した。外国に来ているということを、実感として味わった出来事だった。

二、ロンドンの街角《まちかど》で

(1) 衛兵交代

北川記者といっしょに、ロンドン市内に出向き、バッキンガム宮殿の衛兵交代を見に行った。

緯度の高いロンドンでは、八月は観光シーズンでものすごい人ごみになっていて、定刻十一時半の半時間前に行ったが、良い場所はとれなかった。

「北川さん。私はさっぱり見えませんでした。あなたはどうですか」

「私は、衛兵交代を見にきた人たちを見てきました」

(2) パブ

ロンドンのパブは、日本の居酒屋に相当する。その中には、文学者がよく出入りする店とか、芸人の多い店とか特長のある店もあった。

特長といえば、二百年間も掃除をしないことで有名な、とても汚《きた》ない（北ない）店があると聞いた。

私は、誇り高き男というよりはむしろ、埃《ほこり》多き男である。私のような埃多き男には、汚ない店こそふさわしい店である。

とはいっても、西も東も分からない私には、北ない店を捜し出す手立ては見つからなかった。

(3) シャッポ

イギリス人は、よく帽子《ぼうし》をかぶると聞いていた。そういえば日本では、頭にかぶる物を帽子という一つの言葉で間に合わせている。イギリスでは、ふちのないのをキャップと言い、ふちのあるのをハットと言い分けている。

ところが、ロンドンを歩いてみると、帽子をかぶっていないイギリス人も結構多かった。イギリス人が、どうして帽子をかぶらなくなったのだろうかと考えてみた。

現在、年間五十万人の日本人が外国旅行に出かけるが、そのほとんどはパリー、ロンドンを見て回っている。

このため、ロンドンでは、帽子をかぶらない日本人が大勢で街を歩いている。イギリス人も、とうとうシャッポをぬいだわけだろう。

(4)　嘆き

ロンドンのホテルで、ドアボーイの嘆きを聞いた。

「入口のドアに頭をぶっつけるのは、開発途上国の人か日本人です。途上国の人は、そこにガラスがあると気がつかないらしい。日本人は、ドアは当然、自動ドアと思いこんでいます。急いでトイレに駆けこもうとして、よくおでこをぶっつけています」

タクシーのドライバーのぼやきは、こうだった。

「日本人には困ります。道路に荷物を持った人が立っている。タクシーを待っているのだろうと、車を止めてみるが、いつまでも乗ってこない」

日本人は、タクシーのドアは自動的に開くものだと思いこんでいる。ところが、外国では、客がドアを開けて乗るタクシーが多かった。

(5) 買物

北川さんが、紅茶の缶をたくさん買おうとしたので、私はたしなめた。

「お茶は湿気《しけ》る。しけたと後悔することになるよ、よしたまえ」

私は大学生の娘たちに、カシミア・ウールを買うことにした。

「松永さん。ウールはよしなさい」

「ウールは、ここが本場だよ。君、それを知らなかったの」

「それは分かっています。ところでウールは、虫がつきやすいよ」

(6) 通り

メキシコ・シティーは、フランス人が都市計画をしたので、パリーのシャンゼリゼ通りに似た素晴らしい通りがあった。

ワシントンも、フランス人が都市計画をした。ここでは、東西と南北方向に碁盤の目のように通りを造ってある。

東西方向の通りにはアルファベット順に、南北方向の通りには数字を名称としてあるから、土地不案内の旅行者でも分かりやすい。

パリはご承知のように、凱旋門を中心に街路を放射線状に造ってある。美観も素晴らしいが、赤ゲットの外国人にも便利である。またここでは、電線、電話線、ガス管などが百年も前に地中に設置されている。

ロンドンの通りには、それぞれの固有名称がついている。それが、通り一遍《いっぺん》の名称でないから、ややこしい。リーゼント通り、サーカス通りなど……。

「リーゼント通りは、この通りですか」

「はい。そのとおりです」
三、ブレストで
練習艦隊には武道部員がいる。剣道、柔道、合気道などの部員は、寄港地ごとに親善試合とか模範試合を行なっていた。

合気道の部員が少なかったので、実習幹部の森英世・三尉は、寄港地の見学をやめて試合や練習の応援に出かけていた。

同行者の渡辺弘さんは、武道部員の世話役をしていたが、ブレストで合気道の道場に指導に出かけたときの様子をつぎのように語った。

「交通渋滞のため、道場に到着するのが半時間ばかり遅れた。集まっていた人たちは、私語することもなく正座して待っていた。いざ指導をはじめると、とても純真にこちらの言葉を聞いていた。

日本の武道は、『礼に始まって礼に終わる』と言われている。ところが、この美風は、現在では、日本よりも外国に残っているように思われた。これまでの私は、

『外国人が合気道で良い成績をあげるのは、大きな体で強い体力を持っているから』と思っていた。しかし、ブレストで指導してみて、外国人が合気道に取り組む心構えによ

るのではないかと思った」

四、尺度

昭和の初期、私は佐賀県の草深い片田舎の小学校に入って、尺貫法を教わった。長さの単位は、十寸が一尺となり、六尺が一間となる。さらには、三十間が一町《ちょう》となり、十町が一里《り》となる。十進法でないから覚えにくかったし、とにかくややこしかった。

小学校三年生のとき、メートル法を教わったが、これは十進法だし、覚えやすく便利だった。世界各国が使っているとの説明だったが、もっともなことだと思った。

遠洋航海では、横須賀を出港して東回りで十一ヵ国を歴訪することになった。外国では当然、メートル法を使っていると思っていたところ、アメリカをはじめ、メキシコ、パナマ、イギリスでは、どこも交通標識の速度表示はマイルを使っていた。

半分ほどの五ヵ国目に当たるドイツで、はじめてメートル法に出会ったときには、驚きもし、あっけにとられた。

艦内でも、長さを測るのに幾つかの単位を使っていた。艦が航海する距離は、マイル（千八百五十二メートル）を使っている。この距離は、緯度十五度あたりの緯度一分の距離に当たるから、航海計画を立てるにはとても便利である。

ところで、艦とほかの物件との距離を測るには、要具のちがいにより、二つの単位を使っている。測距儀で測るときにはメートルを使うが、レーダーで測るにはフィートを使っている。

そこで私は、古庄副官に質問してみた。

「副官。艦では長さの単位として、マイル、メートル、フィートと、幾つか使っています。どうせいろいろ使うなら、尺も使ってはどうですか。

尺では、間尺《ましゃく》にあわないわけではないでしょう」

「海上作業は、瞬間的に判断して、迅速確実に行動しなければなりません。しゃくの種になるような尺度は使えません」

「その程度の回答では、釈然《しゃくぜん》としません」

副官は参ったー、というような顔をしていた。

その後の私は、得意になって洒落《しゃれ》をとばしていた。私の洒落を聞いて、嫌な顔をする者がいることは、私も承知していた。

「それは、私が悪いわけではない。洒落の分からない相手が悪いんだ」

と、私はたかをくくっていた。お釈迦様だって「縁なき衆生は度しがたし」と、おっしゃっているんだから。

ある晩、私は例によって例のように、仲間を集めて洒落を言っていた。迷惑そうな顔をする者もいた。

仕事を終わってやってきた副官が、言った。

「松永さん。あなたの洒落は素晴らしい。ところで私、不思議でなりません。そんな素晴らしい洒落を、松永さんが料金もとらずに、無料でしゃべっておられます。勿体ないですよ」

副官の言葉は、私の口封じとは分かった。現役士官の封じ手にOB士官が悪あがきするのは大人気《おとなげ》ない、ここは敗けるが勝ちと私はだまった。

ところで、ある高名な心理学者は研究結果を発表した。

「上手な歌は聞く人たちを楽しませ、下手な歌は歌う本人を楽しませる」

さきごろ私は、カラオケ・バーで、素人の歌には三つの材質があることを知った。

「竹のような歌には、歌う本人にも聞く人たちにも、ハッキリ分かる節《ふし》がある。木のような歌では、歌う本人は節があると思っているが、聞く人たちにはどこに節があるのか、さっぱり分からない。プラスチックのような歌には、歌う本人にもどこに節があるのか分からないらしい」

後の方の手合いになるほど、一度カラオケのマイクを握ると、一、二曲ならともかく、四曲も五曲もつづけざまに歌う。そのとき私は、古庄式撃退法を利用してみたが、効果満点だった。

「○○さん。あなたの歌は素晴らしい。準プロ級ですよ。それなのに、無料で何曲も聞かせるのは勿体ないですよ」

このようなことを書いていると、つまらないこと、余分なことを書くと思う人もいるだろう。それは致し方ない、だって本章の題名が遠洋航海余聞だから……。

19　遠洋航海の報告

私たち海軍兵学校第六十八期のほとんど全員は、開戦当初からつねに第一線で戦っていたので、敗戦時の生存者は期友二百八十名の中、わずか九十二名に過ぎなかった。しかもこの生き残りのうち二十名は、戦傷または戦病のため病床にあった。

精いっぱい根かぎり働いていたわけだが、戦後私たちに向けられた言葉は、職業軍人、追放……等々で、思いもよらないものばかりだった。そしてクラスとしての会合はもとより、手紙のやりとりさえも禁止された。

昭和二十五年、これらの取り締まりがようやく下火になったころ、東京にいるクラスメートは、芝田村町にあった舞踊家《ぶようか》・西崎緑さんのお宅に集まっていた。内海《うつみ》通吉にとって姉さん女房の西崎さんだが、クラスの交遊のためにと自宅の一室を開放して下さった。

そのころの話題は、戦犯容疑者として巣鴨に服役中のクラスを、どうして救い出すかであった。

彼に有利な証言をする証人を、東京に連れてくる以外に方法はなかった。九州各地に点在しているその人たちをどうして捜しだすか、またその資金はどうするか……。

「生き残ったあなたの務めでしょう。これをお金に換えて、証人をお連れになっては」

と、西崎さんは内海に装身具を差し出した。

女性には、とくに芸能界の女性にとって、アクセサリーは命につぐものだろうし、またその品には断ちがたい思い出もあっただろう。とにかく内海は、証人四人を捜して東京まで連れてきて、一人のクラスを救うことができた。

地方のクラスに連絡する作業に当たったのは、矢野任、井上竜昇、芝山末男、それに西山顕一だった。十分な通信費がないので、ガリ版の原紙をみずから切り、奥さんが封筒張りと、一家をあげての勤労奉仕で、クラスへの連絡がはじまった。

善行をしている充実感はあっても、西山の心中はいま一つ晴れ晴れとしなかった。その当時は、転居先不明で返ってくるのが二十通にも上っていた。西山は、これらの家族をなんとか捜しだそうと、報われることのない作業にとりくんだ。

まず入校当初の名簿から、不明家族の本籍地を調査し、その役場に転居先を尋ねる。転居先から疎開先へと捜索の範囲をひろげる。それでも分からない向きには、出張や休暇を利用しての旅行で役場に出向き、苦節七年をへて昭和三十一年、ついに全家族の連絡先がはっきりした。そのころ芝山が提案した。

「俺たちのクラスは、戦死者がとても多い。毎年、慰霊祭をやろうじゃないか。五月三日十一時、靖国神社拝殿と決めておけば、地方からも計画的に参加できるだろう」

こうして毎年五月三日、東京で慰霊祭を行なうこととなった。毎年全国各地から、百数十名が集まってくる。当初は戦死者の御両親が多かったが、亡くなられたそれらの方たちに代わって、現在は、戦死者の兄弟姉妹や甥、姪がふえている。

私はこの慰霊祭で、遠洋航海の報告をすることになった。

靖国神社における遠洋航海に関する報告

海軍兵学校生徒には、陸軍にない、いくつかの素晴らしい魅力があった。粋な短剣もさることながら、休暇が陸軍より長かったし、卒業すると遠洋航海で外国に出かけることができた。

ところが、俺たちが入校した昭和十二年、蘆溝橋《ろこうきょう》で起きた一発の銃声により、休暇は陸軍よりも短くなるし、卒業しての遠洋航海は出港直前に中止となるし、まさにふんだりけったりだった。

著者の期友・広尾彰大尉。特殊潜航艇に乗艇しハワイ特別攻撃を敢行。

さて昭和五十四年度、海上自衛隊練習艦隊の世界一周遠洋航海に、俺は新聞記者として参加を許され、五ヵ月間に十三ヵ国を歴訪してきた。俺一人がこの恩典に浴しては申しわけないと、行く先々でクラスの慰霊祭を行なってきたので、ここに報告する。

まず最初に、身代わりサンゴのお国入りという話である。俺はハワイのマキキ日本人墓地で、ホノルルに住んでいる兵学校七十五期の岩崎剛二さんと知り合った。岩崎さんは、広尾彰についてつぎのように語った。

「広尾大尉とその特殊潜航艇を、日本からハワイまで運んだのは、伊号第二十潜水艦でした。その操舵長・西城留三郎兵曹は、死地に赴く広尾大尉の立派な態度に強く心を打たれていました。西城さんは、ハワイに出向いて広尾大尉の霊を慰めるのを、戦後の念願としました。その西城さんは、松永さんより三ヵ月前にハワイにおいでになりました」

俺は帰国後、盛岡に住んでいる西城さんと連絡をとり、西城さんを佐賀県鳥栖市の広尾家に案内した。西城さんは泊まりがけで、広尾の死にいたるまでの一部始終を、長兄・寛《ゆたか》さん、次兄・寛次さんに話して下さった。岩崎さんはみずからハワイの海底にもぐり、サンゴを採ってきて俺にとどけて下さった。そのサンゴを長兄・寛さんに渡したところ、つぎのお礼の言葉があった。

「皆様のご配慮により、弟彰の身代わりサンゴが、三十九年ぶりに故郷に帰りました。広尾家の家宝として、末長く大切に保存します」

つぎに、この世における最後の写真が、母親代わりのお姉様の懐にという話である。西ドイツのキール軍港に入港したとき、戦時中にキール海軍基地司令官だったウェーリッツヒ退役大佐は、日本海軍に係わりのある写真十数枚を、植田司令官に進呈した。

一枚は、戦時中にキールで行なわれた、Uボートの日本への譲渡式の写真だったが、俺はその中に須永孝を発見した。ドイツは戦時中に、日本へUボート二隻を無償譲渡したが、須永はその回航員に選ばれていた。

写真のUボートは、日本名を呂号第五百一潜水艦と命名され、日本に向けて大西洋を航行中に、敵駆逐艦の攻撃により撃沈された。だから、この写真は、須永のこの世における最後の写真のはずである。俺はこの写真を引き伸ばしてもらって、キールからお姉様、加藤いさこ様あてに郵送した。

このことが艦隊司令部に伝わり、ブレスト港沖の大西洋における艦隊慰霊祭では、俺が須永孝に慰霊の辞を呼びかけることを、公式に認めてもらった。その様子は録音テープにおさめられ、これまたお姉様にとどけた。

スリランカという国は、戦前セイロン島と呼ばれていた。スリランカのコロンボでは、戦時中の日本飛行士の墓前に、この国の人たちが今日でもいつも新しい花を捧げている。

井手敏は大艇搭乗員として、コロンボの偵察飛行で戦死している。スリランカの越智啓介大使は、俺たちにつぎのように語った。

「戦後三十年以上も花をたやさないスリランカ国民の好意に応えるため、また戦死者の顕彰のため、日本人墓地に近く戦死者の慰霊碑を建立します」

井手敏の勲《いさお》しは、末長くスリランカの地に語りつがれることだろう。

マレーシアのペナン沖では、俺たち六十八期が第二の父と敬仰する大野格・期指導官が、軍艦「羽黒」副長として艦と運命を共にされ、大坪弘は分隊長としてお供した。佐藤正は、艦上戦闘機乗りとして付近海域で戦死した。

俺は乗艦「かとり」から、熊本に住んでおられる大野美代・夫人に電報を打って打ち合わせ、艦の上からと熊本からと、大野指導官の霊位に同時礼拝した。日本出発に当たり、大野夫人からお預かりしたつぎの色紙に添えて、日本の酒と煙草を供物にした。

散りはてて　三十《みそじ》を過ぎし武夫《もののふ》に
今神酒《みき》を捧げん　南溟《なんめい》の海

フィリピン沖、台湾沖、沖縄海域、さらに日本近海でも、それぞれ慰霊祭を行なってきたが、戦死者もかなり多いので、ここでは個人名の発表を割愛させていただくことにする。

さて今回の遠洋航海では、十三ヵ国を歴訪してきた。その中には、アメリカ、イギリス、ドイツ、フランスなどの先進国もあったし、メキシコ、エジプト、スリランカなどの開発途上国もあった。

メキシコにはマヤ文明があったし、エジプトにはエジプト文明があった。そしてスリランカは、小乗仏教のメッカだった。これらの途上国は紀元前数千年も前に、数学、天文学、土木工学の分野で人類の開拓者的な役割を果たしたこともあり、経済的に隆盛をきわめた時代もあった。

これらの国が国防をおろそかにしていたため、他国の侵略を受け、植民地化されて今日にいたっている。植民地化されたため、優秀な祖先をもちながら、子孫は途上国の悲惨な情景を目のあたりにして、俺は国防の重要さをあらためて痛感させられた。

ここ数ヵ月間、わが国で国防問題が、にわかに取り沙汰されている。とはいっても、国防に取り組む姿勢は、予算措置にとどまっている。国防には予算措置もさることながら、国防に携わる者に誇りと自信とを持たせることが必要不可欠である。

このような世相づくりには、若いころ海軍生徒を拝命し、感激にひたった俺たちこそ一役買わねばなるまい。しかし、生き残りの俺たちの、戦後における社会的地位はあまりにも低く、社会的実力はあまりにも弱い。

在天の諸君、貴様たちの英知と情熱を俺たちに貸してくれ。俺たち生き残りは、貴様たちのお力添えにより、新しい国防再建に努力することをここにお誓いする。

遠洋航海の経過概要を申し上げ、所懐の一端をのべて、遠洋航海の報告に代える次第である。

昭和五十五年五月三日

靖国神社にて

兵学校六十八期　松永市郎

（付記）海軍では、師範学校を出て徴兵で入隊した者を、師範徴兵（略して師徴）と言って、一般徴兵よりも進級が早く優遇してあった。事務能力に優れていて、とくに謄写《とうしゃ》板技術が上手だったので、甲板士官事務室、各科倉庫の事務担当者として活躍していた。

佐世保鎮守府管内の一期師徴のうち、左記の三十五名がミッドウェー海戦で戦死した。知人の松浦二男さん（宮崎県佐土原町）から、

「同期の慰霊祭をしてきて下さい」

と依頼を受けていたので、それを実施してきた。県別の員数、左記のとおりである。

徳島二　香川三　愛媛四　高知〇　福岡五　長崎五　佐賀二　熊本二　大分三　宮崎一　沖縄二　鹿児島六

艦別　「加賀」二十三名　「飛龍」十二名

軍艦「名取」は、フィリピン群島の東方海面の北緯十二度で撃沈された。練習艦隊がフィリピン西方の北緯十二度を通過するとき、名取会から預かってきた軍艦旗を海面に流し、名取の戦死者の霊を慰めた。艦隊としては十一ヵ国を歴訪したが、私は二回隣国へ個人的に旅行した。

20　奇蹟の生還

イギリスのドーバー海峡の南部に、ポーツマスという軍港がある。そこに入港する前日の

八月十六日、数多くのヨットが白波けたてて走っていた。アドミラルティ諸島を目がけての、外洋性ヨットの国際競技が行なわれていた。

ところが、その晩、大時化《おおしけ》となって二十人近い死者がでた。主催者も気象庁も、大いにたたかれるだろうと予想していたが、翌日の新聞には小さな活字で、つぎのように書いてあるだけだった。

「昨日のヨットレースでは、夜中に大時化《おおしけ》となり、参加艇三百二十隻のうち六十数隻が転覆または沈没し、十八名が死亡した。ある天候で、ヨットが安全かどうかは、ヨットの艇長が判断すべきことである。人身事故が起こっても、主催者および気象庁にはなんの責任もない」

いずれ遺族が訴え出るだろうし、評論家が世論をアジるだろう、と予想した。ところが、遺族の訴えも、評論家のけしかけもなく、そのまま一件落着した。

驚いたことに翌日には、数多くのヨットが外洋を目ざして出て行った。夏場はヨット遊びのシーズンと思われるが、あそこらあたりは北緯五十度で、東京の十一月上、中旬の気候である。

日本人が剣道場、柔道場に通うのは、武術の練習もさることながら、人間修業の意味合いを持っている。イギリス人がヨットで外洋に出るのは、日本人が武道場に通うのと同じように思えた。海洋民族の心意気を感ずるとともに、イギリス人の自然、天候に対する敬虔《けいけん》な態度に、私は強く心を打たれた。

もし日本で同様な事故が起きたら、なんとか難癖をつけて、主催者からか、気象庁からか、補償金をとろうとするに違いない。日本人のこのような態度を、私はかねがね苦々しく思っていた。

人間は本来、自分自身で天候を予知し、みずから身をまもるべきである。私は幼いころ、佐賀県東部に流れている筑後川のほとりの草深い片田舎で育てられていた。当時はラジオもテレビもなかったし、新聞雑誌をとっている家庭も少なかった。

あの山に雲がかかれば雨になるとか、南風《はえ》は台風の前触れとかの言い伝えがあり、また次の諺《ことわざ》もあった。

「夏の夕焼け、川越すな。秋の夕焼け、鎌といで待っとれ」

夏には急に夕立ちがきて、川がはんらんすることもある。だから夏は夕焼けでも、川向こうには行くな。秋の夕焼けなら、明日はかならず晴れるから、稲刈りの用意をしておけ、との教えである。

天候を予知するには、動物の力も借りた。放ち飼いの鶏が、夕方鳥屋《とや》に帰るのがおそいと、明日は雨と言った。鶏は明日の雨を感知していて、明日の分まで食いだめするから、鳥屋に帰るのがおそくなるというわけである。

私は自宅から佐賀県立三養基《みやき》中学校まで、田園地帯八キロを自転車で通学した。燕《つばめ》や雀が低く飛んでいると、明日は雨と言っていた。これらの鳥は、ぶゆ（佐賀ではぶよといった）と称する小さな昆虫を食べている。明日雨が降る場合、ぶゆが低く飛んでいるので、ぶゆを食べる鳥たちも低く飛ぶというわけである。

戦前の田舎の家では、隙間風《すきまかぜ》が吹きこんでいた。私が寒さにふるえていると、私を育ててくれた祖母が言い聞かせた。

「こぎゃん寒かぎ、稲の切り株《かぶ》におる虫は死んでしまうタイ。そして、夏は暑かギ、お米のとるっタイ。お天道さんの、冬は寒う夏は暑うしてくんさっけん、人間ナ生きていかるっバイ」

雨風のひどい日には、雨傘をこわさないように、傘をすぼめて歩くようにと教えられた。

このように戦前の田舎の子供たちは、自然に感謝し、自然とどう付き合うかを体験していた。

先年、ある大学の新入生歓迎会で、酒を飲んで湖でボート遊びをしていて、数人の大学生が水死するという事故が起きた。遺体を確認にきた親たちが、変わり果てた息子の姿を見て、

「ばかな」

と嘆いていた情景が目に残る。

このほか、国の内外を問わず、あちこちで日本人が、海や山で同様な事故を起こしている。亡くなった人たちとその家族にはお気の毒だが、私としてはこれらの事故は、起こるべくして起こった事故だと考えている。

とにかく、現在日本の子供たちは、受験戦争の戦士としてのみ育てられているような気がする。これでは、自然に対する感謝の念もわかないだろうし、自然とどう付き合ってゆくかの体験も持っていないわけである。そして事故にさいしては、補償金の獲得に狂奔《きようほん》するとは、

自然に対する冒瀆《ぼうとく》もはなはだしい。

このような世相を憂えた私は、戦前の田舎の子供の生活を、なんとか文章につづってみようと念願した。


艦隊はポーツマス軍港を後にして、ドーバー海峡を抜け、キール運河を通って西ドイツのキール軍港に入港した。

敗戦国は一般に、道義がすたれ、秩序が乱れると言われている。日本は一度戦争に敗けただけで、乱れた一面をもっている。ドイツは、三十年間に二度も敗けているので、どのように乱れているだろう、それを自分の目で確かめたいと思った。

人口二十五万の古い軍港都市キールは、差し当たり日本の佐世保市に相当する。駅や公園などの公共施設は、整備も清掃もゆきとどいていた。電車やバスに車掌はいないが、乗客は乗車区間に応じて料金を自発的に支払っている。取り締まりの目があろうとなかろうと、交通法規はきちんと守られていた。

それもそのはず、西ドイツの子供たちは、幼いときからまず家庭の厳しい躾教育を受ける。聞き分けがなかったり、駄々をこねたりすると、親たちは人前だろうと往来だろうと、子供の尻をたたいて体罰を加える。通りかかった他所の大人が、まあまあと子供の肩をもつこともない。

それどころか、子供が人間の道にはずれたことをしていると、見知らない大人でも、遠慮会釈もなくその子のお尻をたたく。自分の子供がぶたれているのを、産みの親が静かに見まもっているという、ほほえましい情景にも出会った。

子供は国家社会の宝である。国家社会の将来は子供の双肩にかかっているということが、国民のコンセンサスとして定着していた。規律を尊ぶゲルマン精神は、家庭と地域社会とが連帯して、スパルタ教育によって培われていた。

西ドイツの小学校には、宗教の時間があった。戦前日本の修身の時間に相当する。

「うそを言うな。盗むな。隣人を愛せよ。他人に迷惑をかけるな」

など、人間本来の道を、繰り返しくりかえし教えこんでいた。

小学校では、知識や技能を授けることよりも、精神教育と体育に重点をおいていた。西ドイツも日本と同様に、戦後、占領軍から教育制度改革の勧告を受けたが、

「ドイツには、ドイツの伝統があるから」

と、この勧告を斥けている。

海上自衛隊練習艦隊の旗艦「かとり」――著者は、失われていた潮気を身につけるために本艦に乗り組み、5ヵ月間に11ヵ国を歴訪した。実りの多い遠洋航海だった。

西ドイツの子供教育は、戦後も戦前とおそらく変わらないだろう。それは戦前日本の田舎で、私が受けていた子供教育に、一脈相通ずるものがあると思った。

国家の秩序を測るには、いくつかの方法があるだろうが、私はつぎの物差しを使った。世間には、軍人、警察官、消防官など、ときには命をかけて働く職業がある。これらの職業人を、国民がどれほど信頼し尊敬しているか、私はこの物差しで国家秩序を測ってきた。

キールの艦上パーティーで、偶然知り合ったドイツ海軍士官は、私の質問につぎのように答えた。

「国民は軍人に、絶大な信頼と尊敬の念を捧げます。軍人は国民の負託にこたえるため、日夜任務の達成に精進しています。軍人という職業に、私は誇りを持ち、喜びを感じています」

わずか三十年間に二度も戦争に敗けた西ドイツは、どんなに乱れているだろうかという、私の予想はみごとにはずれた。

西ドイツは、道義もすたれていなかったし、秩序も乱れていなかった。しかもドイツ精神は、国民一人一人の胸に健在であった。

五ヵ月間に十一ヵ国を歴訪し、練習艦隊は予定どおり無事に横須賀に入港した。訪問先には、先進国もあったし、開発途上国もあった。しかし、やはり日本が一番いい、というのが大方の練習艦隊乗員の意見だった。

ところが、懐かしいはずの日本に帰ってみると、当時の日本では、少年少女の校内暴力、家庭内暴力が相ついで起こっていた。そして親たちのぼやきとして、

「近ごろの子供は、子供らしさがなくなった。子供に、可愛気がなくなった」

との言葉を聞いた。

思い起こすと、私たちが子供だった戦前には、

「地震、雷、火事、親爺」のほかにも、巡査、学校の先生など、恐いものがたくさんあった。また子供に課されていた仕事もいくつかあった。

戦後の私たちは、自分たちがしてきた苦労を、自分たちの子供にはさせたくないと心がけてきた。ところが、その結果は、期待に反して、少年少女の非行が相つぎ、日本精神の欠除した世相になってきた。

そのころ私は、「奇蹟の生還」と題するテレビドラマを見た。事実にもとづいて作られたという、このドラマの荒筋《あらすじ》はこうだった。

ドイツ人の生物学者夫妻は、南米アンデス山中奥深く入りこんで、研究にいそしんでいた。一人娘は、五百キロ離れた町の女学校の寄宿舎で暮らしていた。

クリスマス休暇が近づいたので、母親は出迎えがてら町まで買物に出かけた。ところが、運悪く、母娘《おやこ》の乗った帰りの飛行機が雷雲に突っこんで墜落した。

二百名を越える乗客、乗員の中で、十五歳のその娘たった一人が生き残った。命だけは取り止めたが、どちらに進んでいいのか、方角はまったく分からなかった。雨が降ってきて、

足許に水たまりができた。心細さは、つるのばかりだった。娘はそのとき、父親が口癖のように言い聞かせていた言葉を思い出した。

「山で進む方角が分からなかったら、水の流れる方向に進みなさい」

娘はこの言葉に従って行動し、九死に一生をえた。

ドイツの親が、遠く故国を離れていても、自分の体験を子供に語り聞かせていた生活態度に、私は強く心を打たれた。

ドイツは三十年間に二度も戦争に負けたが、負ける要領を知っていたから、大きく乱れなかった。とにかく第二次大戦に対して、日本人は日本をいつも被告席において考えているが、ドイツ人はそうではない。ドイツ人は、

「両国間に紛争が起きた場合、戦争は独立国にあたえられる紛争解決の正当な手段である」

と主張してはばからない。

そして親の経験を子供に言い聞かせ、民族の誇りと伝統を伝えている。また家庭と地域社会とが連帯して、子供をよい国民に育てている。さらに道義も秩序も保ちながら、ドイツ精神を子孫に伝えていた。

それは戦前、私が、佐賀の片田舎で受けた教育に似通ったところがあった。

日本は戦争に一度しか敗けていないが、敗ける要領を知らなかったから、大いに乱れているところがある。

家庭では、男親が私をふくめて、敗戦ショックで自信を失い、子供に威厳をもって躾教育をしなくなった。学校教育は、知識偏重となり、精神面が軽視され、合理的という言葉の陰に鍛練という言葉は死語となった。

戦前の伝統も習慣も、すべて悪習と考えられて子孫に伝えられなかった。欧米人は個人主義といっても、宗教というブレーキを持っている。宗教というブレーキを持たない日本人が、個人主義の一面だけを真似している。そして、経済発展、輸出振興をすべてに優先させている。

現在、西ドイツも日本も、西側自由主義圏の優等生として活躍している。しかし、ある国の経済発展が、未来永劫《えいごう》につづくものでないことは、歴史の教えるところである。

今回の遠洋航海でも、「七つの海に日没する時なし」と豪語したイギリスに、昔日の隆盛は見られなかった。

「すべての道は、ローマに通ずる」と言われたローマでは、フォロローマにしてもコロセウムにしても、過去の栄華を偲ばすものだけが目についた。ハンザ同盟という歴史上の事実はあっても、そこに現実に何かが残っているというわけではなかった。

西ドイツでも日本でも、いつの日か経済にかげりが現われるだろう。そのような場合でも、民族の誇りを伝え、戦前の伝統や習慣を大切にしているドイツでは、少なくともドイツ魂は残る。ところで、民族の誇りも伝えず、戦前の伝統も習慣も捨ててしまった日本に、果たして何が残るだろうか。

このような天下国家を論じてみても、地位も財産もない、非力な私に、果たして何ができるだろうか。そこで私としては、まず出来ることからやってみようと思った。

ドイツの父親は、遠く故国を離れていても、自分の経験を娘に口癖のように言い聞かせていた。その言葉は、娘が危急におちいったとき、娘の命を救った。

思い起こすと、軍艦「名取」が陸岸から六百キロ離れた洋上で撃沈されたとき、私が思い出したのは、祖母がくり返して言い聞かせていた言葉だった。それが私の、ひいては短艇隊員の命を救うことにもなった。

学校で教わる一過性の教育は、危機にぶつかった場合、あまり頭に浮かんでこなかった。俗な言葉でいえば、そのような教育は、身についていなかったわけである。

私もあのドイツ人を見習って、自分の体験を子や孫にくり返して言い聞かせよう、また世間一般のために書き残そうと思った。しかし、遠洋航海の体験を旅行記として書いてみても、私の筆力では、読者に感銘をあたえる自信はなかった。

そこで私は、「名取」短艇隊のことを戦記物の形式で書き、その中で著者の回想として、「戦前、田舎の子供は、このように育っていた」と、書き加えることにした。

21　身代わり珊瑚

練習艦隊は十一月上旬、予定どおり日本に帰ってきた。期友《クラス》・同年兵《コレス》五十名が、原宿の水交会に集まって歓迎会を開いてくれた。病床の住山徳雄の代人として、多可子夫人が参加していた。三ヵ月ほどたって、遠航ボケがやっとなおったので、住山あてに夫人を出席させてくれた配慮にお礼状を出した。夫人からの返事によると、住山は私の歓迎会の十日後にはすでに死亡していた。死の床にいながら、夫人を出席させた住山の友情に、私は改めて感泣させられた。

佐世保の自宅に帰ってからの私は、広尾彰がハワイ特潜隊員として奮戦した様子を、彼の中学同級生でいっしょに通学していた仲間《グループ》に伝えたいと、まず佐賀県鳥栖市の野中滋さん宅を訪ねた。江崎八七六さん、広重穣治さんを呼び寄せてあった。

広尾と野中さんとは、母親同士が小学校の先生仲間、息子同士は中学の同級生ということで、家族ぐるみの付き合いがあった。また広尾と江崎さん、広重さんとは小学校もいっしょという仲だった。

この三人がこもごも語る広尾の人となりは、「努力の人」の一語につきるとのことだった。そしてこの三人は、中学を卒業してから自分の様子を広尾に連絡し、広尾はそれを他の友人たちに知らしていた。広尾は、多忙で心身ともに疲れる兵学校でも、初級士官時代でも、仲間のキーステーションをつとめていたわけで、友人を思う彼の心情がしのばれた。

私が遠洋航海を終わって帰るのを待ちかねたように、盛岡市の西城さんから、佐世保の私の自宅に速達便がとどいた。

「ハワイの岩崎さんからご紹介いただいた、西城です。十一月下旬、御地へ旅行します。お差し支えなければ、お目にかかりたいと思います」

広尾の長兄寛《ゆたか》さんに、広尾艇をハワイまで運んだ潜水艦の乗員・西城さんが佐世保においでになると連絡した。寛さんは、次兄寛次さんをともなって佐世保に来《こ》られ、御両兄と私の三人で西城さんの話を聞いた。

西城さんの話はなかなか終わらないので、その晩、西城さんと私とが鳥栖市の広尾家へ泊まりがけで出向いて、明け方近くまでつきぬ話を聞いた。西城さんの話を要約をすると、こうだった。

「特殊潜水艇のハワイ特別攻撃に関しては、戦時中は誉めそやしてあり、戦後はなんの戦果もなかったことを強調しています。戦時中は戦意高揚につながるように取り扱い、戦後は旧軍を非難することを意図しているようです。しかし、人間の行動は、ある意図をもって推測したり、結果だけで判断したり、そんなことはすべきではありません。どのような状況で、どのように行なわれたかの経過をふくめて評価すべきです。興奮状態で一気に敵陣に突っ込むことなど、まだ簡単なことです。ハワイ特攻では、沈着冷静と勇猛果敢と、矛盾する二つの性格を同時に要求されていました。しかもその困難なことを、死出の旅路において二十日間もつづけなければなりませんでした。特攻隊員のお二人に、私は神々しさを感じていました。そこで戦後の私は、ハワイに出向いてお二人の霊を慰めなければ、私の戦後は終わらないと決心しました。今年はハワイに行けたばかりでなく、岩崎さんの仲介で松永さんを知り、こうして広尾大尉の生家まで訪ねることができました。これも、亡き御英霊のお導きと思います」

長兄寛さんは、感謝をこめてつぎのように言った。

「西城さん、弟彰の最後について、遠路お出ましの上、くわしく知らしていただいて、有難うございます。数多い特攻隊員の中には、特権意識をもって粗野な振舞いをした者もいたと聞いています。亡くなった両親にしても、私たちにしても、彰に限ってそんなことはあるまいとは思っていましたが、果たしてどうだっただろうかと案じていました。じつは彰の期友《クラス》の阪下光良《さかしたみつよし》さんから戦時中に、彰君の最後について話したいので、佐世保にお出かけ下さいとの便りがありました。母と私が出かけてみましたが、阪下さんの艦はすでに出港していて会えませんでした。そんな具合で半ば諦《あきら》めていただけに、西城さんの本日のお話は、とても嬉しくて感謝の言葉も見当たりません。ところで明日お時間がありましたら、弟の墓に参って下さいませんでしょうか、歩いて十分くらいのところにあります」

西城さんは快諾されたが、家の外では春雷を思わせるような雷雨が荒れ狂い、明日の墓参はとてもできないだろうと案じられた。

一夜明けると、夜来の雨もからりと晴れ上がり、遠来の西城さんを歓迎するかのように、松の緑とハゼの紅葉が朝日に映えて、筑紫路の美しい錦秋を描きだしていた。モズも一役かって出て、けたたましい鳴き声をあげた。

広尾家の墓地は、鳥栖市の西の出はずれに当たり、ブリヂストン・ゴルフコース近くの松林の中にあった。周りの松の木は、近くの調練場から記念樹として移し植えたものと聞いた。この調練場は広尾にとって、モズやヒヨドリを追いかけた場所でもあり、受験生として人知れず勉強した場所でもあった。

西城さんは、万感こめて彰君の墓前にぬかづいた。墓の横にもうけられた石碑には、「人生は努力なり」の七文字が刻みこまれ、在りし日の彰君をほうふつさせた。

西城さんが広尾家を訪ねられた様子を、ハワイの岩崎さんに知らせたところ、岩崎さんからは、広尾家に進呈する珊瑚《さんご》を素もぐりでハワイの海から採ってきました、との便りがあった。

広尾よ。昔から言われている。鳥の死なんとするや、その声悲し。人の死なんとするや、その言よし、と。

広尾よ、貴様は死にのぞんで、よいことを言い残したに相違ない。言葉ならずとも、呉からハワイまでの伊二十潜における貴様の一挙手一投足に、それがあったと俺は確信する。

広尾よ、戦後の世相は戦前とは百八十度変わってしまった。そのような世相の中で、伊号第二十潜水艦操舵長・西城留三郎さんは、貴様と片山さん慰霊のため、わざわざハワイまで出かけられた。また貴様の生家を訪ねて墓参までして下さった。

ハワイの岩崎剛二さんは、兵学校七十五期で、貴様の弟・昭行さんと期友《クラス》だ。岩崎さんは西城さんに呼応して、貴家に進呈したいと、ハワイの珊瑚を準備しておられる。西城さんと岩崎さんとのお二人の行為は、世が世だけに、とても稀有のことだよ。
広尾よ。もって瞑すべし。安らかに眠れ。

私の三女真理（日本リクルート勤務）が、ハワイに社員旅行で出かけた折り、岩崎家を訪ねて珊瑚を預かり、東京まで運んだ。私がこの珊瑚を広尾家にとどけたとき、長兄寛さんは言った。

「弟彰の『身代わり珊瑚』が、三十九年ぶりに実家に帰りました。広尾家の家宝として、末永く大切に保管いたします。西城さんはじめ関係皆様のお心遣いに、深く感謝いたします」

広尾をハワイ周辺まで運んだ伊号第二十潜水艦には期友《クラス》の阪下光良《さかしたみつよし》が通信士として勤務していた。広尾は阪下に、つぎの「訣別の記」を託している。（原文のまま）

「親モ兄弟モ友人モ己ガ死ヲ賭シテノ仕事ニ従事シテヰルトハ知ラヌ筈デアル。何時モノ休暇ト思込ンデ別レテ来タ。

皆様御免下サイ、御許シ下サイ、是唯々国家ノ為、帝国発展ノ為小我ヲ捨テテ大我ニ生キルノデアリマス。何時カハ知ッテ貰エル時ガアル事デセウ。ソノ時ハ、

『アア彰ハ矢張リヤリオッタワイ』
ト言ッテ下サイ」

弱冠二十二歳の広尾が残した、心の叫びである。人間のタイプとして、秀才型で何事も器用にこなす人もあれば、不器用で努力型の人もある。広尾は、どちらかと言えば後者だった。彼としては、敵前で勇戦敢闘することよりも、一種の演技によって、肉親知友に気づかれずに出て征くことがむずかしかっただろう。性格が生真面目《きまじめ》だっただけに、ウソをつくことは、この上ない苦痛だったと思われる。

広尾が真珠湾《パールハーバー》を目指して特潜に乗り移るとき、阪下は広尾にサイダーとお菓子を贈った。

「ピクニックに出かけるみたいだなあ」

と、広尾は軽口《かるぐち》をたたきながら、二人は最後の固い握手を交わした。かねて覚悟の出陣であれば、いまさら何の心残りがあろう。強いて言えば、最後の別れに母親に真実を語れないことだった。

昭和十八年九月、ガダルカナル島（ソロモン群島）の作戦は、日をおってわが方に不利となり、輸送船はもとより水上艦艇による補給も不可能になった。そこでやむなく潜水艦による補給作戦が計画され、多数の潜水艦が前進根拠地トラック島基地に集められた。そのころ、伊号第百八十二潜水艦航海長に転勤していた阪下は、潜水艦隊旗艦「香取」に司令部付暗号長として勤務していた私を訪ねてきた。

「広尾の立派な最後を、彼のお母さんに伝えたいと、佐世保まで出かけて下さいと連絡した。ところが、艦が急に出港することになって、会えなかったよ」

の前置きで、阪下は私に大体、以上のような話をした。

「それは、貴様自身の口から広尾のお母さんに話してやれ。今度内地に帰ったら、是非そうしろよ」

と私は答えた。今夜は本艦で一パイやろうと誘ったが、出撃準備もあるからと、阪下は急いで帰艦した。

阪下も人の子、自分にも絶ちがたい肉親の情もあっただろうが、自分のことには一切ふれずに、広尾のことだけを言い残して出て征った。そして還らなかった……。後で気がついたが、死期を予知した阪下は、広尾のことを、広尾と同郷の私に伝えておきたかったのだろう。しかし、阪下の言伝《ことづて》を、私が広尾のお母さんに伝えたのは、戦後二、三年してからのことになった。

期友の加藤舜孝（三重県）は、ニューギニア南東海域で、艦上爆撃機搭乗員として戦死した。昭和六十年十月、舜孝宅で、舜孝戦死四十年祭と母堂よねさんの米寿の祝いが催された。

この催しに参席した私は、佐世保市への帰途、福井県の期友、阪下光良と牧野嘉末の墓参をした。阪下の兄嫁・百合子さんから、阪下が最後に内地を出撃する当時の様子を聞いた。

阪下が呉で出撃準備をしていたとき、彼の長兄が病没した。艦長の特別の計らいで一晩泊まりの帰省が許され、葬儀に参列した。そして、

「お姉さん。私がお兄さんに代わり、阪下家を守ります」

と、一言《ひとこと》言い残して出かけたとのことだった。

いまから考えてみると、阪下の艦は、呉を出てから佐世保で何か積みこんで、それから前線に出撃する予定だっただろう。そこで阪下は、広尾のお母さんに佐世保まで出て来てもらうことにしたが、司令部から前線への出撃を督促され、乗艦が急に出撃したと思われる。

それにしても阪下は、長兄が死亡したという深刻な家庭の事情があったにもかかわらず、トラック島で私を訪ねてきたときには、そのような素振りをまったく見せなかった。広尾のお母さんに申しわけないことをした、そのことだけを私に言い残して出て征った。

阪下の故里は、蓮如上人の吉崎御坊にほど近い、純朴な農村地帯だった。義姉・百合子さんの連絡で集まってきた、兄・前川弥《わたる》さん、妹・梶みちこさんは、

「在家ながら、幼くして御経をそらんじた、とても賢い子でした」

と語った。

小柄で柔和な顔つきをしていたが、強い意志を持っていた、阪下光良の姿を改めて偲んだ。

22 ある操舵長の戦後

昭和十六年十二月の開戦当初、特殊潜航艇（五十トン・二人乗り）五隻は、わが空襲部隊

に呼応してハワイのパールハーバーに突入した。

　これら特潜は、大型潜水艦にそれぞれ一隻ずつ搭載され、呉からハワイ沖まで運ばれた。この潜水艦部隊（伊号第二十潜水艦）の操舵長だった西城《さいじょう》留三郎さん（盛岡市）は、特潜搭乗員慰霊のため、日本からハワイまで、戦後わざわざ旅行していた。

　昭和五十四年六月、海上自衛隊練習艦隊は、五ヵ月におよぶ世界一周遠洋航海の壮途につき、私は新聞記者として参加する機会をあたえられた。

　最初の寄港地ハワイでは、偶然にも同地在住の岩崎剛二さんに出合い、岩崎さんが兵学校の後輩だったことから、夫妻にオアフ島の案内をしてもらった。このとき私は、西城さんのことをはじめて知った。

　西城さんは、伊号第二十潜水艦操舵長として広尾艇のハワイ輸送に携わったが、その搭乗員の広尾彰少尉（戦死後、大尉）および片山義雄二曹（戦死後、兵曹長）と、半月あまり狭い潜水艦内で生活をともにした。

　搭乗員二人は死出の旅路だったのに、二人とも真摯な、しかも沈着冷静な行動をしていたので、西城さんは深く心を打たれたという。西城さんは、若いころから「生長の家」に帰依し、潜水艦にも教書「生命の実相」を携行していた。そのような宗教的素地があったればこそ、二人の言動に大きな感銘を受けたと思われる。

　特殊潜航艇のハワイ特別攻撃に関する世評は、戦中と戦後とで大きく変わってきた。マスコミとしては、戦中は国民の戦意高揚を心がけ、戦後は旧軍隊の非難を意識しているのだろう。

このため、戦時中は特潜特攻を口をきわめて誉めそやしてあり、戦後はなんの戦果もなかったことを強調して非難さえしている。西城さんは、国民各自がしっかりした意見を持たずに、マスコミ報道に流されている世評を、かねてから苦々しく思っていた。

だが、表立って、世論に反発するようなことは、西城さんの性格ではなかった。西城さんはハワイに出かけて、広尾、片山の両勇士の慰霊をしよう、それがすまなければ、自分の戦後は終わらないと決心した。

とはいっても、敗戦軍人の戦後生活は苦しく、ハワイ行きはなかなか実現しなかった。三十年たった昭和五十四年三月、西城さんは多年の念願かなって、ハワイに旅立つことになった。

ハワイの案内は、「生長の家」のハワイ教化総長仙頭泰さんがしてくれることに打ち合わせてあった。ところが、仙頭さんは急用で案内できなくなったので、友人の岩崎剛二さんに代役を頼んだ。だから西城さんと岩崎さんとの出合いは、まったくの偶然だった。そして、岩崎さんと私との出合いには、もう一つの偶然が重なった。

植田司令官は、儀仗隊および音楽隊を帯同して、パンチボール国立墓地、つづいてマキキ日本海軍墓地に正式参拝した。私は新聞記者として随行したが、マキキ墓地には、日本海軍ゆかりの人たち二十人あまりが出迎えていた。マキキ墓地での行事も終わり、私がそこを立ち去ろうとしたとき、見知らない中年紳士から声をかけられた。

こうして岩崎夫妻に案内してもらうことになり、そのときに西城さんのハワイ旅行の話を聞いた。

途中で仙頭夫妻と落ち合って、ワイキキ海岸のレストランで両夫妻といっしょに昼食をした。見知らない人に案内してもらい、その上にご馳走になり、私はネイビーの有難さを改めて痛感した。別れに私は、岩崎さんにつぎのように頼んだ。

「広尾彰は、私の兵学校の期友ですが、中学校も佐賀県立三養基《みやき》中学校でいっしょでした。西城さんのハワイ旅行には感激しました。これから世界一周の遠洋航海に出かけ、十一月中旬には佐世保の自宅に帰ります。広尾のことでお会いしたい旨、西城さんに連絡しておいて下さいませんか」

偶然に偶然が重なって、岩崎さんを仲介役として西城さんと連絡できるのも、考えてみれば広尾の霊の導きではなかろうか。

そんなことに思いを巡らせて、遠洋航海中の私は、広尾が海軍に憧れ、中学生のときから口癖のように言っていた、

「南十字星を見てみたい」

との言葉を反芻《はんすう》していた。

私の帰国を待ちかねたように、盛岡市の西城さんから、九州旅行のさいにお目にかかりたいと速達便がとどいた。私は西城さんをともなって、列車で二時間ばかりの行程にある、佐賀県鳥栖市の広尾家を訪ねた。

御両親はすでに他界しておられ、長兄寛さんと次兄寛次《ゆたか》さんが出迎えてくれた。西城さんは夜を徹して、伊号第二十潜水艦のこと、同艦における広尾、片山両勇士のことを話した。

私はこれらの経緯を、「あゝ特殊潜航艇」と題する一文につづり、雑誌「丸」の昭和五十八年新春号に発表した。数多くの海軍関係者から、つぎのような意味合いの手紙を受取った。

「潜水艦の艦内生活について、報道班員の見聞記はいくつか見かけました。だが、これまで乗員の体験記はあまり見かけませんでした。ですから西城さんの話を、とても興味深く拝見しました」

私はただ、西城さんの談話と記録をもとに文をつづっただけだから、私一人がこのような賞詞を受ける立場ではない。

またある海軍先輩からは、西城さんのハワイ慰霊旅行は、戦後の世相の中でとても奇特なことだから、周知方の配慮をするようにとの便りがあった。

このように晴れがましく世間に報道することは、西城さんの本意ではあるまいと懸念していることを、末筆ながら申し添える次第である。

第二部　江田島教育

1　兵学校教育と海軍スピリット

軍艦「名取」は、陸岸から六百キロ離れた太平洋の洋上で、敵潜水艦の魚雷を受けて撃沈された。乗員二百名足らずが生き残り、カッター（大型ボート、定員四十五名）が三隻残った。指揮官・小林英一大尉は、たとえ救助艦がやって来ても、洋上で発見される確率は小さいから、自分たちの力で陸岸まで漕《こ》いでゆくと決断した。

全員反対したが、小林大尉は決心を変えなかった。この速やかなる決断によって、百八十名が死地に命を拾うことができた。小林大尉は、やり直しのきかない人間生存の極限状態において、素晴らしいリーダーシップを発揮した。この小林大尉を育てた江田島海軍兵学校は、どのような教育をしていただろうか。

一、兵学校の沿革

海軍兵学校の沿革をたどってみると、明治二（一八六九）年、海軍操練所が、各藩からの貢進生百八十三名を集めて、東京の築地に創設された。翌三年には海軍兵学寮と改称され、さらに九年には海軍兵学校と改められた。

この間、明治六年七月に、兵学頭・中牟田倉之助は、イギリスからダグラス少佐を団長とする、三十四名の教官団を招いて、士官教育に関する実施面のすべてを一任した。これに応えて少佐は、「士官である前に紳士であれ」をモットーとし、イギリス海軍流の教育を前提として、学科は英語と数学に重点をおくことにした。さらに、教科書も講義もすべて英語とし、しかも座学より実地訓練に重点をおく教育方針を打ち出した。

翌七年には、少佐の提言によって、機関実習のための分校を横須賀に、主計科初級士官養成の学舎を東京芝に設置した。後日、横須賀分校は海軍機関学校となり、芝の学舎は海軍経理学校となった。

明治八年十月には、山本権兵衛ほか十六名の少尉補（のちの候補生）は、練習艦「筑波」に乗り組んで、サンフランシスコを往復する遠洋航海の壮途についた。こうして、初級士官を養成する制度も、施設も、次第にととのってきたが、兵学校を都会から僻地に移し、生徒を勉学に専念させようとの意見が起こった。候補地として広島県安芸郡江田島が選ばれ、二十一年四月、兵学校は築地から江田島に移転した。

江田島兵学校の敷地は、三十六万平方メートルにもおよぶ広大なものだが、生徒が自由に歩ける遊歩区域はその七割で、後の三割は官舎地帯になっていて、百軒の教官官舎があった。移転当時の生徒数は三百名足らずだが、よくぞこれだけの敷地を確保したものである。また官舎の応接室には、マントルピースを設けてあったが、英国ダートマス兵学校の官舎を真似たものだろう。広大な敷地にしても、マントルピースにしても、勃興《ぼっこう》期海軍の心意気を示すものである。

江田島の海軍兵学校。きびしい身体検査と学科試験を行なったが、40倍〜50倍の受験者があったという。人格、知力、体力の三つを磨くべく、全人教育をほどこした。

また兵学校では、どんなに高名な学者でも、単身赴任とか他校との掛け持ちでは、教官として採用しなかった。そして家族連れの着任をうながすため、教官の子弟が通う小学校も、官舎地帯の一角に設けてあった。とにかく教官の使命は、講堂（教室）における知識の切り売りよりも、生徒との接触を通じて、生徒の人間形成に寄与することにあった。

兵学校は、厳重な身体検査と学科試験を行なって、毎年百二十名ないし三百名の生徒を選抜していたが、いつも四十倍か五十倍の受験者があったと聞いている。私は昭和十二年、六十八期三百名の一人として入校を許された。当時の生徒総数は、四期合計して千名足らずで、生徒隊は二十四コ分隊で編成されていた。

海軍の要職に就いた人たちは、だれでも兵学校を卒業しているので、兵学校生徒を、軍人の中の軍人と思いがちである。ところが、生徒の身分は、正式な軍人ではなかった。生徒は卒業して少尉候補生になって、はじめて正式の軍人になり、同時に士官番号を付与された。生徒は艦船のことを、机上の学問として教わるが、年に二、三回、乗艦実習に出かけていた。これを四年間くり返すと、大阪以西の主なる工場、戦跡などを見て回ることができた。一号生徒（四学年）になると、遠洋航海の準備がはじまる。いまから五十年も前、乗用車が四台おいてあって、希望者は自選作業として、校内で自由に運転練習ができた。また、乗馬練習には、広島騎兵連隊に出かけていた。

卒業を前にして、校内の将校集会所で、フルコースのテーブルマナー実習も行なわれた。佐賀平野の田舎で育って、西洋料理とはライスカレーのことと思っていた私は、ナイフとかフォークを使うのははじめてのことだった。

このように平和時代の兵学校は、戦士を育てることと同様に、遠洋航海に出かける国際的な紳士を育てることに重点をおいていた。

戦時中は採用人員も次第に増え、従来の江田島本校のほかに、大原分校と岩国分校が増設された。さらに二十年には、予科生徒のために、針尾分校が設けられた。しかし、終戦処理にともなって、昭和二十年十月二十日、栄光と伝統に輝いた海軍兵学校は、ついにその長い歴史の幕を閉じることになった。

一期より七十四期までの卒業生　一一、一八一名

七十五、七十六、七十七期の在校生　九、四二〇名
七十八期予科生徒　四、〇四八名

ここで、選修学生制度について付言したい。兵学校で学ぶ者は、中学生から入校する生徒のほかに下士官兵の登龍門として選修学生の制度もあった。この制度は下士官の中から優秀な人材を選抜して、江田島で特別に教育した後、士官に昇進させようとするもので、大正九年に創設され、昭和十七年入校の第二十三期まで採用されたが、合計千二百六十名が選修学生として学んだ。

二、教育制度

教育制度については、生徒の教育綱領に定めてある。兵学校教育は、まず訓育と学術教育に大別される。そして訓育は、徳性の涵養《かんよう》と体育の錬成を目指し、学術教育は知識技能の養成を目的とした。一般的に言うならば、人格、体力、知力の三つを磨く、全人教育をほどこしたわけである。

訓育は、精神教育、訓練、勤務（日課作業、諸点検）、体育に細分されていた。学術教育は、軍事学（軍人としての専門知識）と普通学（一般教養）に分けられ、第一学年では普通学に重点がおかれ、学年が進むにしたがって軍事学に重点を移していた。

兵学校の教育制度で特筆すべきことは、生徒館（寮）が敷地の中心にあり、講堂、付属建物、庁舎、教官官舎が、同心円の円周上に配置されていることである。この建物配置は、生

徒の訓育と学術教育にもっとも重点をおいていたことを、無言のうちに物語っている。

兵学校は世にいう全寮制度で、生徒は入校と同時に、生徒隊のある分隊に編入され、生徒館生活を送ることになる。分隊には、一学年から四学年までの生徒がいて、文字通り起居をともにした。世間の常識とは逆に、四学年を一号生徒、一学年を四号生徒と称していた。

私が入校した当時の分隊は、一号六名、二号と三号それぞれ十名ずつ、そして四号十三名の合計約四十名で編成されていた。人格識見の優れた一号生徒二名が、伍長と伍長補に任命され、分隊内の指導役を務めていた。また一号生徒十名が輪番で週番生徒となり、当直監事の監督の下に、生徒隊全般の日課週課を遂行していた。

入校式が終わると、新入生は、配属された分隊の伍長に引きわたされる。午後は、分隊の三号生徒が、校内施設の案内と私物の家庭返送を親切に世話してくれた。夕食後の自習室で、四号は上級生と向かい合って立たされ、上級生の自己紹介につづいて、各人の出身中学校名と姓名とを申告することになる。

「佐賀県立三養基《みやき》中学校出身　松永市郎」

と、ありったけの声を張り上げても、「聞こえん」「声が小さい」「やり直せ」と、一号生徒が床を踏んで怒鳴るので、足がふるえて生きた心地はしなかった。この儀式を「姓名申告」と称した。

翌日からの約一ヵ月間は、「入校教育」を受ける。机についての学術教育は一切行なわれず、午前と午後三時間半ずつ、カッター橈漕《とうそう》訓練（大型ボート）と陸戦訓練（執銃）が、毎日毎日くり返される。校庭に腰を下ろすことも、立木に寄りかかることも許されないので、一日じゅう立ちづくめとなり、くたくたに疲れた。

厳しい生徒館生活だが、四号は、姑《しゅうと》、小姑から寄ってたかっていじめられる嫁のような心境ではなかった。一号生徒は親爺役で四号に厳しい躾《しつけ》教育をするし、二号生徒は兄貴役でときには一号生徒の代役をする。ところが、三号生徒はお姉さん役で、親切に指導したり慰《なぐさ》めたりしてくれた。しかもお姉さん役だけは、マンツーマンでなされ、私たちはペアー（対番）と呼んでいた。

はじめて殴られたのは、入校して十日目だった。四号総員、校庭に移設されていた軍艦「千代田」の艦橋前に集められ、一号生徒の先任者、杉田秀雄生徒から、つぎのお達しを受けた。

「全国各地より選ばれた俊秀三百名を迎え、よき後輩を得たと大いに喜んでいた。しかるに今日までの貴様たちの態度を見るに、遅疑逡巡《ちぎしゅんじゅん》、優柔不断、少しも生徒らしい生徒にならない。このまま放置せんか、伝統に輝く兵学校の歴史に汚点を残す。われら一号生徒は、涙をのんで鉄拳制裁を加える」

と。こうして四号三百名、総員ぶん殴《なぐ》られた。この儀式を「出初式《でぞめしき》」と称した。

出初式が終わると、各分隊で鉄拳をともなった厳しい躾教育がはじまる。また兵学校には、校庭は南北方向に歩け、芝生の端を踏むななどの、数多くの不文律がある。これらの不文律を犯した者、起床動作で毛布の整頓が悪かった者は、週番生徒から中央廊下に集合を命じられる。該当する者は自発的に出て行って、週番生徒の鉄拳制裁を受ける。

だから四号時代は、殴られない日はなかった。もちろん、兵学校の長い歴史では、烏の啼《な》かない日はあっても、殴られない日はなかったし、一号生徒が申し合わせで自粛した時期もあったと聞いている。姓名申告と出初式は、新入生が稚気を捨て、娑婆《しゃば》っ気をなくすために行なわれる一種の通過儀式だが、その強烈な印象は、経験者の終生忘れられないところである。

三、指揮官

兵学校の目的は、要するに海上指揮官を育てることである。普通学で一般教養を身につけ、軍事学で専門知識を持っても、海上指揮官はできあがらない。そこでまず最初に、

「カッターは絶対に沈まない」

との観念を体得させていた。このため四号は、七月ごろの運用（短艇）の課業（授業）時間には、水泳帯を持って海岸線に集まった。約十五人がカッターの片舷に乗って、わざと転覆させようとしてみたが、艇には復原力があるので、どうしてもひっくり返らなかった。艇《てい》栓《せん》を抜いてわざと艇内に海水を入れてみたが、水浸しになっても艇は沈まなかった。生徒はこうして、カッターは絶対に沈まないことを、身をもって体験した。つぎに兵学校には、

「機械力よりも自然力、自然力よりも人力」

という伝統的な教育方針があった。生徒は卒業すると、機動艇を指揮する場合は多かったが、カッターに乗る機会は比較的少なかった。だから安直に海軍士官を育てるには、機械の

原理を教え、機械に習熟させておけば、それでこと足りた。しかし、先の教育方針から、四号はカッターの橈漕、三号はカッター帆走の鉄則があって、生徒が機動艇訓練に取り組むのは、二号以降のことだった。

当時の生徒の中には、泳げない者はもちろんのこと、海を見たことのない者もいる。そのような生徒を、わずか三年あまりの課業時間だけで、十分な海上経験を積ませることはできなかった。そこで生徒に、短艇巡航にでかけるように、しきりに奨めていた。

一号生徒と私たち三号で巡航に出かけ、大那沙美島《おおなさみ》の付近で捨て錨に乗り上げ、カッターをこわした。短艇係の指示で、カッターの備品を陸揚げし、救助艇派遣方を学校に電話連絡した。短艇係名越有幸《なごやありゆき》生徒の報告を受けて、当直監事はつぎのような話をした。

「カッターをこわしたことは遺憾だが、その後の処置は満点である。生徒のときにカッターをこわした者は、その後に事故を起こさないと言われている。君たちは尊い体験をした。ご苦労だった。風呂《バス》と、おかゆを用意しておいた」

バスに入って、さっぱりとした気分で食堂に行くと、病人だけにあたえられる牛乳、卵、リンゴを並べてあった。罪人扱いを覚悟していたら、凱旋将軍のような待遇だった。大きな失敗を仕出かしたのに、誉められた上に激励を受けて、不断は純真さに欠けていた私も、このときばかりは感激した。そこには、生徒に海上経験を積ませ、海上指揮官を育てようとの学校側の熱意がひしひしと感じられた。

いまから思うと、カッターを使った一見迂遠《うえん》と思われる教育を受けていたからこそ、生徒は、千変万化の海上における指揮官の素養を身につけることができた。

四、巡航

兵学校の西側海岸線にある一つの桟橋を表桟橋と称し、これが表門とされていた。その沖合い五百メートルに、海岸線に平行して千メートル間隔で、二つのブイ（浮標）がおいてあり、兵学校の占有海面を示していた。生徒は、この二つのブイを結ぶ線を赤道《せきどう》と呼んでいたが、赤道通過には特別の意味合いがあった。

生徒は卒業後の勤務に備えて、軍人と船乗りの両面から、教育訓練を受けていた。軍人としての敢闘精神や体力を養うため、ほとんど毎月、柔剣道、相撲、銃剣術、水泳、橈漕《とうそう》などの分隊対抗競技が行なわれていた。このうちでも橈漕競技で優勝することが、最大の栄誉とされていた。

競技そのものは、往復二千メートルを漕ぐだけだから、十五分ぐらいの短時間ですんでしまう。しかし、優勝を目指して、一ヵ月間もの自主練習はものすごかった。団体競技だけに、体の具合が悪いからといって、交替の申し出はしにくい。風邪をおして漕いでいて胸を患い、生徒を免ぜられた者もいた。文字通り、顔で笑って心で泣いて漕ぎつづけていた。

船乗りの経験を身につけるため、生徒は進んでカッターの帆走に出かけた。土曜日の午後、大掃除につづいての棒倒しが終わると、同じ分隊の二十名ぐらいが一組となって、カッターに帆を張り、思い思いに瀬戸内海に出ていった。翌日の午後五時までに帰校すれば、まる一日その行動はまったく自由で、これを短艇巡航または巡航と称していた。兵学校では、巡航を強制はしなかったが、大いに奨励していた。

請求書を一枚書けば、弁当はもとより、しるこ、すき焼きの材料に、木炭まで学校が用意してくれた。月のきれいな晩、舟べりをたたくリズミカルな波の音は、ロマンチックな気分にする。身の上話や初恋話に花が咲く。故里の民謡や、思い出の流行歌を歌う者もいる。寒い冬の夜は、毛布にくるまりながら、カンテラの灯（ローソク）を囲んで、東の空が白むまで人生談義をつづけた。教官や世間の目もなく、若者だけの集いは、厳しい生徒館生活の反面として、とても楽しかった。

赤道を通るとき、上級生が、

「赤道通過、後は無礼講」

と言えば、上級生も下級生もなくなるので、その楽しさはまた格別だった。

あの上級生とは巡航で打ち解けたからというので、生徒館で馴れ馴れしく話しかけると、途端《とたん》にしかられた。ケジメをつけろ、というわけである。何回か赤道を通っている間に、ケジメをつけるということが、体験的に分かってきた。

生徒館生活は、とても厳しかった。しかし、生徒たちは、最初の半年間は苦しくても、その後はさして苦痛を感じていなかった。巡航に出かければ、いつでも軍紀に縛られずにすむという気持があったからだろう。

また上級生と下級生とは、指導する側と指導される側との対立関係にあったが、巡航ではこの関係がなくなるので、破局的な対立関係ではなかった。それどころか、卒業式が終わっての見送りでは、殴った上級生と殴られた下級生とが、お互いに涙を流し合って、男と男の別れを惜しんでいた。

五、クラス会

〽スマートで　目先がきいて几帳面《きちょうめん》

負けじ魂　これぞ船乗り

生徒は卒業後、軍人としてまた船乗りとして勤務するので、この両面からの教育訓練を受けていた。当時の青年たちは、軍人に関しては朧気《おぼろげ》ながら概念を持っていたが、船乗りの概念を持っている者はまずいなかった。それを教えたのが、さっきの歌である。兵学校では、スマートを船乗りの第一要件にしていたので、一事が万事すべてスマートに行なわれていた。

たった一つの例外は、自習室の「ちり箱」だった。

中身は二キロもないのに、風袋《ふうたい》は丈が高く重さは二十キロを超えていた。リンゴ箱大のこの木箱、小脇には抱《かか》えられないし、腕の短い小男が担《かつ》ぐと、腰がふらついて引っくり返しそうになる。合理主義に徹した帝国海軍にしては、珍しく不合理な代物《しろもの》だった。

インサイドマッチ（雑巾）乾《ほ》し場は、生徒喫煙《きつえん》所近くにあった。大男の四号がここに出没すると、喫煙所にたむろしている一号生徒の目障《めざわ》りになるので、ここは小男の素早い行動が必要だった。

雨が降ると、ダビットに宙《ちゅう》づりにしてある、カッターの淦汲《あかく》み（溜まり水をかきだす）をしなければならない。新入生には、このような隊務が課されていた。隊務は、頭を使うとか、熟練を要するものではなかったが、目まぐるしい日課週課の中で完遂することは、そうたやすいことでもなかった。隊務は出来ているか、出来ていないかの、結果だけで判断された。判断するのは一号生徒で、四号の言いわけは一切、認められなかった。

隊務を忘れたり、完遂できなかった場合、また四号の一人が何か失敗をすると、連帯責任というわけで、四号総員十三名が、分隊の一号生徒から殴られた。殴られないようにと、大男はちり箱、小男はインサイドマッチ、身軽な者はカッターと、それぞれ隊務を分担した。鉄拳を回避したいとの一念は、ときに新しい工夫をもたらし、クラスの団結をうながした。兵学校のクラス会活動は、兵学校時代、海軍時代だけでなく、還暦を過ぎた現在でも、年とともにその拡がりと深さを増している。私たちは兵学校で、学者の講義とか高僧の説教を聞いたわけではない。卒業して四十五年もたつと、正直のところ、教官の講義も、一号生徒のお達しも、ほとんど忘れてしまった。現在覚えていることは、ちり箱が重かったことだけである。

ちり箱。リンゴ箱大の木箱は重く、海軍にしては不合理な代物だった。

そして私はこれまで、ちり箱は兵学校でたった一つの不合理な物ときめつけていた。しかし、いまから考えてみると、もの言わぬあの「ちり箱」こそは、生徒にクラスの団結を教え、隊務の厳しさを諭《さと》した、もっとも優秀な教育者だったのではなかろうか。

それにしてもクラス会の要は、入校当時の期指導官、大野格《いたる》少佐（のち少将）である。クラスの団結をうながすため、総員三百名を分隊ごとに官舎に招いて、昼食と「ぜんざい」を振舞って下さった。教官はお嬢さん一人だったので、息子代わりに私たち六十八期を慈《いつく》しんで下さったに相違ない。世間知らずの私たちは、食欲にまかしてお代わりをしていた。教官の貯金は、おそらく私たちの胃袋に消えただろう。

教官は戦死され、美代夫人は現在入院中である。付近に住んでいる岩崎巌と奥野正とが、ときおりお見舞いに出かけては、クラスの現状を報告している。それは恩返しというより、むしろ贖罪《しょくざい》に過ぎないが……。

六、生徒クラブ

私に兵学校を勧めた、中学先輩の谷川清澄生徒が、配属された分隊の二号生徒だったので、私としてはとても心強かった。一号生徒が乗艦実習に出かけたとき、鬼のいぬ間の洗濯と、私たち四号は羽根を伸ばすことにした。これを目敏《めざと》く見抜いた谷川生徒は、四号は弛《たる》んでいると、四号総員をぶん殴った。世の悪徳の一つに、送り狼がある。谷川生徒は、私に兵学校を勧めておいて私をぶん殴った。谷川生徒は、送り狼よりも質《たち》の悪い「迎え狼」じゃないかと、私は谷川生徒を恨んだ。

そのころ兵学校で、一つの事件が起きた。正確に言うならば、事件が起きた、と私たち四号は思った。吉村博が一号生徒から殴られて、左のほほが腫《は》れ上がった。腫れがなかなか引かないので、壁にぶっつかりましたと申告して受診した。一通り診察をした軍医は言った。

「心配するにはおよばない。二、三日したら、腫れは減る。だが、これからは、壁にぶっつかるような馬鹿な真似はするな」

生徒館は青年ばかりの団体生活だから、ときには行き過ぎもあろうが、そんな場合には、学校側の適切な是正があるものと期待していた。ところが、学校では事件にも採り上げないし、学校側の一員である軍医が、殴られて腫れたことは百も承知しながら、木で鼻をくくったような発言をしたから、四号の不安はつのるばかりだった。吉村の兄さんは三号生徒だったが、弟の無惨な姿を見ながら、優しい言葉の一つもかけてくれなかった。

日曜日、四号の生徒クラブでは、この話で持ち切りだった。大方の意見は、兵学校には何かが欠けている、どこかが狂っているということだった。みんなの意見も出回ったところで、島田雅美がつぎのように言った。

「兄貴が慰めてやっても、根本的解決策にはならない。だから、あれはあれでいいじゃないか。俺は先日、中学の先輩の西田馨生徒から殴られた。相手が中学の後輩と分かっても、西田生徒は顔色一つ変えず平然として、俺をぶん殴った。それだけ公私の別ができているわけだ。現在の俺には、そんなことはとてもできない。考えてみると中学生のときは、程度の差はあっても、だれでも自分の背景を意識していた。先生や友人も、各人の背景を認めていた。ところが兵学校では、そのような背景を一切認めない。これまで頼りにしてきた背景を、もぎとられることに俺たちは不安を感じている。郷に入れば郷に従えだ。お互いに一日も早く、西田生徒のように、生徒らしい生徒になろうじゃないか」

島田にくらべると、私はまだまだ未熟だと反省させられた。島田は寸暇を惜しんで、哲学、心理学の本を読んでいたので、クラスのだれよりも老成していた。

土井利男は文学青年で、宮本武蔵のお通さんに憧れるロマンチストでもあった。卒業後は、酒と文学とをこよなく愛して、みずから「晩酔」と号した。

田舎者の私に洋楽鑑賞を教えてくれた影浦定俊は、ピアノを弾いていた。当時、音楽に素人の青年で、ピアノを弾ける者はまずいなかった。影浦はレッスンに通ったわけではなかったが、お姉さんの練習を横で見ていて、いつの間にやら覚えたという。しかもピアノ遊びの合間に、数学と英語をチョチョット勉強して、中学四年生から合格していた。私のように、浪人してやっと拾い上げてもらった者とは、出来が違っていた。

高橋武雄は写真撮影に熱中していたが、当時、写真機を持っている者は少なかった。

坂口国治は、坊主の息子でもないのに、

「色即是空。空即是色。人間己れを空しうしなければならない」

と、分かったような分からないようなことを言っては、私たちを手古《てこ》ずらしていた。

兵学校で重視されなかった、哲学、文学、音楽、写真などに異常な関心を示して、進路を間違っていると思わせた生徒もいた。彼らが得意なことを、生徒クラブでクラスの者に教えてくれたが、これを切磋琢磨《せっさたくま》と称していた。クラブではお互いに好き勝手なことをしていたが、長短おぎない合って、生徒の人間形成に大きな役割を果たしていた。

生徒クラブは、日曜、祭日の生徒憩いの場として、学校近くの旧家二十軒ほどに委嘱してあった。クラブは同じクラスの者だけが使用していたから、クラス同士が水入らずで談笑できた。江田島で「生徒さん」と言えば、固有名詞になっていて、兵学校生徒を指していた。「生徒さんに悪事なし」と言うのが、島の人たちの風評だった。

兵学校生徒は、校庭の中だけで育ったわけではない。クラブの人たち、島の人たちの、温かい善意と好意の中で育っていた。風俗習慣の違う外国だって、やはりそうなのだろう。だからこそ、イギリスのダートマス海軍兵学校、アメリカのアナポリス海軍兵学校、日本の江田島海軍兵学校と、それぞれ地名を冠して呼んでいる。

七、海軍スピリット

昭和十九年八月、軍艦「名取」は、フィリピン群島サマール島の東方三百マイルの海域において、敵潜水艦の雷撃を受け、五時間後に沈没した。艦長久保田智大佐（のち少将）は、航海長小林英一大尉に最後の命令を下して、艦と運命をともにした。

「艦長の戦訓所見を司令部に伝えよ。そのさい、できるだけ多くの乗員を連れて行け」

小林大尉は、「名取」のカッターに泳ぎ着いてから、時化《しけ》が治まるのを待ちかねて、泳いでいる戦友をつぎつぎに救助した。結局、カッター三隻と百九十五名の人員が残った。

このため定員四十五名のカッターに、内海ならまだしも、風波の強い外洋で、約五割増しの六十五名が乗っている。磁気羅針儀、六分儀、海図などの航海要具は何ひとつ持たない。

乾パン少々はあるが、ほかに食べ物もなければ飲み水もない。昼間はかんかん照りに痛めつけられ、夜はスコールが来れば寒さのため体が震《ふる》えてくる。艦長の命令を、完遂できそうにないとする理由なら、いくらでもある。

そのとき、小林大尉の脳裏に浮かんできたのは、兵学校の隊務に言いわけを許さなかったこと、ちり箱が重かったこと、そしてカッター漕ぎのつらかったことだった。自分が兵学校で受けた全人教育を活用して、困難に立ち向かおうと決心した。乾パンを食い延ばし、体力のある間に着岸するためには、一日も早く出発しなければならないとの結論に達した。

味方の偵察機一機が飛んできて、駆逐艦が救助に向かっている旨の、通信筒を落とした。隊員たちは、あたかも救助艦が目の前に現われたかのように喜んだ。しかし、小林大尉は、カッターが洋上で発見される確率は小さいから、当隊の独力で陸岸まで橈帆走すると宣言した。総員が救助艦を待つように提言したが、小林大尉は決心を変えなかった。

こうして、星座を見つめて針路を定め、スコールを飲み、乾パンをかじって、十三日目にやっと陸岸にたどり着いた。

着岸したとき、体力の限界点だったから、「名取」短艇隊成功の原点は、一にかかって小林大尉の早期決断にある。お陰で、次席将校だった私はじめ、百八十名の者が死地に命を拾うことができた。やりなおしのきかない、あの極限状態において、当時二十七歳の小林大尉に、どうして早期決断が出来ただろうか。また、どうして成功しただろうか。

小林大尉は、昭和九年、第六十五期生徒として兵学校に入校した。採用人員は二百名で、当時、兵学校に合格することは、本人の名誉ばかりでなく、地域社会の誇りとされていた。また当時は、英雄待望の世相でもあった。このため、小林大尉は、国民の付託に応えるため、地域社会の期待を裏切らないため、兵学校入校以来、日夜心身の鍛練に努めていた。

カッター訓練はつらかった。だが、この苦しさが困難に向かって突き進む精神力を養った。名取短艇隊の指揮官小林大尉の脳裏に、カッター漕ぎの苦しさが浮かんだ。

駆逐艦、潜水艦乗りとして飛行機乗りとして、また陸戦隊指揮官として、苛酷《かこく》な命令を受けた者もいた。それらの人たちが使命感に燃え、困難に向かって突き進んで行ったのは、美文を読んだ感激でもなければ、名言を聞いた感激でもあるまい。小林大尉と同様に、言いわけを許さない兵学校の隊務であり、ちり箱の重さであり、そしてカッター漕ぎの苦しさだったと思う。

2　かぼちゃの種

佐世保市の近郊に、長崎県立千《ち》綿《わた》女子園芸高等学校がある。先ごろ、この学校の入学式情景がテレビ放映された。全寮制度のこの高校には、県下各地から新入生が集まってくるが、校長先生は例年、つぎのような訓示を行なっている。

「男女青年が農業を嫌う世相ですから、皆さんの中には、身内の人たちから言いふくめられて、嫌々ながら入学してきた人もありましょう。上級生の中にもそのような人がいましたが、今日では本校の校風にすっかり馴染んで、愉快に元気に過ごしています。新入生の皆さんが、一日も早くそのような明るい生徒になるよう祈っています。さて皆さんは、さっき講堂の入口で小さな布袋をもらったでしょう。その布袋の中には、かぼちゃの種が十粒《とつぶ》ほど入っています。かぼちゃの種は、畑にまく前に温めておきますと、成長も早いし、大きな実をつけます。皆さん、今夜寝るときには、その布袋をおなかの上にのせて、自分の体温で温めなさい。そして明くる朝、先生の指導で各自に割り当てられた畑に、かぼちゃの種をまきましょう」

生徒は、日曜、祝日には外出を許されている。かぼちゃが実をつけるころになると、多くの生徒が休みを返上して、かぼちゃの手入れをする。多感な乙女たちにとって、自分の体温で温めたかぼちゃは、おそらく他人ごととは思えないだろう。そしてほとんどの生徒が、農業に生き甲斐を見出してみごとに卒業していくという。

一般に、つぎのように言われている。

「机についての教育は、知識をあたえるだけである。行動をともなう教育は、知恵をあたえる」

知識とは、ある事柄を知っていることである。そして知恵とは、物事の道理が分かり、実際にその知識を利用できる才能をふくんでいる。この高校の教育では、知恵をあたえただけでなく、生徒の人生観まで変えている。素晴らしい教育だと思った。

私はこの放送を見ながら、私が学んだ海軍兵学校の教育を回想した。兵学校生徒は、みんな憧れて入校するが、中には山育ちで海を見たことのない者もいる。そのような者を、わずか三年あまりの教育で、船乗りに、しかも指揮官に育てるためには、やはり「かぼちゃの種」に相当する教育が行なわれていた。

まず、最初に、「カッターは絶対に沈まない」との観念を体得させていた。

つぎに兵学校には、「機械力よりも自然力、自然力よりも人力」という、伝統的な教育方針があった。

昭和十九年八月、軍艦「名取」は、マニラから西太平洋パラオ島へ緊急戦備物件を輸送の途中、敵潜水艦の雷撃を受けて撃沈された。場所は、フィリピン群島サマール島の東方六百キロの洋上だった。乗員六百名中の二百名足らずが生き残り、カッターが三隻残った。航海長・小林英一大尉が指揮官となり、「名取」短艇隊を編成した。小林大尉は、海が時化《しけ》たらシーアンカー（転覆防止のための浮き錨）を使用して凪《なぎ》を待つことにし、視界内の全員をカッターに収容した。このため三隻とも、定員四十五名なのに、六十五名も乗せることになった。

味方の偵察機は、駆逐艦二隻が救助に向かっているとの通信筒を落とした。小林大尉は、昼間の発煙筒も夜間の発光信号も持たない当隊が、洋上で救助艦に発見される確率はきわめて小さいから、当隊独自の力で陸岸まで漕《こ》いでゆくと決断を下した。全員が反対したので、小林大尉は、つぎのようにみんなを説得した。

「偵察機の知らせた駆逐艦は、輸送のためパラオに向かっている。戦況それに月明の関係上、輸送を優先させるだろう。帰りに救助にやってくるとして、順調にいっても、あと四、五日かかる。洋上でカッターを捜すことは、学校の校庭でけし粒をさがすようなものである。当隊が救助艦に発見されることは、まずあるまい。さて、カッターは絶対に沈まないというのは、海軍の常識である。幸か不幸か、偵察機は『名取』の沈没現場に、大勢の生き残りとカッター三隻を確認していった。もし短艇隊が陸岸に着かなければ、『名取』乗員六百名は総員、行方《ゆくえ》不明《ふめい》と認定される。そうなっては、艦と運命をともにした戦友に申しわけない。さらにはまた、俺たちの無事な凱旋を、それがかなわなければ立派に戦死するよう神仏に祈っている、俺たちの家族にも申しわけない。俺たちは、なんとしても陸岸にたどり着かなければならない」

隊員はだれでも、ここで死ねば当然、戦死になると思っていた。行方不明では、死んでも死にきれない、なんとかして陸岸にたどり着かなければならないと、決意を新たにした。

六分儀、磁石などの航海要具はないので、夜空の星をながめて方角を定めた。乾《かん》パン一人一日当たり七グラムあて配給し、飲料水はないのでスコールを飲むことにした。毎晩十時間こいで、十五日間かかる計画だった。

この計画で漕《こ》ぎはじめ、途中いろいろな苦労はあったが、十三日目の朝、ミンダナオ島の北東の端スリガオにたどり着いた。魚雷が命中したときに、火傷した十名あまりが途中で亡くなったが、残る百八十名はぶじ上陸できた。そのときには体力の限界点だったから、短艇隊成功の原点は、小林大尉の速やかなる決断である。

やり直しのきかない、人間生存の極限状態において、全員の反対を押し切って決心を断行した、小林大尉の決断と識見に、艇隊員一同は手を合わせて感謝した。そして小林大尉の、断固たる決断と適切なる指揮は、一見迂遠と思われた兵学校の教育があったればこそと考えられる。

現在の農業は、戦前の太陽相手の農業とは違って、機械や農薬を全面的に使用している。このような近代農業でも、後継者養成には「かぼちゃの種」を使っている。海軍士官を養成するのに、カッターを使っていたのと、どこか一脈相通ずるものがあるように思えた。そのような考えをもちながら、私はこの放送を食い入るように見つめていた。

3　篠崎中尉につづけ

兵学校六十八期は昭和四十一年以降、毎年五月三日十一時、靖国神社拝殿において、亡き期友の慰霊祭を行なっている。毎年全国から、百二、三十名が集まってくる。当初は御両親も数多く参加していた。

宮崎県から山下和彦の母・スマさん

愛媛県から坂口国治の父・留治さん

三重県から加藤舜孝の母・よねさん
静岡県から谷川　充の母・みね子さん
東京都から篠崎真一の母・そのさん
数年前からは篠崎そのさんお一人が、真一の姉・細川光枝さん、弟の善治《よしはる》さんに付き添われて参加されるだけとなった。その善治さんが、
「円成院の方丈様が、阿部さんというお方から預かっていたものです」
と言って、私にコピーを渡した。
そのコピーは、篠崎家の人たちも知らない阿部英雄さんという人が、篠崎真一の墓を見て感想文をつづり、自分が経営している株式会社富士経済の社内報「槇の木通信」に発表したものだった。

その言たるや美し

＊

某日、妻子をともない、花小金井付近の散歩に出掛けた。その街中を北に行ったところに鐘楼というよりは鐘突堂《かねつきどう》と言った方がふさわしい建物を持った古い寺院があった。それは「野中山円成院」と言い、黄檗宗《おうばくしゅう》、江戸期この武蔵領が盛んに開拓されたとき、その開拓指導者の信仰するところにより幕許によって創建されたもので、戦後、大改修したようであるが、本堂は当時の面影が充分残っていた。
その裏は、竹藪につづいて墓の群である。その墓所に入る一番手前の墓域に、一本の桜の

木と人の背丈より高い自然石の碑があった。何か由緒のありそうな感じがして、その碑《いしぶみ》に近づいて読んで見た。

　　義桜碑

昭和十九年六月二十八日雷撃隊指揮官トシテ中部太平洋ニ出動シ単機敵艦撃沈ノ戦果ヲ

二十九日午前零時八分基地へ無電連絡後遂に還ラズ

　故海軍少佐　篠崎真一　享年二十四歳

辞世　とき来れば惜しみなく散る桜かな

絶筆　小生は絶対に死なぬ死んでも生きている

追善句　散らばまた咲く春を待つ桜かな

　昭和三十一年七月一日　十三回忌法要

　　　　　　　　篠崎光真

とあり、碑の中央に「殉国院殿義桜帰真居士」と法名が刻んである。（中略）

法名も戦時中のこととて、どこの戦死者にもある名誉ある熟語の羅列であるが、辞世に因んで「義桜院」とし、慣例に従い篠崎氏の名の一字を取り「帰真」とした、その「帰」の一語を名に掛けたあたりに、この寺院の住職の配慮がうかがわれる。特に「帰真」の二字を私は「真如に帰一する」と解したとき、粛然《しゆくぜん》として篠崎氏の墓前で襟を正さざるを得なかった。

碑の左側に「しのざき墓」と腰ほどの高さの墓があって、この平仮名書きに、碑の持つ堅い文体に対してほっとする温みを感じた。この墓や、「真一桜」の小碑から伝わる優しさは、ことによると母君のご発想ではあるまいか。

さらに林立する卒塔婆《そとば》を拝見すると、だいぶ古いものの中に、木肌の新しいものが数本あって、その男女並列の名前は夫婦の方のものと思われる。父君の光真氏の名のものはすでに失われているところから亡くなられているのであろう。

武蔵野のこの辺り今日も早春の暖かい日射しであるが、今年は春が例年になく早いという。春が早く訪れることは、桜の咲くのも早いということで、かかる時節が来て、満開の桜が夜空にぽっかりと浮かぶころ、篠崎氏父子はその身、現身となり、とくにご子息は端麗な海軍士官の制服を装い、この花の下で酒杯を傾けることに違いない。

＊

文章の重厚さから、阿部さんは大正八（一九一九）年生まれの私より年齢ははるかに上で、家族から戦死者を出しておられるのではないかと予想した。阿部さんに会ってみたいと思った私は、善治さんの案内で、日本橋の大一ビルに阿部さんを訪ねた。

会ってみると、御令兄が戦死されていたが、阿部さんは予想に反して、私より二、三歳若かった。

阿部さんは自分が俳句をつくられるので、篠崎父子の俳句のやりとりに深く心を打たれたとのことだった。世間一般には、「英雄、英雄を知る」と言われている。しかし、この場合、阿部英雄さんが英雄の真一を知られたわけではない。「俳人、俳人を知る」というところか。

しばらく話しているあいだに、阿部さんが以前、勤務していた企業の社長（物故）は、ほかに海軍オール工業株式会社社長として、日本海軍にカッターの橈を一手に納入していたとのことだった。

だとすると、「名取」短艇隊が、太平洋の洋上六百キロを漕《こ》いで、フィリピン群島の一角にたどり着いたのも、阿部さんの関係者が納入した橈のお陰である。不思議なご縁である。

私はこの事情を、「名取」短艇隊の一員として奇跡的に生還し、現在は名取会長の今井大六さんに伝えた。今井会長は、横浜から日本橋まで出向いて、阿部さんにお礼と挨拶をのべた。

短艇隊の出来事から四十数年たった今日、このような巡り合いが実現したのも、きっと篠崎真一君の霊の導きによるものだろう。

著者の期友・篠崎真一少佐。「篠崎中尉につづけ」が合言葉となった。

篠崎家は代々、武蔵野の東京府南多摩郡稲城村東長沼で、寺子屋を開いていた。そのようなこともあって、真一の父親光真さんは、筆まめで几帳面な性格だった。

真一は戸塚ヶ原練兵場近くで生まれたが、その後、一家は世田ヶ谷区絃巻《つるまき》に引っ越した。当時そこらあたりは、まだ田舎の風情だった。

駒沢小学校から府立第四中学校（現在の戸山高）に合格してからは、中学の勉強のかたわら文学書を読みふけっていた。本人としては第一高等学校文科に進むつもりだったたし、家族もそれを望んでいた。

ところが、中学四年の夏、父親が突然病気で倒れた。母親はもともと健康がすぐれなかったし、篠崎家の長男として一日も早く自立するため、中学の親友・寺島繁とともに兵学校に進むことにした。

昭和十五年八月、兵学校を卒業して練習艦隊（「香取」「鹿島」）に乗りこみ、大連、上海への近海航海に出かけた。遠洋航海は中止となり、軍艦「陸奥」に配乗となった。

十六年五月、「陸奥」からは野口義一、宮城堯則、渡辺清次の期友とともに、篠崎は飛行学生を命じられ霞ヶ浦航空隊に入隊した。篠崎は休日で帰宅するとき、山形県生まれで東京に知り合いのない野口をいつも連れ帰っていた。

十七年一月末には、実用機の訓練課程に入り、篠崎は宇佐航空隊へ、野口は大分航空隊へ着任した。両隊は同じ大分県で近かったので、二人は休日に事情の許す限り会っていた。

その年の六月、篠崎は大型機操縦要員として台湾の新竹航空隊に、野口は戦闘機乗りとして北海道の千歳航空隊に向かうことになった。これまでの二人は、形影相添うように行動していたが、お互いに相手の健闘を祈りながら、南に北に別れることになった。

軍務に励む二人だったが、やはり人の子、ともに長男として実家のことも考えなければならなかった。篠崎は、弟善治さんが第一高等学校に合格したとき、兄の素志を弟が実現してくれたので、とても喜んだ。「兄は軍人として前線で働く、弟は銃後で研究にいそしめ」と言い残した。

野口は、妹智代さんが女子挺身隊として工場で働きたいと相談してきたとき、「兄さんがお国のために働く。お前は故郷の家と両親を守れ」と言い聞かした。二人の覚悟のほどが偲ばれる。

十七年の暮れ、篠崎と野口は、相前後してラバウルの東と西の飛行場に進出し、大空でいよいよ敵機と相見《まみ》えることになった。篠崎が爆弾を抱いて敵地に向かうとき、野口が掩護戦闘機隊隊長として共に戦ったこともあった。ところが、激しい航空消耗戦に巻きこまれ、二人が地上で語り合う機会はなかった。二人がやりとりしていた手紙が、いまに残っている。

篠崎が所属した航空隊では、敵艦隊攻撃のため、陸攻十三機が夜間出撃したが、悪天候に六機が不時着したことがある。

昭和十八年二月二日十二時四十分、わが哨戒機は、レンネル島付近を遊弋《ゆうよく》中の敵空母部隊を発見した。七〇五空陸攻十三機は、この部隊を夜間攻撃するためラバウルを発進した。攻撃隊は、予定どおり目的地付近に到着したが、敵を発見できなかった。触接機も触接を失していたので、攻撃隊はやむなく帰途についた。

ところが、悪天候のため、六機が行方不明となった。しかし、不時着機のうちの一機、第二中隊第二小隊長機は、指揮官・篠崎中尉の適切なる判断と指導の下に、ソロモン海を十日間、救命筏《いかだ》を漕《こ》いでニューブリテン島に漂着し救助された。

篠崎中尉は、ラバウル帰着後、「不時着後の状況報告」を提出した。この報告書作成には、つぎのような経緯がある。

篠崎中尉がラバウルに帰着したとき、文字どおり「骨と皮ばかり」の危殆状態だったので、数週間ラバウル海軍病院に入院した。この報告書は、入院養生中に生々しい記憶をたどって認《したた》めたものである。当時、篠崎中尉は二十三歳だった。

そして七〇五空副官付・山村俊夫中尉が、ブナカナウ椰子林にある屋根の低い兵舎に、この報告書を持ち帰り、暗い石油ランプの下で深夜を重ね、ガリ版で清書した。

「不時着後の状況報告」（篠崎真一中尉の漂流記、原文のまま）

二月二日

レンネル島付近ノ空母雷撃ノ命ヲ受ケ、二中隊二小隊長機トシテ攻撃ニ向フ（全機十三機、二中隊四機）

搭乗員

小隊長　主操縦　海軍中尉　篠崎真一

機　長　偵　察　上飛曹　大見邦夫

副操縦　二飛曹　花淵美紀雄

主電信　二飛曹　藤原　勇
副電信　二飛曹　市根井寿道
攻撃員　飛　長　山本十三郎
搭整員　一整曹　中川　優

レンネル島付近ニ達スルモ、薄暮ノ為敵ヲ発見スルニ至ラズ、反転シ、概ネ高度三〇〇〇〜四〇〇〇ニテ薄暮ノ残照ヲ求メツツ、雲上ヲ帰投針路ニ就ク。燃料残額時ニ三二〇〇立《リットル》ノ報告ヲ受ク。（中略）

二月十一日
日出ト同時ニ陸岸極メテ近ク二〜三浬《マイル》ナリ、全員緊張ス。「本日ハ紀元ノ佳節ナリ、今日コソハ必ズ上陸ス」ト励マス。（中略）

二月十八日
〇三〇〇（午前三時）頃、「マルマル」着、警備隊ニ救助サル。指揮官ヨリ「ラボール」ニ到着ノ電報打タル。一三〇〇（午後一時）大艇着、乗リ込ム。一四一〇（午後二時十分）頃「ラボール」帰着還。

以上

この報告書は、第二十六航空戦隊司令部、第十一航空艦隊司令部、内地各教育機関（兵学校、機関学校、経理学校ほか）に送付された。最初「漂流記」となっていたが、小西康雄司令が「状況報告」に改題した。

各教育機関においても、篠崎中尉の指揮官としての不屈不撓の精神力、適切なる措置、部下に対する思い遣りなどが感動をあたえ、高く評価された。

状況報告の全文を掲載する紙幅を持たないので、抜粋して簡単な感想をのべることにする。

(1)二月二日午後八時、燃料欠乏のため右発動機停止。中隊長機および僚機に向けて発光信号「フ」連送（不時着するの意味）魚雷を投下、まもなく左発動機停止。中隊長機より航法目標灯を落としてくれたので、洋上なることを確認して着水。ただちに全員機外に出て、救命筏二個を作り、これを縦に連結した。

(2)着水場所の位置、不明。日出、日没にて方角を判断した。友軍の哨戒機は早朝は南東に向かい、薄暮には北西に帰投することから、味方飛行場の所在を推測した。

(3)敵B－29一機低空にて近づいたとき、拳銃一梃にて応戦を決意し、隊員に命令した。「着水したら、これを占領するまで闘う。機銃掃射されるときは、筏の反対側の水中に入れ」

(4)手拭《タオル》を集めて帆を作った。浮遊する海藻についている、小がに小魚などを食べ、木片、棒などは橈《かい》の代用にした。

(5)二月十日午前三時、島影が近づいた。比較的元気な、篠崎中尉、藤原兵曹、市根井兵曹が、代わる代わる海に入って、筏を陸岸の方に引っ張った。

(6)二月十一日午後五時ごろ、ついに接岸した。搭乗員七名の中の二名が衰弱死したが、残る五名は土民の援助もあり、次第に体力を回復した。

篠崎中尉はその後、内地に帰還して体力を回復してからは、宮崎航空隊、横須賀航空隊教官兼分隊長を歴任した。戦局日増しに悪化してゆく中で、陸攻の若いパイロットの間では、「篠崎中尉につづけ」が合言葉になった。

思うに、篠崎中尉が全員救助を目標に、知力、体力を振り絞って努力したことは、「名取」短艇隊指揮官・小林英一大尉の指揮統率に一脈相通ずる。

篠崎隊では手拭《タオル》を集めて帆を作ったが、短艇隊でも上衣の端を集めて帆を作っていた。両隊とも帆を作ったことは、海難の見地から興味深いことである。帆の実質的な効果もさることながら、帆は大海に取り残された人たちに夢をあたえるからである。

フランスの海難研究家アラン・ボンバールは言った。

「海難者の八割は、遭難してから三日以内に死んでいる。それは、空腹によるものでも、衰弱によるものでもない。主として、絶望感にとらわれての自殺である」

帆が夢をあたえて絶望感をなくしてくれたのだろう、両隊とも自殺者は出なかった。

篠崎中尉が、帆を作ろうと思いついたのは、兵学校における教育訓練によるものだろうが、その根底には家庭における躾《しつけ》教育もあったと思われる。中尉の姉・細川光枝さんは、戦後、私につぎのように語った。

「父はいつも真一に、自分一人がいい子になってはならないと、言い聞かしていました。大勢の人のために尽くす、縁の下の力持になりなさい、と教えていました。姉の私が申し上げるのは変ですが、真一は父の教えそのままに育っていました」

姉さんは、さらに言葉をつづけた。

「逆縁になったのは、時局もさることながら、真一が父の言葉を守っていたからと思っています。父もそのことを、自分でわかっていたようです。真一が亡くなるまで、父は平凡な人でした。真一が亡くなってからは、父は人が変わったように、世間のために働くようになりました。そして靖国神社のこと、一般戦死者の顕彰に努めていました」

戦後四十年間も平和がつづき、それはそれでまことに結構なことだが、その反面では戦争とか戦死者のことが次第に風化してゆく。

そのような世相の中で、篠崎家と知り合いでもないのに、阿部英雄さんが、「父親光真様と息子真一君の心の通い《ゆかり》」を見つけて下さった。しかもその阿部さんは、「名取」短艇隊の橈《かい》を作った人に縁のお方と分かって、私は感慨を新たにした。

海軍では、同じ年に同じ学校を卒業した者を同期生《クラス》と言い、その会合を期会《クラスかい》と称した。海軍で期会は、準公務とされていたので、平時の海軍では忙しいときでも、期会とどければ上陸を許された。

また期会は、内輪の会合と見なされていたので、そこではどんなことを言っても、後でとがめ立てされることはなかった。だれでも勝手気ままなことをしゃべっていたが、よい気分転換にもなっていた。ある日の期会で私は、

「心配症と笑う者もいるだろうが」

と前置きをして語った。

大戦中の俺は、軍艦乗りとして、いつも最前線で戦っていた。困ったことに俺は、アメリカ海軍から狙われていた。わずか二十五歳の海軍大尉が、敵から狙われるのは一面名誉ではあるが、ことは命に係わるので、正直のところ有難迷惑だった。

もちろん開戦当初、アメリカは山本連合艦隊司令長官を狙っていただろう。そのころ俺は、自分が狙われているとは思わなかった。ところが、山本長官が亡くなられてからは、自分が狙われていることを、ひしひしと感ずるようになった。

十七年七月、俺は、軍艦「榛名」から軍艦「古鷹」に転勤を命じられ、ラバウルで着任した。前任者・滝沢好夫中尉は、つぎのような申し継ぎをした。

「ここは敵のこないところである。魚釣りでもして、無聊《ぶりよう》の過ごし方を身につける必要があるぞ」

それまでの俺は、マレー沖海戦、インド洋作戦、ミッドウェー海戦と、文字どおり東奔西走だったから、ここで一休みするのも悪くないと思った。

ところが、俺が着任した一週間後には、アメリカがガダルカナル島に上陸して、その後、そこらあたりが主戦場となった。そして「古鷹」は、まもなく水上艦艇同士の砲撃戦で沈められて、俺は軍艦「那珂」に転勤を命じられた。

「那珂」は、内南洋のマーシャル、マリアナ、カロリン諸島を警備する役割だったから、ソロモン群島の最前線からは一応はずれることになった。ところが、俺の転勤電報が敵側に解読されたのであろう、まもなくそこらあたりが主戦場になってきた。そして艦載機によるトラック大空襲となり、在泊艦船は壊滅的な大打撃を受け、「那珂」も撃沈された。

つぎの転勤先は、フィリピン群島を警備する軍艦「名取」通信長だった。当時は内南洋が最前線になっていたから、差し当たりは最前線からはずれたことになる。ところが、この転勤電報も解読されたらしく、まもなくフィリピンが主戦場となり、「名取」は潜水艦の雷撃で撃沈された。

ここで考えさせられるのは、アメリカがあの手この手で、松永の命を狙っていた事実である。「古鷹」は水上艦艇の砲戦で、「那珂」は艦載機の空襲で、そして「名取」は潜水艦の雷撃で、撃沈された。そのためいよいよ乗る軍艦がなくなり、二十年五月、俺は岩国海軍航空隊通信長として、広島市近くの岩国に着任した。

この転勤を暗号解読で知ったアメリカは、最後の手段として、大型機による原子爆弾投下を企画した。その爆弾が少しはずれて、広島に落ちた。間接的ながら俺は、広島の人たちにたいへんな迷惑をかけたと、申しわけなく思っている。


私のこの発言に、小賢《こざか》しい奴が、さっそく反論してきた。戦闘機の名パイロットなら、ラバウルの笹井醇一少佐のように敵からマークされることはありうる。ところで、艦《ふな》乗りが特別に狙われる道理はない。


大昔の人類は、天動説という考え方をしていた。地球は真ん中に止まっていて、太陽などの天体が地球の周りを回っていると思っていた。松永のさっきの話は、天動説の現代版だ。

松永は自分が中心にいて、自分の周りに日本海軍があると思っている。とんでもない話である。真相はこうだ。日本海軍が中心にあって、中心近くには各期《クラス》の優秀どころが旗本としてひかえている。

松永のように成績の悪い者は、三下奴《さんしたやっこ》として走り使いをさせられる。松永は、海軍では消耗品扱いで、ボロ艦に乗せられてドサ回りをさせられていた。敵にぶっつかる機会も多かろうし、敵から沈められることもあるだろう。

それをご本人は、敵に狙われていたと考えているのは、おめでたいと言うのか、まことに憐れである。

前回はさんざんこき下ろされたが、次回お互いに相手を批評し合った期会では、私は大いに誉められた。降る日もあれば、晴れる日もある。

「松永は西郷隆盛みたいじゃないか」

「松永は夏目漱石《そうせき》そっくりだ」

と批評した者がいた。片や明治を代表する英雄だし、片や明治を代表する文豪である。その片方にあやかるのも大変むずかしいのに、私は双方になぞらえてもらったので、悪い気はしなかった。その理由を尋ねてみた。

「子孫のために美田を残す力のないところは、西郷隆盛みたいである。また文章を書いても、文学博士になる野心のまったくないところは夏目漱石そっくりである」

とのことだった。理由を聞いてみると、かならずしも誉められているわけではなかった。


さて、戦後の私は、「アメリカがなぜ松永を狙っていたか」の理由を見つけるのを、私のライフワークとした。先年、日本海軍の歴史に関する本を読んでいて、そうだったのかと理由の一端を発見した。その本には、こう書いてあった。

「日本海軍に秀才は多かったが、秀才中の秀才はと尋ねられると、だれでも秋山真之《さねゆき》と答える。秋山は四国松山の産で、日露戦争のときには、連合艦隊の先任参謀だった。とにかく秋山は、試験を受けて二番になったことはない」

考えてみると、松永も試験を受けて二番になったことはない。三段論法でいえば、秋山も松永もまったく同じである。だからアメリカは松永を狙っていたのかと、私は自分のライフワークを解く手掛かりをつかんだ。

一般日本人の間では、アメリカは情報収集能力に優れていると言われている。私に遠慮なく言わしてもらうならば、アメリカはむしろ情報分析能力に優れている。

「秋山も松永も同じだ」とは、日本海軍の人事局も私たちの期友も気づいていなかった。ところが、アメリカは、ちゃんと見抜いていた。やはり、戦勝国になるだけのことはある。

アメリカは二十五年ほどたつと、国家秘密の文書でも公表することになっている。先ごろ、山本長官の前線視察の電報を解読した経緯を発表した。松永の転勤電報を解読した経過も、いずれ公表されるだろう。そのときは、「天動説の現代版」とうそぶいた、期友の鼻をあかしてやろうと、私は手ぐすねひいて待っている。

先ごろ私は、『先任将校』と題する単行本を出版した。期会の中央幹事・茂木明治からさっそく賀詞がとどいた。

「貴様の本を読んでみると、天象、海象、気象、それに航海術、統率学など、学問的な教えもある。子育てに関して教えられるところもあったし、ビジネス界の参考にもなる。貴様が本気で勉強していたら、兵学校でも優等生になったと思ったぞ」

兵学校の優等生だった茂木から誉められたので、悪い気はしなかった。つぎの期会では、私はいい気になってしゃべった。

「ノーベル賞をもらうには、ストックホルムまで出かけなければならない」

と俺が知ったのは、中学三年生のときだった。学問が進み過ぎてストックホルムに出かけるようになっては困ると思うと、俺は真剣に勉強できなくなった。

俺は幼い折り、佐賀県東部に流れている、筑後川のほとりの草深い片田舎で育てられた。都会といえば、十キロほど離れたところに久留米市があった。だが、俺が少年のころの久留米市には、ホテルもデパートもなかった。中学生の俺は、洋皿で食べるのが洋食と思っていた。だから俺が食べた洋食は、ライスカレーだけだった。

ベッドを見たこともない、ナイフやフォークを使ったこともない俺が、ストックホルムに行って生活の面で日本人の評判を落としてはならないと思うと、俺は真剣に勉強ができなくなった。

じつは昭和五十四年、海上自衛隊練習艦隊の世界一周遠洋航海に、俺は新聞記者として参加させてもらった。そのさい、ストックホルムに寄港して、授賞式の行なわれるコンサートホール、受賞者の泊まるグランドホテル、祝賀会の行なわれる市庁舎の黄金の間も見てきた。祝賀会で出される、あの地方の郷土料理プリンセスケーキも食べてきた。

それからの俺は、はじめて安心して勉強できるようになった。そして書いたのが『先任将校』である。

俺がこのような話をしていると、貴様たちの中には、つまらない話は止めろと言いたげな顔をする者がいる。ところで人間社会は、つまらないことがあるから成り立っているぞ。考えてもみろ、世の中でもっとも純粋なものは蒸溜水と言われている。ところが、飲んでみると、これほどまずい飲み物はない。飲み水につまらない物が入っていると、人間はおいしいと言って飲んでいる。

空気の中にほこりを見つけると、人間だれでも顔をしかめる。だが、空気中にほこりがあるおかげで、人間は太陽光線の高熱からまもられている。また七色の太陽光線がほこりに当たって乱反射しているから、光線の色が人間の目に邪魔にならない。人間は、ほこりはつまらないものと思っている。ところが、ほこりはこのように、たいへん人間の役に立っていて、ほこりはこのことを誇りにしている。

もしつまらないことがなくなってしまうならば、これほどつまらない社会はないぞ。料理を考えてみろ。人間がビタミンとカロリーだけを念頭におくならば、料理する楽しみも、飲食をする楽しみもなくなってしまう。

料理をすることは結局、人間の排泄物になるつまらないものを、切ったり刻んだり、煮たり焼いたりしている。そして人間の排泄作用は、胃腸の排泄物を出すだけでなく、精神的排泄物を出してストレス解消にもなっている。

人間が、学校では成績をよくするため点数になることばかり、実社会では金持ちになるための金儲けばかりを心がけるならば、この世はまことに味気ない。

聖人君子に紳士淑女ばかりで、人間的には落度も欠点もなく、言動には失敗も挫折もなければ、この世は面白くもおかしくもない。馬鹿を言ったり、ふざけたりしようじゃないか。この期会で、松永がつまらないことをしゃべったと思えば腹が立つ。思ったこと、気がついたことを、お互いに大いにしゃべり合って、ストレス解消をするならば、この期会も大いに有意義じゃないか。

ところでノーベル賞と聞けば、私は「ものも言いようで丸くなる」という言葉を思い出す。私は本を書けば、友人の仏坂泰治さんに進呈する。仏坂さんは、不沈駆逐艦と言われた「雪風」軍医長として太平洋狭しと駆けめぐり、戦艦「大和」の沖縄特攻作戦にも参加した歴戦の勇士である。戦後は佐賀県山内町で、医院を経営している。

私が出版物を贈ると、つぎのようなお礼状をよこす。

「松永さん。こんどの本は素晴らしい。ところで日本の文学賞は、所得税の対象になるので、日本の文学賞は、狙わないほうがいいですよ。松永さんのご本なら、ノーベル文学賞に十分値します。私が心配しているのは、松永さんの住んでおられる佐世保に、ご本をスウェーデン語とか英語に翻訳する者がいるだろうかということです。いくらご本が立派でも、翻訳が拙ければ選にもれるのではないかと、私はそれを心配しています」

要するに仏坂さんは、本は出版できても賞には縁遠いですよと言っているわけだろう。しかし、言い回しがよいためか、不思議に腹は立たなかった。

ところで、一年前、私は東京郊外に引っ越してきた。付近には、日本有数の翻訳家がいるはずである。こんどの本に、仏坂さんがどんな手紙をくれるか、私は今から楽しみにしている。

〔付記〕この文章を読まれた読者の中には、つまらないと感じられた人は多いだろう。ところで、

「人生には、つまらないことが大切である。つまらないことが世の中の役に立ち、世の中を明るくする」

という人生訓を、一人でも二人でも気づいて下されば幸いである。

5　終わりなき悲劇

一、高橋少尉の記憶

「高橋潤子と申します、佐賀市に住んでいます。父・高橋鉄雄は、海軍少尉で軍艦『名取』に乗っていました。ご存じでしょうか」

このように申し出て、見知らぬ婦人が佐世保市の私の自宅を訪ねてきたのは、昭和五十九年の夏だった。彼女の言葉を要約するとこうである。

先日、新潟の勝直伯父から、「佐世保の松永さんが、軍艦『名取』に関する本を出版されたから、鉄雄のことをご存じか訪ねてみては……」と電話があったので、参りましたとのこ

とだった。

その年の春、私は『先任将校』（光人社）と題する単行本を出版した。軍艦「名取」は、マニラから西太平洋のパラオ諸島まで緊急戦備物件を輸送中、敵潜水艦の魚雷攻撃を受けて撃沈された。場所はフィリピン群島サマール島の東方六百キロの洋上だった。六百キロは新幹線で、東京駅から新大阪駅あたりの距離に相当する。

生き残りの百九十五名は、三隻のカッター（大型ボート）に乗り、ほとんど飲まず食わずで、毎晩十時間も櫂《かい》を漕《こ》ぎつづけ、十三日目の朝、ミンダナオ島北東の端スリガオにたどり着いた。この短艇隊で次席将校だった私が、体験談をつづったのが『先任将校』である。潤子さんの伯父さんは、すでにこの本を読んでいると思われる。

ところで私には、高橋少尉の記憶はまったくなかった。少尉で子供をもっているのは特務士官（海兵団出身の人で、特進とも呼んだ）と予想されたので、その同僚に当たる東京の川本さんに電話で尋ねてみた。川本さんは、高橋さんをよく知っていて、「名取」の沈没後、アメリカの捕虜収容所《キャンプ》にいっしょにいたとのことだった。私は潤子さんに、つぎのように話した。

「私は『名取』の勤務期間も短くて、お父さんをよく知りません。東京の川本さんはお父さんをよくご存じでしたから、川本さんに尋ねてみて下さい。川本さんの住所と電話番号を書いておきました」

潤子さんは、問わず語りに身の上話をした。軍艦「名取」が舞鶴から出撃した後、母は父との話し合いで、私を連れて母の里（佐賀県唐津市）に身を寄せた。もともと病弱だった母は、里に帰っても健康すぐれず次第に衰弱していった。そして父の戦死公報が切っ掛けで、ショック死した。その後の私は、祖母に育てられた。

戦後しばらくして、戦死したはずの父が、ある日突然、唐津に帰ってきた。父が唐津に帰ったことを知った伯父は、新潟からわざわざ唐津までやってきて、新潟で暮らすようしきりに奨めていた。だが、父は、唐津で暮らすことにした。

知人もいない他国者の父に、よい勤め口も、よい仕事もあるはずがなく、生活は苦しかった。父は後妻を迎え、やがて義弟が生まれた。私は高等学校に進学したかったが、父は生活苦を理由に許さなかった。伯父に泣きついたところ、

「学費は、伯父さんが出してやる。潤子は、心配せずに進学しなさい」

と励ましてくれた。私が現在、人並みに生きてゆけるのは、伯父さん伯母さんのお陰と感謝している。

その年の十月、潤子さんがふたたび訪ねてきた。父がガンで入院したので、戦友として見舞っていただきたいとのことだった。佐世保から唐津までは、バスで片道二時間あまりの道《みち》程《のり》で、出かけるのは簡単である。しかし、行ったものかどうかと迷い、ふたたび東京の川本さんに電話してみた。

「高橋さんは、生まれ故郷を捨てて、苦労を覚悟で、亡くなった奥さんの里で暮らしていました。捕虜になっていたことを、恥ずかしいと思っているからです。捕虜の心理は複雑です。松永さんが善意で見舞いにいらっしても、病人にショックをあたえるかも分かりません。いらっしゃらない方が、よいと思います」

都合で見舞いに行けないとの前置きで、私は潤子さんにつぎのように話した。

「毎年六月、各県持ち回りで、名取会という戦友会を開きます。百数十名集まるので、お父さんの知り合いも大勢います。来年は東京大会です。お父さんが元気になられて、あなたもごいっしょに参加されるよう、陰ながら祈っています」

その年の暮れ、父が亡くなったと知らせにきた潤子さんは、悲しさを胸に秘め、健気にも語った。

「お父さん。もう一度、元気になって、名取会にいっしょに出ましょうと言ったら、病床に横たわりながら、軽くうなずきました。口には出しませんでしたが、『名取』はやはり懐かしかったんですねえ。松永さんのご本がきっかけで、父の意識のある間に名取会に連絡がとれたし、父はそのことを知って亡くなりました。いまの私にとりまして、そのことがたった一つの慰めでございます」

翌年五月末、箱根湯本の岡田ホテルで開かれた名取会には、潤子さんは佐賀から、勝直伯父さんは新潟から参加した。潤子さんはここで、数名の初対面の人たちから思いがけない言葉をかけられた。

「高橋さん。お父さんに、そっくりですねえ」

名簿に、高橋鉄雄の遺族とあるのを見ていた人たちだろう。数奇な運命の下に生まれ、苦労して育った潤子さんにとって、親類以外の人から、父親に似ていると言われたのははじめてのことだった。この言葉を聞いただけでも、遠路はるばるやってきた甲斐《かい》がありましたと、潤子さんは目をうるませて語った。

捕虜を極端に嫌う日本のことだから、捕虜になっていた本人と、その奥さんが、辛い苦しい思いをしていただろうとは、かねて想像していた。幼い子供まで巻き添えにして苦しめていたとは、潤子さんを通じて、私ははじめて知った。

それでも潤子さんは、勝直伯父さんのお陰で高校進学はできたし、義母キノエさんからは、「息子が結婚したら、私は潤子さんと暮らすかも分からないよ」

と言われ、身内から可愛がられている。また仕事面では、タッパーの佐賀県および長崎県北部の販売責任者として活躍し、堂々たる人生を歩いている。
二、軍艦「古鷹」の戦友
潤子さんと係わり合いを持ったことから、軍艦「古鷹」の戦友のことを思い出した。

思い起こすと、敵がガダルカナル島の飛行場を使用しはじめてから、日本にとって戦況にわかに不利になってきた。そこで日本としては、戦勢挽回《ばんかい》のため被害を恐れずに、物資補給と飛行場砲撃に大兵力を投入することになった。

昭和十七年十月十一日、この日は、物資輸送と飛行場砲撃と、二つの作戦が並行して実施された。輸送部隊の「日進」「千歳」、それに駆逐艦四隻は、「秋月」「夏雲」に護衛され、同日午前六時、ショートランドを出港した。

砲撃部隊の第六戦隊（「青葉」「古鷹」「衣笠」）は、直衛駆逐艦「白雪」「吹雪《ふぶき》」を帯同し、同日正午、ショートランドを後にした。旗艦「青葉」は、午後九時四十三分、左十五度一万メートルに艦影らしいもの三個を認めた。

「輸送部隊は、南東に進むはずである。なぜ南西に針路をとっているのだろうか」

「青葉」は不審に思いながらも、味方識別信号を送った。

「青葉」は距離七千で敵艦と確認し、

「配置につけ、面舵一杯」

と下命した。同時に敵の吊光弾《ちょうこうだん》の照明にさらされ、集中砲火をあびた。敵の初弾が艦橋に命中し、五藤存知司令官以下、多数の幹部が死傷し、艦内、隊内とも通信装置が破壊された。

戦後の敵側資料によれば、連合軍は軽巡ボイス、ヘレナ両艦のレーダーで日本艦隊が接近してくるのを探知し、いわゆるT字戦法（全砲火で、相手を砲撃できる隊形）を採って待ちかまえていた。全艦で先頭艦「青葉」に集中砲火を浴びせたら、「青葉」は戦列を離れた。つぎに二番艦「古鷹」を狙ったら、大火災を起こして速力がおちた。

三番艦「衣笠」は、態勢不利と見て、ひとまず取舵反転した。「青葉」「古鷹」とは反対方向に転舵したので、敵の砲撃を受けずに、きわめて有効な砲戦、魚雷戦を実施することができた。「衣笠」は、大巡一隻轟沈、一隻大破の戦果を挙げた。「衣笠」の活躍があったから、砲撃部隊は全滅の悲運からまぬかれた。

砲撃部隊は、砲撃を中止して引き揚げはじめたが、航行不能になった「古鷹」は取り残され、サボ島付近を漂流していた。「古鷹」は九三式隊内無線電話機で司令部に救助方を要請し、駆逐艦「白雪」が引き返してくることになった。

制海権を持っている敵側は、約九千メートルのところで、探照灯を照らして救助作業をしていた。こちらは、味方識別信号で、ひそかに「白雪」を呼び寄せ、横付けしようと接近していたとき、「古鷹」は急に沈没した。「古鷹」乗員は、暗夜の外海を五百メートルほど泳ぎ、救助作業は無灯火で行なわれた。

「古鷹」艦長荒木傳大佐は、全員の救助方を「白雪」駆逐艦長に要請したが、救助作業は午前二時で打ち切ることになった。

「白雪」は海面を泳いでいる者に向かって、カッターを残し、道板や材木を投げて避退をはじめた。そこから敵ヘンダーソン飛行場までは、わずか数十キロに過ぎない。

一夜明けると、敵小型機十数機が襲いかかってきたが、みごとな操艦と「白雪」乗員の勇敢な働きで爆弾は命中しなかった。

あの暗夜の海上を泳いでいた「古鷹」乗員は、その後どうなっただろうか。たとえ生きていても捕虜になっていれば、その子供さんは潤子さんのように苦労しているのではなかろうか。

「古鷹」の生き残りは、駆逐艦「白雪」から僚艦「青葉」に移乗し、呉軍港に引き揚げてきた。私は呉水交社（呉にある海軍士官のクラブ）で、兵学校教官をしている期会《クラス》の某に偶然出合った。実戦談をせがまれ、私はつぎのように話した。

第六戦隊（「青葉」「古鷹」「衣笠」）は、駆逐艦「吹雪」と「白雪」を直衛とし、ガ島の敵飛行場の砲撃に向かった。敵飛行場の砲撃開始まではまだ時間があるから、サボ島を通過してから「配置につけ」の号令がかかる予定だった。ところが、同島の手前で旗艦「青葉」は突然、照明弾にさらされて初弾が艦橋に命中し、幹部多数が死傷して戦列を離れた。つぎには、俺が乗っていた「古鷹」が狙われ、中口径砲弾約九十発が命中し、航行不能となった。幸い「衣笠」が、有効な砲雷戦を実施して反撃したので、砲撃部隊は全滅をまぬがれた。

「古鷹」は無線電話で救助方を要請し、「白雪」が救助にやってきた。航海長・雷《らい》正博大尉は、期友の気安さから俺に話した。

「『古鷹』が通報してきた位置は、ずいぶんずれていた。南西に修正した針路でやってきて、やっと『古鷹』を見つけたぞ」

「古鷹」乗員五百名が助かったのは、雷大尉のお蔭と感心もし、感謝もしている。この海戦では相打ちとなり、九千メートル離れた海域で、両軍とも救助作業をやっていた。敵側は制海権を持っていて探照灯を照らしながら、こちらは無灯火でやった。

乗艦が撃沈されて丸腰で泳いでいるとき、出来るだけ生きようと思う。しかし、暗夜の海上で、味方が助けにくるか、敵が捕まえにくるか、さっぱり分からない。突然、敵がやってきた場合、刃物も持たずにどうして自分の命を断つことができるだろうかと考えていた。味方の救助艦がきて救助をはじめても、安心はならない。救助艦は戦況によって、救助作業を打ち切って急に引き揚げることがある。助けられるか捕らえられるかは、まったくの偶然である。助けられた者は勇敢で、捕らえられた者は卑怯というわけではない。

ところで日本人は、絶対に捕虜になってはならないと思って戦っている。敵側は、全力を尽くした上ならば、捕虜になってもかまわないと思っている。

言葉を換えると、こちらは相撲のつもりで、土俵の外に足を踏み出したり、手をついたりしてはならないと思っている。相手はレスリングのつもりだから、相撲のルールは眼中にない。

こちらの実力が、相手より格段に優れているなら、違うルールで戦っていても、勝てるかも分からない。しかし、実力が互角か相手が上の場合、こちらは相撲のルールで、相手はレスリングのルールで戦っていては、勝ち味はないような気がする。

武芸者の小説を読んでいると、武士がふとんの中で寝ていて、夜中に賊が忍びこんでくる音に目をさまして、枕許の刀を引き寄せる描写がよく出てくる。寝ていて小さな音で目をさますなんて、大げさに書いてあると思いながら読んでいた。ところで「古鷹」が沈んでから、俺自身が動物的になったと言うのか、陸上で寝ていて小さな音がしても、目をさますようになってきた。小説の記述も、あながちうそばかりではあるまい、と思うようになった。

この実戦談を聞いていた期友は、期友の気安さもあってか、つぎのように言った。

「貴様は乗艦が一度沈没しただけで、すっかり必勝の信念を失っている。また大和魂も足りないぞ」

平和時代に見聞きしていた知識で、命をかけた実戦の行動を批判したので、私はムッとした。

しかし、この期友は、まだ弾丸《たま》の下をくぐった経験がない。実戦の経験のない者に、戦場心理を理解しろと言っても、それはまず無理なことである。この期友も、一度弾丸の下をくぐれば、私のいまの言葉も自然に分かってくるだろうと、私はあえて反論しなかった。

弾丸の下をくぐったことのない期友は、私の言葉を理解できなかった。しばしば死地に突っこんで行った私だが、まだ捕虜になっていない。だから私は、捕虜になった人たちの心情を理解できないだろう。捕虜になっている人たちに、不愉快な思いをさせないように、言動も態度も注意しなければならないと思った。

三、軍艦「名取」の戦友

軍艦「名取」通信長の当時、直接の部下だった川本さんから、戦後、思いがけなく葉書をもらったのは、確か昭和二十五年の夏だった。兵学校出身者は永久追放ということで、期友同士の通信もままならない状況で、まだ期会《クラス》事務所はなかった。本籍地を離れ、佐世保市に住んでいる私を、よくも捜し当ててくれたと、川本さんの熱意が身にしみてありがたかった。「先年、アメリカから帰ってきました。アメリカでは、酒巻和男さん、豊田穣さんと一緒でした。積もる話もありますので、ぜひお目にかかりたいものです。ご上京の折りには、声をかけて下さい」

飛んで行きたい気持は山々だったが、敗戦軍人の悲しさ、佐世保から上京する旅費の工面がつかなかった。それでもさっきの文面から、つぎのような経緯《いきさつ》が推察できた。

酒巻と豊田は、私の兵学校の期友である。酒巻が特殊潜航艇に乗りこみ、親潜水艦を離れるとき、すでに転輪羅針儀が故障していて、方角はよく分からなかった。やむなく出発したが、パールハーバーの入口が分からず、結局、捕虜一号になっていたことを、私たち期友は戦時中から知っていた。

母艦航空部隊が、ソロモン方面に進出したとき、豊田は艦上爆撃機の搭乗員として参加した。不運にも撃墜され戦死したと聞いていたが、捕まっていたのか。

私の直属の部下だった川本さんは、短艇隊の中には見つからなかった。戦死したかどうかと案じていたが、捕まって生きていたのか。川本さんが捕まっているならば、「名取」の乗員でほかにも捕虜になっている者があるに違いない。

思えば「名取」が沈没した翌晩、カッターの艇尾にゴムボートをつないでいた。このゴムボートには、見張士のP少尉候補生のほか、兵員五名が乗っていたが、夜中に急に時化がはげしくなった。

カッターとゴムボートでは風圧が違うので、つないでいる索《つな》が、急にピーンと張って切れそうになる。索は張ったと思うと緩《ゆる》み、緩んだと思うと急に張ってくる、このくり返しだった。つないだままでは、そのうちに、索が切れるか、ゴムボートが転覆するかのいずれかである。

ゴムボートが転覆して六人が海に投げ出された場合、この時化で灯火もなくて救助はできそうにない。だとすると、転覆する前に索を解くのが安全と思えた。

そこで、時化がおさまってから収容すると約束して索を解いた。時化がおさまったので、カッター三隻が視界限度に展開して、組織的に行きつ戻りつして捜してみた。どうしても見つからなかった。捜す相手も捜す方も眼高《がんこう》が低いので、あの広大な太平洋の洋上で、いくら時間をかけても見つける目安は立たなかった。

ゴムボートは重心が低いので、波風がどんなに強くても、あか(艇の中にたまった水)を汲み出しておけば、もてあそばれるだけで転覆の恐れはない。だが、ゴムボートの食糧は、偵察機から落とした六、七名分の弁当だけである。転覆はしなくても、食べ物に困るだろう。あのいずれにしても結果的には、ゴムボートの人たちに約束を守らなかったことになる。

人たちには、誠に申しわけないことをした。生きていてくれと、神に祈るのみである。

川本さんが生きていることは、内火艇が転覆していなかったことを意味する。あのはげしい時化の中で、シーアンカー（転覆防止の要具）も使わずに、よくも転覆をまぬかれたものである。

それにしても発見されたのは、果たして何日目だっただろうか。五十人ほど乗っていたが、漂流日数が少なければ大勢助けられているし、長びけば長びくだけ人数は減っていると思われる。

川本さんから便りをもらってから五年ほどたって、私はやっと上京できた。川本さんと私はお互いに手を握り合って、十数年ぶりの再会を喜んだ。川本さんは言った。

「捕虜収容所《キャンプ》で、酒巻さんは、苦労を覚悟で世話役をしておられました。豊田さんは、酒巻さんのよい協力者でした。お二人の活躍と友情を眺めて、私は兵学校のよさを再認識しました」

と口火を切って、ウィスコンシン州（アメリカ）のマッコイ捕虜収容所《キャンプ》の思い出を語った。

捕虜の中には、

「捕虜は軍人ではない。捕虜の団体は軍隊ではない」

と主張し、規則とか指導を拒否する者がでてきた。

日本が勝った場合を予想して、自分は米軍に反対していた実績を、仲間に示しておきたいと思う愛国派がいた。その反面、長いものには巻かれろ式の親米派もいて、両派の間で大小のいさかいが絶えなかった。

さらに、日本が勝ち戦さの間に捕虜になった者と、敗け戦さになってから捕まった者との間では、ものの見方とか考え方がまったく違っていた。日本が無条件降伏してからは、民主主義に迎合して、旧指導者を軍国主義者と誹謗《ひぼう》する者もあった。民主主義をはき違えて、他人の迷惑はお構いなしに、勝手気ままな振舞いをする者もでてきた。米軍に密告して、同胞を売るような、日本民族として情けない者もいた。

収容所長の中には、日本のハワイ空襲の当時に防備に当たっていて、左遷《させん》されてここに赴任してきた人もいた。その所長は、江戸の仇を長崎で討つ形で日本人捕虜に極端に辛く当たった。仲間から密告された日本人の世話役が、さそりのいる独房に入れられ、飢えと寒さに悩まされたこともあった。

このような収容所で、捕虜の指導者とか世話役になると、結局は日本人捕虜と米軍との間にはさまれて、苦労した上に双方から誤解を受けることになる。そこで士官の中には、その種の役目を忌避《きひ》する者もいた。

収容所のそのような雰囲気の中で、酒巻少尉は、苦労を覚悟でいつも世話役を買って出ていた。捕虜一号となったことを意義づけよう、そのためには、米軍と日本人捕虜の仲介役をして犠牲になろうと、使命感に燃えておられたと見まもっていた。

その熱意と誠意は、日本人捕虜の心を動かし、少尉の階級とか兵学校を出ているとの経歴は別にして、酒巻少尉の人格に敬服する者が大勢でてきた。

酒巻少尉は、米軍からも厚い信頼を受けていた。それは、英語が上手だったと言うことよりも、その人柄と日本人仲間に信望があったためと思われる。

豊田中尉は、兵学校の期友ということから、いつも酒巻少尉のよい協力者だった。ほとんどの捕虜は、前途に希望を失い、碁やトランプなどの遊びごとに明け暮れて、無為に過ごしがちだった。豊田中尉は、僧職から仏教の講義を聞いたり、読書にふけったりしていた。また、井伊大老を主人公にした「桜田門以前」と題する小説を書いて、希望者に回覧させていた。

豊田中尉は、ここの生活で、後に作家になる片鱗《へんりん》を見せていた。

私の部下がキャンプでお世話になっていたことを知ったので、豊田と酒巻を訪ねて一言お礼を述べようと思った。中部新聞東京支社の豊田に会いたいと電話したが、彼は会いたくないような口振りだった。しかし私は
「川本さんは俺の部下で、さっきまで会っていた。キャンプで貴様にお世話になったと聞いたので、お礼に訪ねてゆく」

と言って出かけた。私の真意も分かったからだろう、豊田は次第に打ち解けてきた。そして当時の日本では珍しかった、新聞を色刷りする印刷機械を見せてくれた。

酒巻は当時、トヨタ自動車株式会社の輸出課長をしていた。名古屋駅で下車して、期友の

徳倉《とくら》正志（徳倉建設社長）を訪ねたら、挙母《ころも》市（現在の豊田市）は交通不便だからと、自家用車を貸してくれた。酒巻は外国人バイヤー相手に交渉していたが、案内人をつけて工場見学をさせてくれた。

豊田はその後、小説『漂流記』を発表したが、それは彼にとって、初期の作品に属する私小説だった。

昭和十八年四月、連合艦隊は、母艦航空機隊をラバウルに進出させ、基地航空部隊と呼応して、ソロモン方面の敵航空機撃滅作戦を展開した。この作戦を「い号」作戦と称した。

豊田は、母艦「飛鷹」の艦爆隊としてフロリダ沖海戦に参加した。乗機の九九式艦上爆撃機が、敵グラマン機に撃墜され、ガダルカナル島近くの海面に不時着した。一週間、ゴムボートで漂流した後、後席の偵察員とともに、不運にも米軍の捕虜となった。漂流記は、この経緯《いきさつ》をつづったものである。なんとか捕まらないようにと、懸命の努力を繰り返したこと、肉体的な苦労と精神的な葛藤《かっとう》を、克明にしかも大胆に表現している。

昭和四十六年、豊田は小説『長良川』で第六十四回直木賞を受賞し、職業文筆家としての地歩を固めた。その筆名は全国的に高まり、取材のため佐世保に来たときには、市民の要望に応えて、『漂流記』に関する講演をした。

豊田はこのように、著作でも講演でも、自分が捕虜になっていたことを、みずから発表していた。そこで、私としては、戦後三十年たって、豊田に捕虜の後遺症は、まったく残っていないと判断していた。

酒巻は昭和二十二年三月、トヨタ自動車株式会社に入社し、当初は人事部勤務だった。労働運動の盛んなころ、彼はバドミントン部を率いて活躍していると、いすず自動車株式会社に勤務していた大塚正雄さんから聞いていた。酒巻は英語ができることから、その後は輸出課に転属となり、外国人のバイヤー相手に大いに実績を挙げた。

その実績を買われて、昭和四十四年七月、ブラジルトヨタに出向した。社業は次第に発展し、彼は十年以上も彼地に留まり、在留邦人会の要職にもつくようになった。ついにブラジルトヨタ社長に昇進し、単にブラジルだけでなく、世界各地のビジネス界で活躍していた。その様子は、同地を訪れる海上自衛隊練習艦隊の隊員から聞いていた。

著者の期友・豊田穣中尉。撃墜されてゴムボートでの漂流体験をもつ。

世界を股《また》にしての華々しい活躍をしていることから、酒巻にも豊田と同様に、捕虜の後遺症はもうないだろうと思っていた。

その後、私は、豊田が書いた、日本に送還されたときの心境に関する記事を読んだ。捕虜の汚名を持って日本の土を踏むことに、とても大きな不安があった。それは結局、日本人が自分たちを、果たしてどのように迎えるだろうかという不安だった。

もちろん出迎えなど期待もしていなかったが、浦賀桟橋には思いがけなくも、兵学校の期友、奥野正（旧姓、柴田）と近藤矩雄の二人が待っていた。文字どおり「地獄に仏」の心境を味わった。

これからの人生は、どのような茨《いばら》の道であっても、期友が許してくれるならば、勇気を出して生き抜こうと決心した。奥野がそのときに手渡したウィスキーの一びんは、戦後の出発点になったと書いていた。

思うに酒巻は、戦後いち早く捕虜一号としてマスコミに採り上げられた。幸い、トヨタ自動車株式会社に採用され、その能力と真面目な人柄によって、戦後生活を切り開くことができた。

豊田は捕虜になっていたことを、著作に講演にみずから発表していた。職業軍人で捕虜という、当時としてはマイナスの肩書を二つも持っている豊田にとって、物書きは当座の世過ぎのつもりだっただろう。それにしても、みずから恥部を世間にさらすには、大きな苦悩があったに違いない。ひたむきな努力は、幸いにも世間の認めるところとなった。

この期友二名は、他動的と自動的の違いはあったが、捕虜だったことが広く世間に知れ渡った。捕虜を極端に嫌う日本の世相の中で、重い十字架を背負って生きる運命となった。大きなハンディキャップを持ちながら、酒巻は実業界で、豊田は文筆界で、それぞれ雄々しく活躍した。

この二人の戦後の活躍は、米軍捕虜収容所の延長線とも言える。収容所で酒巻は、苦労を覚悟で世話役を買って出たし、豊田は酒巻の協力者になっていた。このように二人は、収容所における捕虜の生き方の模範を示していた。

そしてこの二人は、戦後も、捕虜だったものの市民としての生き方に示唆《しさ》をあたえている。戦後の酒巻と豊田の生き方をはるかに眺めながら、私は川本さんの言葉を思い返した。

「収容所で、酒巻さんと豊田さんとの、活躍と友情を見つめながら、私は兵学校教育の素晴らしさを見なおしました」

四、遠洋航海

昭和五十四年、海上自衛隊練習艦隊（司令官・植田一雄海将補）の世界一周遠洋航海に、私は海上自衛新聞の特派記者として参加する機会をあたえられた。キール軍港（西ドイツ）に入港したとき、六十歳ぐらいのドイツ老人が植田司令官を訪ねてきて、日本のミニ軍艦旗をお返ししたいと申し出、その経緯《いきさつ》を語った。

昭和十二年、日本の軍艦「足柄《あしがら》」がキールに入港したとき、水兵さんが道に迷っていたので、少年だったこの老人が、軍艦を横付けしている岸壁まで案内してやった。その日は見学時間を過ぎていたので、少年は翌日ふたたび足柄を訪ねた。

昨日の水兵さんに艦で昼食をご馳走になり、帰りにお土産として、この署名《サイン》入りのミニ軍艦旗を貰った。一生の宝として大事に保管してきたが、近く生まれ故郷の山奥に帰ることになった。そこでこの機会に、ミニ軍艦旗をお返しに参上したとのことだった。

四十年の歳月が流れているし、その間、日本もドイツも第二次大戦で死力を尽くして戦ってきた。個人的には、この老人も航空兵として、しばしば死線をさまよったと言う。このような悪条件がかさなる中で、わざわざやってきたドイツ老人の真情に、植田司令官はいたく感激した。

司令官は厚くお礼をのべ、おしいただくようにしてミニ軍艦旗を受け取り、代わりの記念品を贈呈した。ドイツ老人は、永年の宿題を果たしたとの晴々しい思いで、帰途についた。

副官古庄幸一・一尉は、このドイツ老人の回顧談をつぎのように話してくれた。

このドイツ老人は、日本の水兵さんを好きになったことから、ドイツの航空兵になった。戦闘中に撃墜されて捕虜となり、捕虜交換で帰国した。ふたたび出征して、また撃墜された。このようなくり返しで、この老人は四回も捕虜になった。

四回目は戦後のシベリアで、日本兵といっしょに収容所生活をした。辛い苦しい生活だったが、日本の優しい水兵さんを思い出し、日本人の捕虜といつも仲よくしていた。

日本人だったら、自分が捕虜になっていたことを、見も知らない他人に、まして外国人に、自分から話し出すことはあるまい。

とにかくドイツでは、捕虜になっていたことは、前線で勇敢に戦っていた証拠と受け止められ、それは恥ずかしいことではない。また欧州各国間では、昔から捕虜交換制度が定着しているので、この老人のように、一度の戦争で三回も四回も捕虜になることもある。

後日談になるが、このミニ軍艦旗には墨《すみ》で三名の署名《サイン》がしてあった。練習艦隊は、帰国後、海上幕僚監部・厚生省で調査したところ、このミニ軍艦旗に署名していたのは、北村重行氏（当時、二等主計兵、宮崎県在住）、木山嘉治・中内実（当時、三等主計兵）の三名と判明した。

そこでこのミニ軍艦旗は、植田司令官から北村氏に返還された。もの言わぬ軍艦旗だが、日独親善の証しとして、一万五千マイルの航海をして、四十二年ぶりに、もとの主人の懐に返ってきた。

ミニ軍艦旗は日独親善の証しとして
植田司令官（写真）から持ち主に返還。

私が五ヵ月間の遠洋航海を終わって帰国したとき、兵学校六十八期、機関学校四十九期、経理学校二十九期の連合期会《クラス》主催で、私の歓迎会を原宿の水交会で開いてくれ、五十名ほどが集まった。この会に出席していた豊田穣が、明晩は新宿で二人で飲もうと言った。

翌晩二人で飲んでいて十一時を過ぎたころ、豊田がいきなり、これから茂木《もてぎ》の家を訪ねると言い出した。今夜は遅いから日を改めようと忠告しても、豊田は今夜行くと、言い張った。

電話したら、どうぞという返事だったので、車で駆けつけた。幸い茂木夫婦は、輸入もののウィスキーを振舞ってくれた。期友《クラス》水入らずの語らいは、遠慮もいらないし、楽しい雰囲気をかもし出してきた。

豊田が急に居住まいを正して言った。

「茂木幹事。俺は戦時中に捕虜になった。兵学校六十八期の名誉を汚して、まことに申しわけない」

豊田はテーブルに両手をついて、真摯《しんし》な態度で、期会代表の茂木幹事に謝った。

楽しい語らいの中で、思いがけない言葉がいきなり飛び出したので、茂木も私も、とっさに適当な言葉が見当たらなかった。しばらくして茂木が言った。

「豊田、日本は無条件降伏をした。戦後の日本人は、全員捕虜になったも同然じゃないか。戦時中に捕まった者だけに罪があるとは思えない。たとえ罪があるとしてもだ、貴様は文筆で、六十八期の名誉を大いに挙げてくれた。罪をおぎなってあまりあるよ」

茂木のこの言葉も、豊田にとっては、その場を繕《つくろ》う言葉としか聞こえなかっただろう。豊田は、なおも、申しわけない、申しわけないと、しきりにくり返していた。

茂木明治は、富岡中学校（群馬県）四年終了で合格し、兵学校を恩賜（優等生）で卒業した、私たち六十八期を代表する人物である。戦後二十年以上も期会に事務所を提供し、自身も期会の中央幹事を務めている。

また第三期兵科予備学生からは、またと得がたい教官と尊敬されている。海軍砲術会にお
いては、対空射撃の優れた新理論の開拓者でもある。
私ごときにはあの場合、茂木にまさる言葉はとても見つからなかった。言葉の見つからな
いまま、私はひとり静かに豊田の心情を推察してみた。
六十八期の生き残りは、関東地方に六十名ほど住んでいる。豊田が茂木宅を訪ねるのに、
期友のだれか一人を連れて行くつもりなら、何も今夜でなくてよかった。私が二、三日中に
佐世保に帰ることを、豊田は知っていた。
豊田としては、松永を連れてゆくことで、ぜがひでも今夜ということになったわけだろう。
私が自分自身を買いかぶるわけではないが、豊田は連れてゆくのを松永と決めていたに違い
ない。
考えてみると、私の乗っていた軍艦が、「古鷹」「那珂」、さらに「名取」と三回も撃沈
された。しかも「古鷹」と「名取」の生き残りのなかには、米軍捕虜収容所で豊田といっし
よに暮らした者もいる。
だから、豊田にしてみれば、松永は捕虜に理解も同情もあろうと、私を同道させたのでは
なかろうか。しかし、愚かな私は、同道はしたものの、あの場合なんの助言もできなかった。
そして私は、二ヵ月前のキール軍港の出来事を思い浮かべた。ドイツ老人は、植田司令官

を訪ねてきて、自分は四回も捕虜になっていたと、問わず語りに打ち明けた。

あのドイツ老人は、西ドイツにとっておそらく無名の人物だろう。西ドイツには無名の人でも、自分は捕虜だったと堂々と発表できる社会環境がある。

豊田は直木賞作家として、日本の文筆界で華々しい活躍をつづけている。その豊田が、期会の茂木幹事に両手をついて謝った。いわば有名人の豊田でも、そのような行動をしなければならなかった。

日本人と欧米人との間に横たわっている、捕虜に関する考え方の相違が、改めて身にしみた。

五、豊田の悩み

豊田には悩みがある。その悩みを捜してみようと、佐世保に帰ってからの私は、彼の作品をつぎつぎに読んでみた。

昭和四十五年の夏、西垣ドクターは、沖縄のある島で他界した。享年六十五歳だった。血圧が高いから、アルコールを慎むようにと忠告を受けると、

「私は医者だ。自分のことは、自分が一番よく分かっている」

と言い張って、泡盛《あわもり》を飲みつづけていた。

西垣さんに関して、豊田はつぎの思い出を持っている。

西垣さんは応召の陸軍軍医少尉で、豊田よりも十歳ほどの年長者だった。二人は、ハワイ

の地獄谷収容所でも、マッコイ収容所でもいっしょだったし、戦後は同じ船で日本に帰ってきた。

西垣さんは生まれ故郷の沖縄に帰って、そこのある島で開業した。その島の衛生保健委員長として活躍したし、米軍との親善にも尽くした。誠実でユーモラスな人柄だったので、西垣さんには人望が集まり、推されて市長を二期務めた。

市民との、そしてまた米軍との付き合いもあっただろうが、西垣さんは毎晩、泡盛二びんを飲んでいたという。なにか胸の中に、むしゃくしゃしたものがあったに違いない。

「俺は長生きしすぎた。早く戦友のところに行きたい。止めてくれるな」

と言うのが、口癖だったそうである。豊田は西垣さんの死を、時間をかけた自殺ではないかと受け止めている。

西垣さんは一般の捕虜と比べると、社会的地位でも収入の面でも、超一流である。豊田としては、西垣さんは捕虜仲間の指標として、また指導者として、いつまでも生きつづけてもらいたかった。その西垣さんが、自殺と思われるような死に方をした。

五十一年三月、豊田が操縦する艦上爆撃機の偵察員だった、佐川為助さん（豊田の作品の中の仮名）が熱海の借家で割腹自殺をした。佐川さんと豊田は、乗機がガダルカナル島近くで撃墜されたとき、ゴムボートで一週間ほどともに漂流し、いっしょに捕虜になった間柄である。

佐川さんは、戦後アメリカから帰ってきて、義母や義弟のいる、父親の家庭には入らなかった。いくつか職をかわったが、航空自衛隊に入隊して、五十二歳の定年まで勤めた。その後はマッサージの技術を習得して、熱海でマッサージをして暮らしていた。戦友は戦死したのに、自分だけ幸福になっては申しわけないと、結婚はしなかった。

そのような境遇の佐川さんは、人生の重要な問題については、生死苦楽をともにした自分のところに、真っ先に連絡してくるものと、豊田は確信していた。ところが、豊田には、事前になんの相談もなかったし、豊田あての遺書もなかった。

「佐川は、指揮官の豊田中尉が優柔不断だったから、自分まで捕虜になったと思っていたのではなかろうか。佐川が最後に立派に割腹自殺したのは、身の潔白の証《あかし》を立て、指揮官の豊田に対しての、面当《つらあて》だったかも分からない」

豊田としては、そんな風に受け止めていた。

西垣さんの場合は、収容所で偶然にいっしょになった。しかし、佐川の場合は、もっと必然性がある。しかも佐川は身内が少ないから、当然自分を頼りにしていると思っていた。その自分に、連絡も遺書もなかった。自分は、そんな冷淡な人間に見えるのかと、豊田は自己嫌悪におちいったことだろう。

六、明治時代と捕虜

戦後、私は、長谷川伸著『日本捕虜志』上下二巻を読んで、古来から現代までの日本人が、捕虜についてどのような考えを持っていたかを知った。二、三の例を拾い上げてみよう。

日本人は古来から、捕虜になることを潔《いさぎよ》しとしない慣習を持っていた。それでも、やむをえず捕虜になった者を、一概に責めるようなことはしなかった。明治時代の日清戦争および日露戦争で、捕虜になっていて帰隊（帰国）した者に、叙位、叙勲を行ない、また感状を授与したこともあった。除隊してからは、村長などの栄職に就いて、住民の尊敬を受けた人もいた。明治の軍隊も国民も、捕虜に対して、ある程度の寛容さがあった。

旅順開城にともなって、捕虜交換が行なわれた。新聞記者江森泰吉は、捕虜になっていた人たちを迎える参謀のようすについて、つぎのように書いている。

「捕虜になっていた人たちが水師営に着くと、そこに待っていた第九師団の福谷中佐は、不運だった一人一人の顔を熟視した。万感こもごもいたり、口をきくより先に涙がはらはら、日に焼けた頰《ほほ》を走った。ようやくのことで中佐は息を呑《の》みこみ、挨拶の言葉を口にした。それは、諸君よく帰って来てくれたとだけで、またしばらく言葉が絶えて、涙がつぎつぎにわいて流れた。

夕日が、だれをも赤く染めた野外でのことである」

明治時代の戦争では、清国という大国、つづいてロシアという強国と戦うので、国民だれでも、勝てるかどうかわからないと思っただろう。そこで軍隊の司令部と実動部隊とはもちろんのこと、前線も銃後も、打って一丸《いちがん》となって敵と戦っていたに違いない。

七、昭和時代と捕虜

私は昭和十二年に海軍兵学校に入校し、十五年に卒業した。戦後は世間から、職業軍人と呼ばれているが、捕虜に関して十分な教育を受けなかった。

昭和の日本軍隊では、陸軍も海軍も、捕虜に関する国際的な条約、規程を、正式に教育していないのではないかと思われる。

昭和十五年、陸軍では「戦陣訓」が発表された。捕虜に関する一種の教育と言えるかも分からないが、捕虜を禁止する目的で制定されたもので、国際規約とは縁遠いものと聞いている。

第二次大戦において、軍首脳の要望をよそに、陸軍からも海軍からも、数多くの捕虜がでた。

第一の原因は、兵器の進歩および戦闘手段の多様化で、行動範囲がいちじるしく拡大し、前線で働く者は捕虜になる機会が飛躍的に増えた。

第二の原因は、日本軍が戦果拡大にとらわれ、戦闘員が捕虜にならないための防止・救助対策を、ほとんど採らなかったからである。

そして、捕虜になった原因とか経過は不問にして、捕虜になった結果だけを責めていた。司令部は実動部隊に対し、捕虜に関しては督戦隊の役割をしていたといっても過言ではあるまい。

豊田は、『漂流』と題する体験記に、つぎのようなことを書いている。

乗機がガダルカナル島付近で撃墜され、ゴムボートで漂流していたとき、基地で聞いた参謀の注意を想い起こしていた。

鱶《ふか》は、自分より大きなものには食いつかない。大きなものを恐れるという本能のほかに、自分より長いものは呑みこめないという不安感が、潜在的に鱶にあるからである。このとき搭乗員たちは、声をあげて笑った。そのとき、その話はユーモアだった。

ソロモンの海面で、いざ鱶に対面してみると、ユーモアは影をひそめて、単なる恐怖でしかなかった。そして恐怖のすぐ向こうには、厳粛な死が待ちかまえていた。

昭和時代に入ってから、日本の軍隊を「皇軍」と呼び、日本の国難には神風が吹くので、日本軍が戦争に敗けることはないと、妙に神がかった思想がはびこっていた。

そして搭乗員を死地に赴《おもむ》かせる言葉も、このように真剣味と理性に欠けた、子供だましになり下がっていた。

捕虜防止の手段は何一つとらず、このような笑い話で戦士を送り出し、一度捕虜になれば理由は聞かず、捕虜になった事実だけを責め立てていた。「ご苦労さまでした」と、涙を流して捕虜を温かく迎えていた、明治時代の参謀とは雲泥の差である。

先ごろ私は、河野章《こうのあきら》大尉を団長とする、第五二一海軍航空隊（鵬部隊）の現地慰霊団一行二十五名に随行して、サイパン、グアム、パラオ、ペリリューを回った。

サイパン、グアム島には、「バンザイ・クリフ」がある。第二次大戦の末期、数多くの軍人および邦人が捕虜にならないため、崖下に飛び下りて自殺した場所である。

バンザイ・クリフでは、光厳寺（静岡県）住職五味昭道氏が導師となり、読経唱和がしめやかに行なわれた。団員はつぎつぎに焼香していた。

日本から来た付近の若い人たちは、カメラ片手にはしゃぎ回っていた。観光とかハネムーンでやって来た人たちに向かって、慰霊祭に付き合いなさいと言うつもりはない。

これら戦後生まれの日本人が、戦前、戦中の日本人の捕虜に関する考え方を、だれからか聞いただろうか。家庭、学校、社会のどこかで、捕虜に関する以前の考え方はこうだったと、少しでも教えられているならば、観光目的だけでここにやってくることはあるまいと思った。

回天特攻隊帖佐隊隊長、帖佐裕海軍大尉は、戦争が後二、三日長引いておれば、彼自身戦死したはずだった。亡くなった仲間や部下を偲んで、私につぎのように話した。

「回天特攻の仲間には、戦死した者も捕虜になった者もいます。自分たちがみずからの命と引き換えにまもってきた日本ですが、戦後の日本では、愛国とか護国とかいう言葉は死語になり、国民は経済発展だけに狂奔しています。そして、戦死者は犬死と言われ、捕虜は国民から辱《はずか》しめられていた人たちも、このような現状を見て、戦死者も捕虜になっていたわけではないと、嘆いていんな国を残すために、自分たちはみずからの命を投げ出していたわけではないと、嘆いているでしょう。捕虜になった人たちは、国と国民をまもるために、身を投げ出して戦っていて、不運にも捕虜になりました。ところが戦後は、自分がまもってやった国と国民から苦しめられています。なにか割り切れない感じがします」

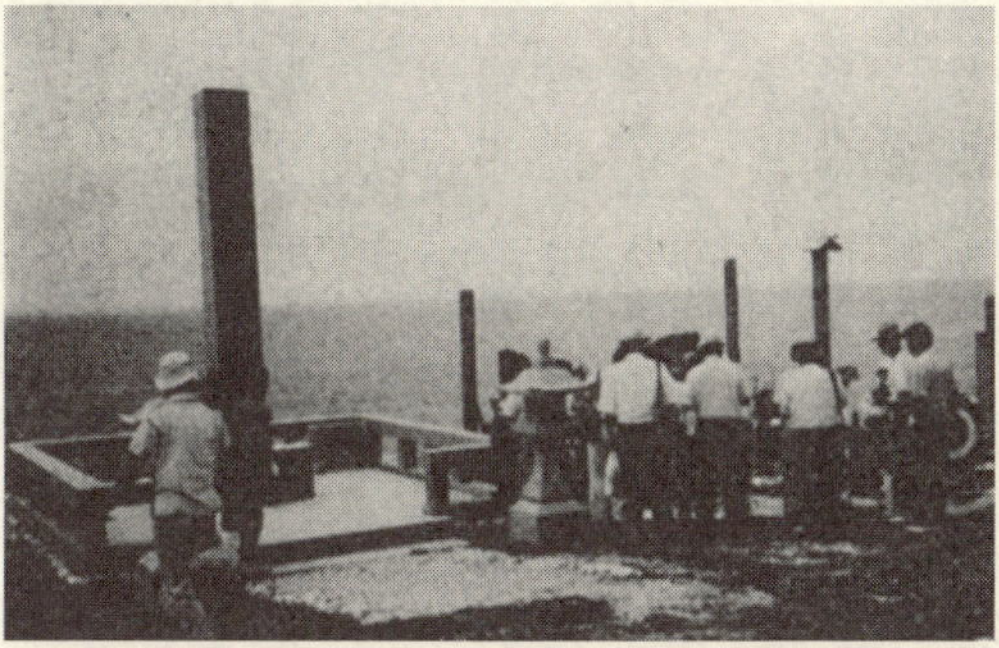

第521海軍航空隊の現地慰霊祭。バンザイ・クリフは、第二次大戦の末期に、数多くの邦人が、捕虜になることを潔しとせずに飛び降り、自殺をはかった場所である。

こう語りかけられたとき、私は返す言葉が見つからなかった。

八、戦犯と捕虜

北陸線で列車火災が起こり、乗務員が列車をトンネル内で止めたため、大勢の死者を出す事故があった。列車をトンネルの外で止めておれば、このような惨事にはならなかったから、乗務員に過失責任があるとして、裁判にかけられた。

この裁判では、初期消火が不十分だったこと、列車を外に出せば被害は少なかっただろうと、被告の落度は認めながらも、裁判官は無罪を宣告した。当時の国鉄当局が、列車の防火研究をしていなかったこと、乗務員にその種の教育をしていなかったことを踏まえた上での判決である。従来の日本では、根本対策をなおざりにした指導者の責任は不問に付されて、直接行動者だけが処罰される例が多かった。そのような世相において、北陸トンネル列車事故の被告が無罪になったことは、きわめて意義深いことと言われている。

さて、日本では、「戦後は終わった」と言われてから久しいが、私としては現在でも、「戦犯」と「捕虜」の問題が残っていると思う。

第二次大戦において、戦犯が国際的につくり出された罪人ならば、捕虜は国内的につくり出された罪人と、私は思っている。罪人という言葉は、かならずしも適切な言葉ではない。しかし、差し当たり、他に適当な言葉が見当たらないので、罪人という言葉を使った。

さて戦犯については、佐藤和男教授（青山学院大学）などが、「戦争は、国際紛争を解決するために、独立国に認められた手段である。そして第二次大戦後に、急に唱えられた戦犯問題は、戦勝国の驕《おご》りとして派生したものである」と、戦犯を擁護《ようご》する議論を展開している。

ところが、捕虜についての弁論は、戦後四十年たった今日でもほとんど見当たらない。そして戦後の日本人は、大勢の捕虜を出した軍首脳の責任は問わず、捕虜になっていた人たちだけを責めている。

国家としても国民としても、捕虜を責めてはいないと反論する者もあるだろう。だとすると、命の尊さを人一倍知っているはずの捕虜の中から、自殺者が出ている現状を、どう説明したらよかろうか。

明治時代には、捕虜になっていた者に叙位叙勲も行なっていたのに、昭和の日本軍隊は、捕虜をまったく認めなかった。では、捕虜防止の教育と対策が講じられていたかと言うと、教育も対策も皆無だった。そして捕虜を憎み、捕虜になった者を責めるだけだった。国家総力戦の様相を呈してきた第二次大戦では、戦闘様式も戦闘手段も複雑多岐となり、行動範囲は数千キロを超えてきたので、前線で戦闘する将兵にとって、捕虜になる機会は極端にふえてきた。

このため第二次大戦では、日本軍首脳部の願望に反して、大勢の捕虜がでた。それらの人たちは、戦後もそのために、重い十字架を背負いながら生きている。

豊田は、捕虜だったことをみずから発表して捕虜だった人たちの後楯《うしろだて》になろうと決心したに違いない。しかし、世間の目は冷たい。代弁者を買ってでた豊田に対しても、彼の顔を逆なでするような者が出てきたと思われる。

また豊田が、捕虜仲間の指導者になってもらいたいと、密かに期待していた人たちが、つぎつぎに亡くなってゆく、しかも自殺という方法で……。

捕虜収容所の苦しい生活の中で、命の尊さを経験したはずの人たちが、みずから命を絶っていくのは、日本に捕虜を受け入れない何かがあるからだろう。豊田はその世直しのため、懸命の努力をしてみた。しかし、結果的には、何の効果もなかった。そのような挫折感から、期会の茂木幹事に謝る心境になったに違いない。

豊田のように、人並み以上の社会活動と生活をしている者でも、捕虜だったことに、戦後数十年間も悩みつづけている。日本全国には、おびただしい数多くの人たちが、捕虜だったことに悩みつづけているに違いない。もし私がそのような運命だったらと思い当たって、私は慄然とした。

とにかく、戦時中に捕虜になっていたばかりに、戦後何十年たっても、悩みつづけなければならないことは、まさに悲劇である。

それにもまして大きな悲劇は、捕虜になっていた人たちには、北陸トンネルの列車事故被告のように、裁判の判決がないことである。

「捕虜問題は、日本軍隊にとってタブーである。触れない方がいいよ」

と、ある先輩が私に親身になって忠告して下さった。

しかし、このままでは、捕虜になっていた人たちが、「戦後は終わった」と、心から笑える日は永久にこないわけである。

なんとかならないかと念じながら、火中に栗を拾うつもりで、非才にむちうちながら筆を執ったことを、申し添える次第である。

6　ラストシーン

昭和四十年、私は映画館で、黒沢明監督・志村喬主演の「生きる」と題する映画を見た。主人公は定年をひかえて地方都市の公園課長をしているが、家族からも仲間からも、「引っ込み思案な愚図で、駄目な男」と言われていた。

課長は体の具合が悪いので、医者の診察を受けてみたところ、医者は大したことはないと言った。しかし、医者がちょっと口ごもったこと、それに体の調子がいつもの風邪や下痢とは違うことから、自分でつぎのように判断した。

「悪質のガンにかかっているならば、あと六ヵ月ぐらいの命だろう。だとすると、命のある間に、大勢の市民が要望しているあの公園を完成させよう」

それからの課長は、別人のように積極的になり、上役に向かっても意見を述べたし、庁内で書類の持ち回りもした。さらに夜は夜で、関係議員の自宅を訪ねて、公園建設の促進を説いて回った。

そのために公園は、意外に早く完成したが、課長の病状は次第に進んでいたし、無理もたたったので、とうとう病床に親しむことになった。

課長は冬のある寒い晩、家人が寝静まるのを待って床を抜け出し、自分が造った公園に向かって歩いた。小雪が降ってきた。課長はブランコに乗って、ゴンドラの歌、〽命短し　恋せよ乙女……の愛唱歌を口ずさみながら、ひとり静かに死んでいった。このラストシーンには、人の死にともなう苦痛も悲愴感も、まったく見うけられなかった。

私はこのラストシーンを見ながら、軍艦「名取」艦長・久保田智大佐が、艦と運命をともにされた当時を思い起こした。

昭和十九年八月、軍艦「名取」は、マニラで緊急戦備物件を積み込み、西太平洋パラオ諸島に向かった。途中、敵潜水艦の魚雷が命中して航行不能となった。

これが最後と覚悟を決められた艦長は、航海長小林英一大尉に、艦長の戦争に関する体験と意見とを、こまごまと伝えてつぎのように命令された。

「航海長に最後の命令。航海長はマニラ海軍司令部に至り、ただいまの艦長の言葉を司令部につたえよ。そのさい、なるべく大勢の若い者を連れてゆけ」

艦長もここはひとまず引き揚げられるよう、航海長はしきりに奨めたが、艦長は決心をかえられなかった。

艦長は、艦上の短艇それぞれに乾パンと水筒を積みこませ、甲板に用意してあった木材でできるだけ数多くの筏《いかだ》を造るよう指示された。部下を陸岸に向かわせる手立てができあがったところで、全員を上甲板中部に集め、遙《はる》かに日本の方角に向かわせ、艦長の音頭で「大日本帝国万歳」「天皇陛下万歳」をそれぞれ三唱した。

航行不能の軍艦で、艦長の出来ること、艦長のやるべき仕事は一段落した。そこで艦長は、

「最後の贅沢《ぜいたく》をするぞ」

と言って、一度に二本ずつの煙草をつづけざまにのまれた。言葉づかいも煙草ののみ方も、平生のままで、死に直面した苦痛も悲愴感もなかった。

映画の主人公に、艦長のお姿をオーバーラップさせながら、私はつぎのことに気がついた。

「死に直面して安心立命の境地になるのは、社会的な地位でもなければ財産でもない。あたえられた使命を果たしたという満足感こそが、人を安心立命の境地にさせる」

私も死ぬときには、久保田艦長のように平然たる態度で、公園課長のように愛唱歌を口ずさみながら死にたいものである、私はそんなふうに思った。

戦後の私は、長崎県佐世保市に住んで、従業員三十名程の個人企業に二十年あまり勤めていたが、都合により退職することになった。幸い友人の推せんもあり、地方銀行に嘱託として勤めることになったが、しかし、私が取締役になって、権力の座につく望みはまったくなかった。

三人の娘が、東京の四年制大学につぎつぎに進学したので、蓄財の目安も立たなかった。そのような境遇から私は、権力者とか資産家に反発を感じ、それらの人たちを叩《たた》いたり貶《けな》したりする週刊誌や暴露記事を読んでは、ひそかに溜飲をさげることもあった。

そしてプロ野球や大相撲に贔屓《ひいき》を作り、その人たちが優勝すると、自分の夢をかなえてくれたと、わがことのように喜んでいた。さらには人並みに、バレンタインデーにチョコレートを貰ったり、誕生日にケーキを、母の日にカーネーションを差し上げたりして、自分の好きなことを自由意志でやっていると思っていた。ところで、よくよく考えてみると、私のこれまでの生き方は、ある商業政策に利用されているのではないかと気がついた。こんなことをくり返していては、死に直面しての安心立命の境地など、とても望めるものではない。そのためには、平生どのような生活をしなければならないのか、改めて考えなおすことにした。

私の海軍生活と戦争体験とを、戦後の平和生活にいかすことはできないだろうかと思い、勤務の余暇に体験記を書こうと決心した。

文章を書いたことがなかったので、佐世保市立図書館所属の随筆クラブ「はまゆう」に入会し、差し当たりは同館の「海の文庫」の蔵書を読みふけった。随筆を書くことを趣味と考えれば、これほど安上がりの趣味もなかった。新聞折り込みの広告の裏紙に草稿を書いて推敲し、それを原稿用紙に清書すれば、一ヵ月を過ごすのに二百円もあれば充分だった。

私たちの兵学校六十八期は、昭和十五年八月に二百八十八名が卒業したが、うち二百名が第二次大戦で国難に殉じた。いくらか随筆を書けるようになってから、戦死した期友《クラス》の思い出をつづり、期会誌に発表した。

遺族としては、兵学校の受験勉強で苦労し、やっと合格したら上級生から鍛えられ、卒業したらすぐ戦争がはじまり、あの子は苦労するためにこの世に生まれたと思っておられた。

海軍では厳しい一面もあったが、団体生活ならでは味わえない楽しさや喜びもあったことを書いた私の随筆を読んで、遺族から大変嬉しかったとの便りがあった。

海軍関係の団体である財団法人水交会では、月刊誌水交を発行しているが、この「水交」に期会誌に発表した私の海軍随筆を転載することになった。「水交」に転載した海軍随筆にファンができ、東京の海軍小母さんという立場の菊地静枝さんから、発表のつど、質問なり読後感を頂いた。

その菊地さんから、水交会主催の「海軍とユーモア」と題する講演会について便りがとどいた。

「講師の阿川弘之先生は、開口一番おっしゃいました。松永さんが、雑誌『水交』に発表される海軍随筆に、ユーモアがあります。私はこれを愛読しています」

阿川先生が私の名前をご存じならと、私は阿川作品を読み返して読後感を送った。そんなことから手紙をやりとりするようになったが、ある日、つぎの電話があった。

「あなたを出版社に紹介したら、原稿を拝見したいと言っています。すぐ送って下さい」

こうして、海文堂出版から、『思い出のネイビーブルー——私の海軍生活記』が出版されたが、それは私が随筆を書きはじめてから、二十年目のことだった。

つぎには、生死を共にした戦友のことを書こうと思い、光人社から、『先任将校——軍艦名取短艇隊帰投せり』を出版した。前著からさらに十年たっていたから、随筆を書きはじめてからは三十年目のことだった。

自分で努力してみるまでの私は、他人の成功を、偶然と幸運で片づけていた。プロ野球のあの打者は、ピンチヒッターで偶然ヒットがでて、それで有名になったと言っていた。あの投手は、リリーフ投手で幸運にもヒットをうたれなかったから、それが運のつきはじめだと思っていた。

自分で多少なりとも努力を重ねてみて、成功は偶然とか幸運でつかめるものでないことが分かってきた。

力学の術語に位置《ポテンシャル》のエネルギーと運動《カイネテイック》のエネルギーがある。

「山の上の水は平地の水にくらべて、位置《ポテンシャル》のエネルギーを持っている。山の上の水が平地に向かって流れるときに、位置《ポテンシャル》のエネルギーは運動《カイネテイック》のエネルギーとなり、発電機を回す」

人間の一生は、どれだけの量の水を、どれだけの高さに持ち上げるかで、決まるような気がしてきた。力の強い人もいれば、背が高くて腕の長い人もいる。

他人を羨《うらや》まず、あせらず、騒がず、マイペースでポテンシャルエネルギーを蓄《たくわ》えよう。そして死に直面して、「ゴンドラの歌」を口ずさみながら、平然と死ねるように、平生の努力を積み重ねようと思った。

7　スコールという天祐

名取会は、軍艦「名取」乗員または関係者およびその家族の集まりである。山形、新潟、富山、石川、福井、京都などの出身者が多い。そこで、これら各県が持ち回りで主催し、毎年六月上旬ごろ、名取会を開くが、いつも百二、三十名が全国各地から集まってくる。

「名取」短艇隊が、スリガオ（ミンダナオ北東端）にたどり着いたとき、第三十一魚雷艇隊派遣隊指揮官の外川《とがわ》清彦軍医中尉は、短艇隊隊員の健康回復をみずから買って出てくれた。お陰で隊員は、大した事故もなく順調に回復できた。いつのころからか、その外川さんが名取会に出席するようになったが、私につぎのように語った。

「スリガオには、川も井戸もないので、真水《まみず》（清水のことを、海軍ではこう呼んでいた）はすべて天水を使っていた。短艇隊がスリガオに到着する数日前、ものすごいスコールがあった。だからこそ、百八十名の大人数が体を洗うことができた。

短艇隊員は、スリガオに五、六日滞在して、駆潜艇二隻に便乗してマニラに向かった。短艇隊員がスリガオを出発したころ、乾期に入ってその後は水不足がつづいた。スコールの見地からも、短艇隊はとても恵まれていたと思う」

外川さんからこの話を聞いて私は、スコールが降ったのも降らなかったのも、偶然かも分からないと考えて、それ以上の関心を持たなかった。

ところで昭和六十年、青年の船、コーラル・プリンセス号（主催者・日本経済青年協議会）に、私は「危機を乗り越えるリーダーシップ」をテーマとする講座の講師として参加した。

二月六日に横浜を出港し、マニラ、ホンコンに寄港し、二月二十一日、横浜に帰港する日程だった。

「名取」短艇隊を題材とする私としては、受講者に「スコール」の実態を認識させるためには、マニラ付近でスコールに出合いたいと話したところ、土井正己講師は言った。

「私はこの青年の船に、今回で十四回目になります。毎年二月、マニラに来ていますが、スコールに合ったことは一度もありません」

その後、私は、フィリピン群島の気象を調査してみて、

雨期　三月〜八月

乾期　九月〜二月

ということが分かってきた。

短艇隊とスコールとの関係は、偶然ではなく、外川さんの言葉どおりだった。

短艇隊はスコールという天祐に助けられていたことを、私は実感として味わうとともに改めて神に感謝した。

このように「名取」短艇隊は、その洋上行動期間が幸いにも雨期に当たっていて、スコールに助けられて露命をつなぐことができた。さらに戦後、彼我の資料を突き合わして、「名取」短艇隊が行動していた当時の、フィリピン群島東方海面の戦況を調査してみた。

軍艦「名取」が、サマール島（フィリピン群島）の東方六百キロの太平洋洋上で、敵潜水艦の魚雷攻撃を受けて撃沈された当時、付近に熱帯性低気圧が居座っていて、その日もつぎの日も海面はひどく時化《しけ》ていた。

「名取」乗員六百名中の生き残り約二百名はカッター（定員四十五名の大型ボート）三隻に、約五十名は内火艇に、五名がゴムボートに乗っていた。内火艇は、機械は装備していたが、燃料は積んでいなかった。

カッター三隻は、それぞれシーアンカー（転覆防止の要具）を使用していたので、風波は強くても風下にあまり流されなかった。シーアンカーを使わなかった内火艇とゴムボートは、見る見るうちに風下に流されていったが、あのひどい時化の中では、カッターで引き止めることはできなかった。

海に投げ出されて三日目の二十日になって、ようやく時化が治まってきた。カッター三隻が視界限度に開いて捜索列をつくり、風下に向けて一日中さがしてみたが、内火艇もゴムボートも発見できなかった。

あの広い太平洋で、これ以上捜索をつづけてみても、発見できる見込みは立たなかった。そこで先任将校・小林英一大尉は、捜索を打ち切り、二十日夕刻よりフィリピン群島に向け漕ぎはじめ、十五日目に陸岸に到着するとの決断を下した。結局、陸軍の機帆船に助けられて予定が早まり、十三日目の八月三十日に、ミンダナオ島北東端のスリガオにたどり着くことができた。

内火艇とゴムボートについては、戦後ようやくそのようすが分かってきた。ゴムボートには食糧も水もなかったので、その日からさっそく絶食状態となった。櫂《かい》もないので、海流に流されてフィリピンにたどり着くことを神に祈っていた。一週間ほどして二名が発狂し、十日目に相次いで戦死した。

十四日目の八月三十一日、それはカッターが陸岸に着いた翌日に当たるが、浮上中のアメリカ潜水艦「スティングレー号」に発見されて救助された。救助された三名は、ポートダーウィン病院を経由して、「ブリスベーン収容所」に収容され、そこで終戦を迎えた。

内火艇は、櫂もないので、運を天にまかして漂流していた。二十一日目（九月七日）、B-24コンソリーデーテッド一機が上空で旋回したので、敵側に発見されたことを知った。二十六日目（九月十二日）、グラマン四機が接近してきて、やがて駆逐艦に救助され、さらに、航空母艦に移乗させられた。内火艇には、当初五十三名が乗っていたが、漂流中に十二名が戦死し、空母に移乗したのは残る四十一名だった。ハワイ経由、アメリカ本土のマッコイ・キャンプ（ウイスコンシン州）に移送され、そこで終戦を迎えた。

マッコイ・キャンプから日本に帰ってきたZ兵曹は、筆者につぎのように語った。

「駆逐艦に救助され、空母に移乗させられました。その空母には、私たち『名取』の生き残り以外にも、日本人が乗っていました。中の一人は、陸軍に徴用された機帆船乗りの軍属でした。彼が乗っていた機帆船は、『名取』短艇隊を陸岸まで曳航《えいこう》したが、つぎの航海で米軍に拿捕《だほ》されたとのことでした」

このような状況から判断すると、十九年六月に、マリアナ諸島（サイパン、テニアン、グアム）に来襲したアメリカの攻略部隊は、七月中にはマリアナ戡定《かんてい》作戦（武力による鎮圧、掃討）をほぼ完了した。

そして次期作戦に備えて、八月からはまずフィリピン東方海面に潜水艦配備を増加した。さらに八月末からは、マリアナを基地とする飛行機の偵察を強化し、日本の船を虱潰《しらみつぶ》しに徹底的にたたく作戦にでた。

このため、洋上にある木の葉のようなゴムボートも内火艇も発見されたばかりでなく、沿岸を航海して監視哨の要員を交代させていた、陸軍の機帆船まで捕まってしまった。

このような状況で、「名取」短艇隊が敵から発見されずに陸岸にたどり着いたことは、人間業《にんげんわざ》とはとうてい考えられない。評論家は、「天祐神助」と軽く扱うかもわからないが、この好運は「棚からぼた餅」式に享受《きょうじゅ》したものではない。短艇隊の苦労を、そして幸運を経験した筆者は、「神はみずから助くる者を助く」の格言を実行したものと思っている。

8　キャプテン源兵衛

『キャプテン源兵衛の明日』（文春文庫）と『先任将校』（光人社）と双方の本を読んだ読

者から、つぎの読後感がとどいた。

「伊号第四十四潜水艦長、川口源兵衛・大尉は、バシー海峡で爆発事故を起こして転輪《ジャイロ》羅針儀《コンパス》をこわしたさい、方角を判定して外洋航海をし、日本に帰ってきました。川口大尉も短艇隊の小林大尉と同様に、危機に直面してあわてず騒がず、沈着冷静に行動しました」

小林大尉はいつも夜間航海をしていたから、方角を決めるには、星座を利用することだけ考えておけばよかった。

川口大尉は夜間も昼間も航海していたので、星座のほかにつぎのようなこともあわせて考慮していたと推察される。

(1)太陽は東の海から出て、十二時に南中《なんちゅう》（天体が南の子午線を通過することをいう）し、そして西の海に入る。

(2)外洋で風が吹くと、その風下に向けて波ができる。昼間はその風の方角を見定めて、針路（船の進む方角）を決めていた。

川口艦長は、太陽の動きと風波の方向を見定めて、日本への昼間航海の針路を定めていただろう。

川口先輩は、駆逐艦「時津風」の先任将校として、ソロモン群島方面で戦っていた当時を振り返って、私につぎのように話したことがある。

「時津風」は、僚艦とともに、ガダルカナル島への物資輸送に死力を尽くしていた。戦局極度に逼迫《ひっぱく》したこの時期でも、「時津風」では一週間に一度は、乗員に交代で入浴させていた。また軍需部から砂糖・生鮮食糧品の受け入れに努め、乗員の栄養補給にも心がけていた。このように乗員の生活に配慮したので、僚艦にくらべて士気は大いに上がった。

駆逐艦によるガ島輸送がはじまったころ、往復の航海中は緊張したが、ショートランド泊地に帰ってくれば、のんびり休養することができた。

やがてアメリカが、ショートランド泊地にたいし、大型機による夜間空襲をはじめたので、駆逐艦乗員は泊地でも休養できなくなってしまった。そこで「時津風」は、夜間には僚艦の泊地から離れて、島陰に仮泊（錨を海底に軽く着底させ、ただちに航海できる状態で待機すること）することにした。

伊44潜艦長の川口源兵衛大尉。転輪羅針儀の故障にも沈着に行動した。

そして夜半に空襲があっても、先任将校に届けさせるだけで、艦長はじめ乗員一同は原則として起こさなかった。

「時津風」ではこのように、平生は乗員に栄養と休養をあたえることに心がけていたため、いざ戦闘になった場合は士気旺盛で勇戦敢闘するので、被害を受けるようなことはなかった。

伊号第四十四潜水艦の艦内生活については、まだ聞いていないが、同艦でも「時津風」の場合と同様に、川口艦長が日常、このような配慮をしていただろう。だからこそ、ジャイロコンパス故障という致命的な事故を起こしても、乗員の士気が衰えず、日本への回航を成功させたと思われる。

戦後の川口源兵衛先輩は、三十数年間、大陽酸素株式会社社長として、実業界で活躍している。社長としての経営手腕もさることながら、従業員への平生の思いやりがあればこそ、幾度かの経済不況も経営危機も、みごとに乗り切ることができたわけだろう。

9　単発機

浅田清一郎さん（香川県多度津町）という、見知らない人から『先任将校』に関する読後感がとどいた。

十三期飛行科予備学生出身の浅田さんは、昭和十九年五月、鈴鹿航空隊からニコラス飛行場（現在のマニラ国際空港）の第九五四航空隊に、偵察士官として着任した。第三南遣艦隊直属の航空隊で、司令は中込由正中佐、飛行長は丹羽金一少佐だった。

同隊は、九七式艦上攻撃機十機、零式水上観測機・零式水上偵察機約十機で編成され、マニラ湾に出入港する船団の対潜哨戒、船団護衛を主任務にしていた。

時あたかも、あ号作戦、台湾沖航空戦、捷号作戦等の激戦期に当たっていたので、浅田さんはフィリピン群島の各地に点在する左記の基地を、夜を日についで飛び回っていた。

アパリ、ラオアグ、リンガエン、レガスピ、タクロバン、ダバオ。

十九年八月ごろ、同隊の九七艦攻三機（指揮官、竹内○○中尉、予飛第十一期）は、レイテ島タクロバン基地へ進出を命じられ、浅田さんもその一員となった。

同基地に数日とどまり、東方を中心に開角十五度で、進出距離二百五十マイル、右折距離五十マイルで、敵潜水艦の捜索を命じられた。

このような太平洋洋上の敵潜水艦を、なぜ捜索するのだろうかと一応、不審には思ったが、戦時中の命令は絶対だから、それ以上は批判的な考えをしなかった。毎日飛んだが、敵潜水艦を発見することもなく、四、五日して、命によりマニラ基地に帰投した。

「軍艦『名取』の生き残り約二百名が、カッター三隻に乗って、ほとんど飲まず食わずで、航海要具も持たずに、星座を頼りに半月近くも漕ぎつづけ、とうとう陸岸にたどり着いた」

という話は、その後、マニラ周辺の海軍部隊では評判になっていた。短艇隊は、戦果をあげたわけではないが、劣勢に立たされ、敗戦とか悲報相つぐ戦況の中で、日本海軍の久し振りの快挙と喜んだことを、いまに覚えている。

海軍作戦の常識として、敵の攻略部隊、機動部隊捜索のためには、航続距離の長い飛行艇、中型攻撃機を使用するはずである。

マニラ出入港の対潜警戒に、猫の手も借りたい第九五四航空隊から、九七艦攻三機をタクロバン基地に進出させ、なぜ太平洋洋上の敵潜捜索に当たらしたのだろうかと、戦後もずっと気がかりになっていた。

御著を読んでみて、九七艦攻三機がタクロバン基地に進出を命じられたのは、軍艦「名取」の遭難に関連してではないかと思われるが、あの場合、搭乗員には「名取」のことはまったく知らされていなかった。

御著には、「短艇隊が単発機を発見した……」と書いてある。当時の戦況で、日本の単発機が数多く、フィリピン群島の東方海面を飛んでいる道理はない。短艇隊が発見した単発機は、ひょっとすると、わが九七艦攻三機の中の一機だったかも分からない。搭乗員が、カッターを捜すつもりで海面を見つめていたら、あるいは短艇隊を発見できたのではないか、そんなことを思いながら読んだと書いてあった。

思い起こすと、「名取」が沈没したのは、サマール島の東方六百キロの洋上だった。フィリピン群島は、南北千二百キロもある。

短艇隊は磁石を持たなくても、ほぼ西の方に進んで行けば、多少、北か南に流されても、群島のどこかには着く。当時はまだアメリカ軍は上陸していないので、群島の一角にたどり着けば助かると思われた。

毎晩、北極星《ポラリス》を右真横に見て進んでいるので、西の方に進んでいると、士官は理解していた。ところで、途中目標の何一つないあの海面で、陸岸に近づいていることを、兵員に実証することができなかった。

隊員が失望しそうになった時期に、思いがけなくも単発機が現われた。あの単発機は、短艇隊の救助に直接つながらなかったが、隊員に陸地は近いと実証してくれた。有難いことである。

そういえば、そのころ「もんしろ蝶」に似た白い蝶が、短艇隊の近くに飛んできたこともある。あの蝶も、陸は近いと隊員を励ましてくれた。

単発機にしても蝶にしても、いまにして思えば、失望しそうになっていた隊員のために、神が遣わされた天使ではなかっただろうか。そのような思いにかられながら、私は何回も何回も、浅田さんの手紙を読み返した。

いずれ折りを見て浅田さんにお会いし、当時を偲んでみたいものである。

10 ヨットスクール

「ご恵贈いただいた『先任将校』がきっかけで、孫たちがヨットスクールに入りました。きっかけを作って下さった松永さんに、感謝します……」

と、海軍の先輩の桜井清彦さん(技術少佐、造船科)から、お礼状がとどいた。その経緯《いきさつ》は、こうである。

昭和五十四年、練習艦隊は最後の寄港地として、ポート・クラン(クアラルンプール近くのマレー半島西岸にある)に四泊する。そのさい私は、仲間の草地八寿郎さんとともに、シンガポールを空路訪問することにした。一泊旅行で効率よく回りたいからと、同地の桜井さんに同市の案内を手紙でお願いしておいた。

四十年前、桜井造船中尉が艦隊実習で、軍艦「陸奥」を根城にして、航空母艦、巡洋艦、駆逐艦を見学してまわっていたころ、私は「陸奥」乗組の少尉候補生で、三、四ヵ月いっしょに勤務したことがある。

一別以来会ったこともないが、他に知り合いもなかったので、迷惑をかける覚悟で、厚かましくも桜井さんにお願いした。桜井さんは、五百キロ離れたポート・クランまで、空路わざわざ出迎えにきて下さった。

当時の桜井さんは、石川島播磨造船株式会社の関連会社である、ジュロン造船所の社長または会長として、十七年間もシンガポールに在住し、同地の日本商工会議所およびジュロン工業団地の世話役として活躍していた。

シンガポールに着いて、桜井さんの案内で、二次大戦の戦跡、市街地、さらには新しい工業団地も見学した。この国の気宇広大な開発計画を聞いては、新興国家の心意気を肌で感じた。

海面からの高さ九十メートル距離千七百五十メートルのロープウェーで、セントサに渡ってみた。ここはまた、素晴らしい観光地になっていた。私はロンドンで、名物の二階建てバスに、とうとう乗る機会がなかった。思いがけなくもここで、そのバスに乗れたのは、私にとっては文字どおりの拾い物だった。

桜井さんが最後に案内したのは、商店街だった。東京駅の八重洲口にある名店街に行けば、日本各地の名物、名産が買える仕組みになっている。その流儀でいえば、そこは世界の名店街に当たるところだった。

お陰で私たちは、シンガポールを短時間に、心配もせずにあますところなく見て回り、予定どおりぶじ帰艦することができた。

そのときのお礼心までに、感謝の微意を示そうと、私は拙著『先任将校』を桜井さんに贈った。桜井さんからのお礼状には、つぎのように書き添えてあった。

桜井さんは一通り読んでから、何も言わずにこの本を娘婿の原田さんに渡した。しばらくして、桜井さんの孫に当たる原田契《けい》（十二歳）、信也《しんや》（十歳）、久《ひさし》（九歳）の三名がヨットスクールに入ったと、娘さんから知らせがあった。

桜井さんは、孫たちのヨットの訓練を見て、とてもよい体験をしている、たくましい青年に育つだろうと思った。とにかくヨットは、自分の判断と責任で、迅速、確実に行動しなければならない。小学生のころから、このような訓練に取り組んでいることは、知識偏重の世相の中で、またと得難い尊い体験をしているわけである。

きっかけを作って下さった松永さんに、心から感謝します、と書いてあった。

桜井さんは、昭和五十五年、日本に帰国して昭和六十年まで、石川島造船化工機株式会社の社長、顧問を務めた。昭和六十年以降、日本生産性本部顧問となり、さらに二年間、シンガポール生産性向上プロジェクトのリーダーとして現地に赴いた。

桜井さんはシンガポールに知友も多く、現在でも引きつづき、シンガポールと日本との間の公私的な橋渡しとして、重要な役割を果たしている。

11 感謝の輪

「志戸本《しどもと》と申します」

と、見知らない人から突然、電話がかかってきたのは、六十二年七月のことだった。

「息子から奨められ、先ごろ御著『先任将校』を読みました。私は海軍第三期兵科予備学生出身の少尉で、『名取』短艇隊の一番艇に乗っていました。あの当時を思い出して、感激ひとしおでございました。近く上京します。その折に、先任将校の小林大尉はじめ関係者にお会いし、お礼も申し上げたいし、懐旧談もしたいと思っています。お手配のほど、よろしくお願いします」

こうして一番艇に乗っていた、軍艦「名取」の航海長（先任将校）、通信長（私、次席将校）、見張士、それに便乗者だった志戸本慶七郎少尉の四名が、一別以来四十二年ぶりに会うことができた。志戸本さんは、思い出をつぎのように語った。

館山海軍砲術学校を卒業した津田、宮崎、安井、志戸本の四名と、横須賀海軍砲術学校を卒業した所沢《しょざわ》、若林ほか二名の合計八名の少尉は、パラオ海軍特別根拠地隊に赴任するため、マニラで便船待ちをしていた。

軍艦「名取」に便乗してパラオに向かったが、敵潜水艦の魚雷が命中し、「名取」は途中で航行不能になった。そのとき、館山海軍砲術学校での教育を思い出した。

「南洋でも、外洋の海水はとても冷たい。できるだけ厚着をして、それから海水に入れ」

そこでまず腹ごしらえをして、気分を落ちつけることにした。上衣を三枚重ね着してから海に飛びこんで、一番艇に拾い上げられた。九分隊長・山下収一大尉が、

「帆を作るから、上衣の端っこを供出しろ」

と呼びかけたときには、上衣三枚の中の一枚を供出した。

ところで、海軍少尉の階級はあっても、便乗者で上官も部下も、さらには知人もいないので、この先どうなるだろうかと、とても心細かった。幸い小林大尉は、所属とか階級にとらわれず、カッター（大型ボート）の乗員全員を一視同仁に取り扱った。

食糧としての乾パンの配給も、陸地へ向けて漕ぐ労働にしても、「名取」乗員と便乗者との間にまったく区別をしなかった。軍艦における若い兵員は、下士官を恐《こわ》がっていたし、食卓の準備とか食器の後始末などの雑役に苦労していた。若い兵員もカッターの中では、そのような雑役はなくなった。そこで若い兵員は、本艦にいるときよりも、かえってのんびり暮らすようになってきた。


小林大尉のみごとな指揮統率は、隊員の心を一つにしたし、その毅《き》然《ぜん》たる態度は、隊員の不安を次第に和《やわ》らげていった。スリガオ（ミンダナオ島北東の町）に到着してからは、外川《とがわ》

清彦軍医中尉の指導で体力回復につとめた。体力を回復して、短艇隊隊員百八十名は、駆潜艇二隻に便乗してマニラに向かった。

マニラの南西方面艦隊司令部で、見知らない主計大尉から突然、声をかけられた。

「志戸本少尉。志戸本とは珍しい姓だが、君は志戸本慶三さんの弟か」

「ハイッ。弟であります」

「副官の桧垣大尉だ。大学対抗の柔道試合で、俺は君のお兄さんの慶次郎君と、たびたび対戦していた。君とここで偶然出会うのも、何かの縁だろう。困ったことは、遠慮なくなんでも相談にやってこい」

この言葉を聞いたとき、正直のところ、「地獄に仏」の気持になった。

長兄・慶三と次兄・慶次郎は、共に第五高等学校から京都帝国大学に進んで、両名とも柔道部の選手になっていた。そして昭和十三年、外務省は全国の大学生から柔道、剣道各六名の計十二名を選抜し、学生武道親善使節団を編成し、ドイツ、イタリア、フランスに三ヵ月間派遣した。長兄・慶三はこのとき、団長を勤めた。桧垣大尉は、松山高等学校から東京帝国大学に進んで、やはり柔道部の選手をしていたとのことだった。

マニラ司令部における人事発令で、マニラ海軍陸戦隊に配属され、そこで小舞宇一大尉を知った。小舞大尉は、蜂尾静彦大尉の指揮下で、敵の上陸を迎え撃つための陣地構築に東奔西走していた。

マニラ海軍陸戦隊では輸送隊指揮官を命じられ、マニラからクラークフィールド飛行場まで、ドラム缶詰めのガソリン輸送を担当することになった。夜中に出発し、夜明け前に目的地に到着する計画で、空襲の合間をぬって輸送するわけだが、一発機銃弾がドラム缶に命中しても命はなかった。文字どおりの決死輸送だった。

ときには、連合艦隊司令長官・豊田副武大将、第一航空艦隊司令長官・大西瀧治郎中将、第二十六航空戦隊司令官・有馬正文少将など、高官の護衛に当たることもあった。

夜を日についでのこのような勤務から、疲労と心労のため発熱し、病床に就くことになった。これを知った桧垣大尉は、岡田博軍医中尉（現在、広島市に在住）と相談し、志戸本を病院船で内地に帰還させる手続きをとってくれた。

戦後、命があるのは、大平洋の洋上から陸地に連れてきてくれた小林大尉と、マニラから内地に帰してくれた桧垣主計大尉のお陰である。このお二人を招いてお礼を述べるのを、戦後の生活目標にしてきた。

「十二月に上京の折り、小林大尉と桧垣主計大尉を招く念願の会合を開きたいと思っています。松永さん、よろしく取り計らって下さい」

と、志戸本さんから松永に電話があった。

小林さんが所用で参席できないので、松永が代理出席することになった。私（松永）はこの席で、桧垣徳太郎さんにはじめてお目にかかった。桧垣さんは、海軍主計大尉でマニラに勤務していた当時を回顧して、つぎのように語った。

南西方面艦隊司令長官・三川軍一中将に、副官として書類を届けに行ったところ、顔色が悪いから診察を受けるように言われた。艦隊軍医長桜井好文軍医少将の診察を受け、心臓脚気のため静養を要するということになった。

長官はただちに内地に帰るよう奨められたが、アメリカ軍がすでにレイテ島に上陸していて、マニラ決戦の時機が切迫していた。このような状況で、自分だけが内地に帰ることはできないと答えた。長官は、つぎのように諭《さと》した。

「病身を押して、ここで戦うだけが国家に尽くす道ではないぞ。内地は食糧不足と聞いている。君は農林省出身じゃないか。内地に帰って健康回復に努め、全快の上は食糧増産に励め」

長官の説得で、自分が内地に帰る意義を見つけたが、当時の戦況では、その飛行機便の目安は立たなかった。

たまたまそのころ、一式陸上攻撃機一機が修理のため内地に帰ることになり、それに便乗することになった。

しかし、その当時、台湾、沖縄、内地どこでも、敵の大型機、小型機がわがもの顔に横行していたので、ぶじ内地に帰れるとは限らなかった。

まず、慎重な飛行計画が必要だった。そこで、台湾の基地から九州の鹿屋基地（鹿児島県）まで一気に飛ぶことにした。

この航程は、航続距離の限度ぎりぎりだったが、沖縄に立ち寄ることは敵情の見地からいっそう危険だった。この計画は、天候にも敵情にも恵まれ、着実に実施されて、好運にも内地に帰ることができた。

左から志戸本、桧垣、著者の各氏。あの激しい戦争で生きながらえたのは、本人自身の努力ばかりではなく、援助者があったればこそであると感謝の念を新たにした。

戦後に生きているのは、三川長官のお陰と感謝している。また三川長官が言われた、

「君は食糧増産に励め」

の言葉を、神の啓示と受け止めて、国会議員として農政面で働いている。

この桧垣代議士の話を、感慨深く聞いていた志戸本さんは、つづいて静かに語った。

「陸岸まで六百キロもある太平洋の洋上で、定員四十五名のカッターに六十五名も乗っている。食べ物もなければ、飲み水もない。毎晩十時間漕いで、十五日間かかる。海軍常識では、陸岸にたどり着くことは不可能だった。小林大尉のみごとな指揮統率で、不可能を可能にすることができた。そのとき、大勢の人が心を一つにすれば、常識では考えられない大きな仕事ができることを経験した。戦後は、県会議

員または市長として、地方政治に携わってきた。小林大尉を見習って、大勢の人の心を一つにすることを、いつも心がけている」

戦時中の松永は、乗っていた軍艦が三回も撃沈された。一回目は、十七年十月、軍艦「古鷹」がサボ島沖海戦（ソロモン群島）において、アメリカ艦隊の電探射撃で航行不能になった。駆逐艦「白雪」が、危険を冒して救助にやってきてくれた。

二回目は、十九年二月、軍艦「那珂」がトラック島（中部太平洋）環礁外の西側海面において、敵艦載機の執拗《しつよう》な攻撃により沈められ、付近にいた駆潜艇に救助された。

三回目は、十九年八月、軍艦「名取」が、フィリピン群島東方六百キロの海面において、敵潜水艦の魚雷攻撃により撃沈された。百九十五名の隊員とカッター三隻で、「名取」短艇隊を編成した。

乾パンをかじり、スコールをすすって、六百キロを漕ぎ抜き、十三日目にミンダナオ島東北端のスリガオにたどり着いた。同地にいた、第三十一魚雷艇隊派遣隊指揮官、外川《とがわ》清彦軍医中尉の指導よろしきをえて、絶食状態の直後に食べ過ぎて死亡する隊員は出なかった。

思うに、大正生まれの桧垣、志戸本、松永の三名が、あの激しい戦争のなかで一命を取り止めたのは、本人自身の自助努力ばかりではなかった。

援助方法と種類の違い、程度の差はあっても、いずれにしてもなんらかの援助者があったればこそである。

この三名は、これらの援助者に感謝の念を捧げるとともに、その感謝の輪を広く世間にひろめてゆこうと、固く誓い合った。

12　企業参謀の理想型

朝日新聞（夕刊）は経済気象台の欄《らん》で、「指揮官の理想型」（59・6・7）さらには、「戦史分析と組織論」（59・8・26）の標題で、『先任将校』という本は現代の企業経営に役立つと、二回にわたり発表した。

四月二十三日の経済気象台に、筆者の尊敬する（といっても書かれたものを通じての話であるが）「潮騒」氏執筆になる「企業参謀の理想型」が掲載されていたことを、ご記憶の方も多いだろう。企業内で参謀的な立場にある筆者にとって、非常に参考になるので切り抜いておいて、時々取り出して眺めている。

しかし、たとえば「参謀に要求される資格は、専門分野での識見、能力であり、同時に先見・洞察力、分析・総合力、企画構想力、創造力、実行・持続力、表現力、さらには責任感、誠実性、謙虚さ、信念、強調性などの人間性である」という部分を読むと、参謀としての自分の至らぬ事を棚に上げて、「理想型はあくまで理想型で、実際にはこんな超人的な参謀はいないのではないか」と思ったりもした。

つい先日、松永市郎氏の『先任将校』を読んで、筆者のこのような考えが根本的に間違っていることを知った。

松永氏は太平洋戦争中、巡洋艦「名取」乗組みの海軍大尉。乗艦が撃沈された後、生き残りを集めた短艇隊で先任将校を補佐して、十日間の苦闘の末、無事生還するまでの経緯を描いたのが前記の『先任将校』である。

二十代の先任将校のもとに、同じく二十代の数人の参謀役が協力する姿は、まさに指揮官の理想型、参謀の理想型の具体例である。参謀の理想型は、潮騒氏の描かれた通りであるので、ここでは指揮官の理想型を抽出してみたい。

まず、専門知識、能力。次に、使命感、状況判断能力、目標設定能力、説得力、洞察力、分析力、表現力。そして、指揮官にとって何よりも大切な、智仁勇信義のバランス。以上の総合としての統率力。

これだけを備えた指揮官が現実にあったという事実は重い。

ともすれば、日常の業務のなかに埋没しがちな企業の指揮官や参謀にとって、松永氏の著書はこのうえない反省材料になるだろう。（風）

筆者は戦史、特に太平洋戦争史に多大の関心を持ち続けている。自分では戦史研究家のつもりでもいる。もっとも、戦史を経済政策、産業政策、あるいは個別企業の経営政策に生かすのが研究の目的であるから、動機はやや不純と言うべきかも知れない。

戦後の戦史を、筆者なりに分類すると次の通りである。まず、「一億総ざんげ型」。日本軍は、何もかも劣っていたというのである。次に、「兵器の質的劣位型」。日本のほとんどの兵器は質的に劣っていたというのである。言い換えれば、作戦を含むその他の面では見劣りがしないというのである。もうひとつ、「兵器の量的劣位型」。日本の兵器は、必ずしも劣っていなかったが、数が不足していたとするものである。これも、兵器の数以外は見劣りがしないとするものである。

そしてここ数年の流行は、「作戦、指揮失敗型」である。真珠湾攻撃は戦略的に失敗であったとか、ガダルカナル作戦がどうだとか、日本軍の指揮官には攻撃精神が不足していたとか、相互信頼が欠けていたとするのである。

このほか、「補給軽視反省型」、「個人崇拝（もしくは非難）型」もあるが、筆者のような目的で戦史を研究する者にとって過去の日本の戦史は、どうもピンとこないところもあった。

ところが今年になって、すぐれた戦史を二冊発見した。一冊は六月七日の本欄で紹介した『先任将校』であるが、ここではもう一冊、『失敗の本質』（戸部良一ほか著、ダイヤモンド社）を紹介したい。本書は副題に「日本軍の組織論的研究」とあるように、社会科学的方法、具体的には組織論を導入して、より科学的な戦史の分析を試みている。対象は、ノモンハン、ミッドウェー、ガダルカナル、インパール、レイテ、沖縄の諸作戦。

本書はさらにこれらの作戦に共通する戦略上、組織上の失敗要因を分析し、それから現代日本の組織一般にとっての教訓を抽出している。こうした分析方法は日本の戦略研究（及び組織論研究）に新段階をもたらすものであると言ってもいいだろう。（風）

そのようなこともあって、大学の卒業をひかえた学生に、『先任将校』に関する講演をすることになった。

軍艦「名取」は、陸岸から六百キロ離れた太平洋の洋上で、敵潜水艦の魚雷攻撃によって撃沈された。指揮官小林英一大尉は、「救助艦を待たずに、自分たちの力で陸岸まで漕いでゆく」と決断した。

星座をたよりに方角を定め、ほとんど飲まず食わずで、十五日間も漕ぎつづけなければならなかった。海軍常識では、そんなことは不可能だった。

そこで全員が反対したが、小林大尉は決心を変えなかった。途中、いろいろな危険、困難もあったが、十三日目に陸岸にたどり着いた。小林大尉の速やかなる決断があったればこそである。

やり直しのきかない人間生存の極限状態において、当時わずか二十七歳の小林大尉に、どうしてこのような決断ができただろうか。

私がこのような話をしていても、諸君の中には、

「現在は平和時代である。そんな話、お門違いじゃないですか」

という顔つきで、真剣に聞いてない人がいる。諸君に、果たして関係ないだろうか。

諸君は卒業すると、会社か公共団体に就職するだろう。その就職先が、従来の路線を歩いている間は、私の話など関係あるまい。

ところで、会社の売り上げが二割ぐらいの増減なら、社長、専務で対応できる。都市の人口増減が二割程度ならば、市長、助役で対応できる。だが、それ以上の増減があるならば、従来の幹部ではおそらく対応できない。

思い起こすと、小林大尉は二十七歳の青年だったから、海軍常識をこえた決断をして、百八十名を死地から救い出すことができた。黒船が突然やってきたとき、将軍も大老も、あわてるだけだった。働いたのは吉田松陰、橋本左内など二十代の青年たちだった。

小林英一大尉。名取短艇隊の指揮官として部下たちをぶじ生還させた。

明治維新の越後長岡藩で、藩の運命を一身に背負ったのは、三十代の河井継之助だった。他の藩でも大同小異で、二十代か三十代の青年が活躍した。

いかなる時代、どのような団体でも、路線変更を迫られるとき、活躍できるのは二、三十代の青年であることを歴史は示している。

このような観点から、小林大尉の話を聞いてもらいたい。

さて、他人を指導する立場に、指揮者、評論家、コンサルタントなど、いくつかの種類がある。この中で、評論家、コンサルタントは、危険、困難のらち外にあって、事が終わってから批判的にしゃべっても役割を果たせる。だから、一夜漬けとか思いつきでも対応できる。ところが、指揮者は、危険、困難の真っ只中にあって、自分自身がひるまないことはもちろんのこと、部下を励まして、そのつど危機を乗り越えなければならない。一夜漬けや思いつきでは、とても対応できない。

小林大尉は、平生から、知力、体力、人格を磨いて、部下との間に相互信頼感を醸成していた。このように、日常からリーダーシップを身につけていたからこそ、危機に直面しても沈着冷静に行動することができた。

発電所建設の工事現場で、下請け会社の責任者百名ほどを前に『先任将校』に関する講演をした。そこで質問を受けたとき、私はひとまず反問してみた。

「先ごろの伊豆大島の地震で、気象官が持ち場を離れて本土に引き揚げてきました。この出来事を、どう考えられますか」

「もしあなたが、あの場合の気象官だったら、あなたはどうなさいましたか」

この反問には、その質問者は、なんの答えもできなかった。そこで私は、会場の人たちにつぎのように話した。

テレビが一般家庭に普及してから、一億総評論家時代と言われている。自分では歌を勉強したことも歌ったこともないのに、素人知識で、歌の評論をする者もいる。自分では野球をしたこともないのに、聞きかじりでプロ野球の評論をする者もいる。趣味とか遊びで評論をするのは、付き合い上の話題ができるので、あながち非難されることではあるまい。しかし、職務に関しては、お互いに責任をもった立場で判断したいものである。

気象官の行動を、他人事として見ていると、引き揚げてきたのはけしからんという考えになる。自分を気象官の立場におくと、自分が死んだ後、家族の生活はどうなるかと不安になる。

ある事象に自分が出合っても、ニュースを聞いても、評論家の立場で臨むならば、学ぶべき教訓は案外少ない。自分を当事者に置き換えるならば、そこには沢山の尊い教訓がある。

「講演」で思い出されるのは、栗田春生《はるお》である。昭和十五年、栗田は機関学校を、私は兵学校を卒業したので、私たちは海軍でいう同年兵《コレス》の間柄である。いっしょに勤務したこともなかったが、お互いに馬が合うというのか、海軍時代も戦後もつき合っていた。

戦後、栗田は神戸に、私は佐世保に住んだ。栗田は海軍仲間や戦友を集めて、栗田工業株式会社を創設し、みずから社長になったとは聞いていた。昭和三十二年ごろ、栗田は異色の経営者として新聞雑誌をにぎわしていたので、東京出張の帰り、私は大阪で下車して会ってみた。

「栗田。貴様一人で儲からんで、俺にも会社経営のコツを教えろよ」

「なに言うか。俺は戦時中、呉の水交社（海軍士官クラブ）で貴様から聞いた『名取』短艇隊のことを会社経営の参考にしている」

とのことだったので、私はびっくりした。

栗田の話を要約すると、こうだった。

⑴短艇隊では、太平洋上から陸岸を目指す場合、大体の方角を定めて西と思われる方角に向かって進んでいった。そこで栗田は、会議が長びくと、出席者に向かって言っていた。

「議して決まらず、決まって実行せず。そんな会議は、役に立たんぞ」

「長い時間でベストを捜すより、短時間にベターを見つけて、まず実行」

⑵短艇隊で指揮官は、

「陸岸に着かなければ、行方不明になるぞ」

と言った。当時の世相として、行方不明になることは、本人としても家族としても、たいへん不名誉なことだった。隊員が興奮状態になったので、短艇隊は成功した。そこで栗田は、社員に向かってどなっていた。

「資金は研究施設につぎこんだ。売り上げを伸ばさなければ、会社はつぶれるぞ」

⑶短艇隊の漁師班のものは、ラインにとらわれずに発言できた。すなわちスタッフの役割をした。創業当初の会社で、スタッフの設置はできなかった。

そこで栗田は、早朝の社長室を開放して、だれでも社長に発言できるようにした。

(4)短艇隊で指揮官は、隊員に誇りを持たせることによって激励していた。

「お前たちはだれでも、選ばれて艦隊乗員になっている。みんなが心を合わせるなら、出来ないことはないぞ」

そこで栗田は、社員になんとか誇りを持たせようと思った。当時、スキーはまだ大衆スポーツになっていなかったので、多くの社員にスキーを奨励していた。

戦後の私は、短艇隊のことを、ビジネスマン向けに話している。それでも、聞く態度に真剣味が足りないとか、評論家的な態度で聞いているならば、私の話は大した役に立たないだろう。

戦時中に、私が栗田に向かって話したときはこうだった。海軍士官の松永が、海軍士官の栗田に海軍の体験として話していた。栗田は私の話を聞くのに、みずからを当事者として聞いたに違いない。そしてこのときの教訓を、戦後の会社経営に生かしたわけだろう。

13　統率力で難局を乗り切れ

人は、生命、財産、名誉を傷つけられそうになると、危機感を持つ。この危機感が長期にわたるとき極限状態というが、生き延びるためには、これを乗り切らなければならない。難局に臨んで何が大切なのか、どんなリーダーシップが求められるのか——以下は清話会における講演要旨である。

一、速やかな決断が生命を救う

昭和十九年八月、私が乗り組んでいた軍艦「名取」は、マニラから西太平洋パラオ諸島に向かう途中、敵潜水艦の雷撃を受けて撃沈された。場所は、フィリピン群島のサマール島東方六百キロの洋上だった。

洋上をカッター（大型ボート）で漂っていた私たちを、幸い味方の偵察機が発見し、「駆逐艦二隻、救助に向かいつつあり。安心されたし」との通信筒を落としてくれた。だれもが、この救助艦を持つものと思っていたところ、当時二十七歳の先任将校・小林英一大尉は、つぎのような決断を下した。

「昼間の発煙筒も、夜間の発光信号も持たない当隊が、洋上で救助艦に発見される確率は、きわめて小さい。そこで当隊は、独自の力でフィリピンまで、漕いでゆく」

しかし、磁石も時計もないので、昼間は方角がわからない。夜空の星座を頼りに毎晩十時間ずつ漕いで、順調に経過しても十五日間はかかる。食料も水もないので、全員が反対したが、大尉は決心を変えなかった。途中いろんな危険、困難はあったが、十三日目の朝、ミンダナオ島北東の端スリガオにたどりついた。そのときには体力の限界点だったから、短艇隊の成功は、先任将校の速やかな決断があったればこそである。

団体行動を決めるには、決断、決裁、多数決と三つの方法がある。決断はリーダーが単独で決めることで、決裁は幕僚の複数案の中からリーダーが一つを選びだすことである。戦略は決断によるのが望ましく、戦術は決裁でもかまわない。慰安旅行の行く先など、たいした問題でなければ、多数決でも差し支えない。

戦後の日本では、民主主義の美名の下に、多数決が最善の方法のようにいわれているが、かならずしもそうではない。もし短艇隊で多数決を採用していたら、百九十五名の中百九十名までは、あの地に留まると答えて、私たちの命はなかった。

「多数決は、ときに大局を誤ることがある」

ということを、リーダーは銘記すべきである。

二、指揮権確立のむずかしさ

「名取」沈没のさい、艦長久保田智《さとる》大佐は艦と運命をともにされた。カッターに乗り込んだ航海長小林英一大尉は、副長宮本績《いさお》少佐の在否を確かめた上、私に手旗信号を送らせた。

「航海長小林大尉、第二カッターにあり。ただいまより、先任将校としての指揮をとる」

こうして、新たな指揮権は確立された。

危機に直面したさい、指揮権確立が当然に行なわれないため、事故発生の原因となることもある。

『八甲田山死の彷徨』（新田次郎著）を読むと、遭難した青森隊は、中隊長が中隊を指揮して出発し、大隊長は大隊本部を率いて随行した。

八甲田山麓で中隊長が進路を見失ったとき、大隊長が発言した。中隊長が、大隊長の発言を命令と勧告いずれに受けるか迷っている間に、指揮権の所在がはっきりしなくなった。このため、二百十名中百九十八名が死亡する、大事故を引き起こした。

数年前、レーガン大統領が狙撃され、ただちに病院に担ぎこまれたが、生命に別状はないとわかった。副報道官は、このさい、大統領代理は置かないと記者団に発表した。このときモンデール副大統領は、テキサスを旅行中だったが、急報に接して空路、ホワイトハウスに向かった。

ヘイグ国務長官が、ホワイトハウスにきてみると、大統領権限を代行する者がいない。ヘイグ長官は、もともと陸軍大将で、指揮権は瞬時もおろそかにしてはならないと、訓練されていた。

副報道官の発表を知らなかったヘイグ長官は、記者団を集めて、

「副大統領がホワイトハウス入りするまで、ヘイグが大統領権限を代行する」

と発表した。この発言が、のちに憲法違反に問われ、ヘイグ長官はついに辞任に追いこまれた。

しかし、レーガン大統領が人事不省になっていた四時間半、世界最大の権力を有するアメリカ大統領の権限は、宙に浮いていた。その間、大した事故も起こらなかったから、いまさら問題にしなくてもいいじゃないかと、簡単に見逃すことはできない。とにかくホワイトハウスは、大統領権限が四時間半も宙に浮いていたという、消すことのできない歴史上の汚点を残してしまった。

指揮権の継承、指揮権の確立という問題は、とっさの場合に急に思いつきでできることで

はない。平生からの心構えと準備が必要である。

三、参加意識を呼び起こす

先任将校が、フィリピンに向けて漕いで行くと発表したとき、全員が反対した。軍隊だから命令だと一喝することもできたが、先任将校は大声でつぎのように説得した。

「『名取』沈没の現場に、大勢の生き残りとカッター三隻がいたことは、味方の偵察機が確認していった。カッターは絶対に沈まないというのは、船乗りの常識である。もし俺たちが陸地にたどりつかなければ、『名取』乗員六百名は、全員行方不明《ゆくえふめい》と認定される。それでは、『名取』と運命を共にした艦長以下四百名の戦友に申しわけない。また俺たちの家族は、俺たちの無事な凱旋を、それがかなわなければ立派に戦死して下さいと、日夜神仏に祈っている。行方不明になっては、俺たちの家族にも申しわけない。俺たちは、なんとしても陸地にたどり着かなければならない」

これを聞いて、反対の急先鋒《きゅうせんぽう》だった渡辺先任下士官はいった。

「行方不明では、死んでも死に切れません。漕ぎます、だが、方角がわからないから、連れて行って下さい」

カッターの全員が、「そうだ、そうだ」「よーし、漕ぐぞ！」と叫んで、総員参加の雰囲気となった。

風波の強い太平洋上で、動転している部下を前に美辞麗句をつらねても、蚊のなくような声では、みんなを説得できない。

このため兵学校では、毎晩、自習中休みに号令演習をして、三回も四回も喉《のど》をつぶした。政治家、軍人はもちろんのこと、リーダーはだれでも大きな声の出るのが望ましい。

四、キャッチフレーズの善し悪し

「行方不明になるな！」――これが短艇隊のキャッチフレーズだった。具体的で語呂もよく、いまでもよい表現だったと確信している。

第二次大戦中、日本はわかりにくい「八紘一宇」を合言葉にしていた。アメリカの合言葉は「リメンバー・パールハーバー」（真珠湾を忘れるな）という、だれにでもよくわかるもので、これで大いに成功していた。

人間だれでも、何か改まって仕事をしようとする場合、緊張状態になる。日本人は、「転ばぬ先の杖」「後悔さきに立たず」「念には念を入れよ」などと抽象的なことをいって、より深い緊張状態に引きずり込もうとする。これでは金縛《かなしば》りになって、思い切った仕事はできない。

アメリカ映画では、敵陣に突撃するさい、上官が部下に向かって、

「帰ってきたら、ビフテキで一杯やろう」

などというような場面を、よく見かける。日本人としては、大事な仕事に取りかかるときに、本能に属することを口にするのは不謹慎と思われる。しかし、あのような気楽な呼びかけなら、コチコチになっている部下を、リラックスさせることができるだろう。

オリンピック本番で、日本選手は、ふだんの力量を十分発揮できない場合が多い。ところ

が、標準記録をやっと上回った欧米選手が、本番でいきなり思いがけない大記録を出す場面を、しばしば見受ける。日本人は、キャッチフレーズの使い方、コンディションのつくり方が下手なのではないか、私は、かねてから、このように思っていた。

甲子園の高校野球では、伝統校でも有名校でも、一回戦を勝ち抜くことは、なかなかむずかしいと言われている。昨年、初出場でみごとに緒戦を飾ったある高校の監督は、学校関係者ではなく、同じ町のスポーツ店のご主人だった。第一戦を前にして、コチコチになっている選手たちに、この監督はつぎのようにいった。

「いよいよはじまるなあ。君たちがつぎつぎに勝ち進むならば、私もお付き合いで、ここにいく晩も泊まることになる。しかし、試合には勝ったが、帰ってみたら、店はうっつぶれていたでは、私は困る。だから、早いとこ適当に敗けてくれんか」

ハッパをかけられると思っていた選手にとっては、思いがけない言葉だったし、言い方もおかしかったので、吹きだしたものもいた。監督はすかさずいった。

「だが、ここはめったにやってこれない甲子園だ。一つぐらい勝つか」

この監督の選手操縦法には、学ぶべき点がある。

五、極限状態を救うユーモア

極限状態では、理屈を並べても聞くものはいない。色気話など、切り出せる雰囲気ではない。そんな場合でも、ちょっとしたユーモアが思いがけない効果をもたらすことがある。

短艇隊の近くでひどい雷がなったとき、小野という十七歳の少年兵が、恐ろしさのために震えていた。そこで私は、祖母から聞いていた話をしてやった。
「辰巳の雷は音ばかり、という言葉がある。辰巳とは東南のことである。いまなっている雷は、東南である。天気は西から東の方に移ってゆくから、あの雷がこっちにやってくることはない」

この話を聞いて、小野少年兵は、いかにもほっとしたようすだった。

先ごろ来日された、イギリスのチャールズ皇太子は、行く先々でウイットにとんだユーモアをふりまかれ、日本国民の大歓迎を受けた。これからの日本人は、チャールズ皇太子を見習って、国際的なユーモアを身につけたいものである。

本村哲郎海将は、練習艦隊司令官の当時、各寄港地で国際的なユーモアを残しておられるので、その実例を紹介する。

ニュージーランド入港前、アメリカが月着陸を成功させたので、本村司令官は、これが話題になると心づもりをした。案の定、ニュージーランド司令官は、しきりに月着陸を賞めたたえた。本村司令官は、月着陸は大した作業ではないと前置きして、つぎのように語った。
「月は女性だから、着陸は簡単ですよ。しかし、離陸はとてもむずかしいと思います」

ニュージーランド司令官は、本村司令官の巧みなユーモアにたいへん感心した。

シドニーの歓迎レセプションでは、本村司令官は、つぎのように挨拶した。
「ここにいる若い士官たちは、十年、二十年先といわず、数年後にはかならずこの国を訪ねてくるでしょう、あたかも〝ブーメラン〟のように」

ブーメランは、オーストラリア原住民の狩用具だから、来会者たちは大喜びした。

コロンボ（スリランカ）の記者会見では、一人の記者が質問に立った。

「日本は二十七年前、ここコロンボを空襲しました。その子孫に当たる貴官が、国際親善のために入港したとおっしゃるのは、非常識じゃないですか」

司令官はあわてずに、つぎのように答えた。

「仰せのとおり、日本海軍は確かに空襲しました。しかし、それはコロンボでなく、ここに駐在していたイギリス海軍を空襲しました」

この当意即妙の言葉に、周囲から惜しみない拍手が起こった。

シンガポールでは、イギリス司令官官邸で練習艦隊首脳部十名ほどを招いて、歓迎パーティーが開かれた。ボーイがカレー液を注ぎ分けていたところ、本村司令官の肩章に容器を引っかけ、カレー液を真っ白い制服に引っかけてしまった。主賓《しゅひん》にそそうをしたので、主催者側はたいへん恐縮した。華やかだった会場の雰囲気も、とたんに白けてしまった。本村司令官が平然として、

「当地は、シャワー（スコール）のひどいところと聞いていました。ただいまは色のついた珍しいシャワーが降ってきました」

といったので、その場の雰囲気が、もとどおり和らいだという。

六、遊びとリーダーシップ

一時も早く接岸したいというのが、先任将校の本心だっただろう。しかし、先任将校は、

隊員が泳ぎたいと申し出たとき、自分のはやる気持を抑えてこれを許した。もちろん、泳ぐと疲れるので、体を海水にひたすことを許した。

結果は、体内にたまっていたうつ熱がなくなり、気分転換にもなって、とてもよかった。私たち日本人は、仕事は緊張してやるべきものと思いがちである。短時間の仕事はそれでよいとして、長期間にわたる仕事では、むしろ積極的に遊びをとり入れて、楽しみながら仕事をすすめる配慮が必要である。とに角、緊張の中に遊びを入れたリーダーの決断は、短艇隊の成功の一因となった。

兵学校は、リーダーを育てるところである。まず使命感をあたえ、つぎには知力、体力、人格にわたる全人教育を実施し、能力アップを図った。しかし、わずか三ヵ年あまりの能力アップだけでは、指揮官は育たない。さらには、指揮官としてのマイナス要素を除去することに重点がおかれた。マイナス要素とは、言いわけ、泣きごと、不平・不満を言うことである。能力アップは教官（先生）の授業で、マイナス要素の除去は、上級生の躾《しつけ》教育によって行なわれた。

リーダーシップは、つぎの算式で成立すると思われる。

リーダーシップ＝（能力）－（マイナス要素）＝（使命感＋知力＋体力＋人格）－（言いわけ＋泣きごと＋不平不満）

リーダーでなくても、ある技能を持ち、困難な状況で言いわけもせずに技能を発揮する者を、世間では「根性がある」と言っている。

優れたリーダーがいれば、どんな場合でも極限状態を乗り切れるか。そうはいかない。短艇隊では、先任将校は優れたリーダーシップを持っていたし、部下は根性を持った集団だったし、先任将校と部下との間に相互信頼感が醸成されていた。この三つの条件が揃っていたからこそ、極限状態を乗り切る統率ができた。

極限状態を乗り切る統率＝（リーダーシップ）＋（根性ある集団）＋（相互信頼感）

七、日常の勤務こそ大切

小林大尉は、いわば教科書のような人だったが、一方では軍規違反をしていた。定員四十五名のカッターに六十五名も乗せたのは動機はともかく、結果的には明らかに軍規違反である。

軍規違反で思い出されるのは、明治四十年、練習艦「松島」の爆沈事件である。松島が、僚艦「厳島」「橋立」とともに、三隻で遠洋航海に出かけ、澎湖島の馬公に寄港した夜中に事件は起こった。

「橋立」の副直将校は、「松島」の異変をみて、ただちにその旨を当直将校と副長にとどけた。副長は、「総員起こし、救助艇派遣方、総短艇用意」の号令をかけるよう指示した。「橋立」の短艇が救助現場に到着したとき、「厳島」の短艇は死傷者の収容を終わり、本艦に引き揚げるところだった。

「厳島」の副直将校は、「松島」の異変を知るや、副長のかける号令を独断でみずからかけ、号令をかけた旨を当直将校および副長にとどけた。

夜中に総員を起こすのは副長の権限だから、「厳島」の副直将校は明らかに軍規違反である。しかし、この軍規違反があったればこそ、「厳島」は「橋立」にくらべて数倍の働きができた。平常の場合、軍規違反は絶対にしてはならない。しかし、時と場合によっては、軍規違反をしなければ、後世に残るような仕事はできないこともある。ちなみに、このときの「厳島」の副直将校は、のちに海軍大将に栄進し、軍令部総長になった永野修身中尉だった。

（注、副長将校とは当番の係長、当直将校とは当番の課長、副長は専務に相当する）

小林大尉の定員オーバーにしろ、永野中尉の総員起こしにしても、とっさの思いつきではあるが、偶然にできたわけではない。日常の勤務を掘り下げて、研究的にやっていたからこそ、いざというときに、軍規違反を恐れずに勇敢に実行することができた。

スポーツ放送でよく聞く、「練習は試合のつもりで、試合は練習のつもりで……」という言葉も、味わってみると、哲学的な意味合いが感じられる。勝敗は、試合で決まるものではなく、平生の練習で決まるものである。実業社会でも、いざというときに立派な業績をどうして残すかというよりも、日常の勤務をこつこつ積み上げてゆくことが大切である。

日常の勤務時間だけでなく、日常の自由時間までを職業に関連させて、人生の達人になった人もあるので、ご参考までに紹介する。

戦後の大相撲で、栃若時代を築いた先代若乃花は、「小さな体で横綱を張らなければならなかったので、夏でも丹前を着て寝た」と、手記に書いている。クーラーのなかった時代でも、若乃花はこれほど体力保持に努めていた。

プロ野球の金田正一投手は、国鉄スワローズに入団当時のキャンプでは、球団指定のホテルに泊まらずに、身銭を切って他のホテルに泊まっていた。同じホテルに泊まっていて、先輩から麻雀とか酒飲みに誘われると、翌日の練習に打ち込めないからである。

日常の勤務時間だけでなく、日常の自由時間まで職務に関連させていたからこそ、若乃花も、金田正一投手も、現役時代には大活躍できたし、引退後も人生の達人として尊敬を集めている。

八、若い人の意見は貴重

兵学校の期友《クラス》茂木《もてぎ》明治《めいじ》は、若くして海軍砲術学校の教官に選ばれた。もともと優秀な彼は、対空射撃の新しい優れた理論を開発したが、海軍はこれをただちに全面的に採用しなかった。それでも茂木は現在生きているから、彼にはまだ救いがある。

悲惨だったのは、飛行機乗りである。戦闘機乗りの野口義一と陸上攻撃機乗りの篠崎真一とは、とくに仲のよい期友だった。激しい航空消耗戦に巻きこまれて、わずか二十キロ離れた東と西のラバウル飛行場にいながら、二人は半年間もこの世で会えなかった。二人がやりとりしていた手紙が、いまに残っている。彼ら若いパイロットたちは、毎日の死闘をくり返しながら、つぎのことに気がついた。

「自分たちが現在戦っているのは、目に見える敵のパイロットが相手ではない。数という、目に見えない相手と戦っている」

当時の日本の航空機生産能力は、アメリカにくらべて格段に低かった。しかも、海軍機は、場所によって艦上機、水上機、陸上機と分かれ、性能によって偵察機、戦闘機、爆撃機、攻撃機に分類されて、数十種にのぼっていた。そこで若いパイロットたちは、海軍当局につぎの意見書を提出した。

「このような多種類の機種を、平均的に造っていては数が上がりません。零戦（艦上戦闘機）だけを、集中的に造ってください。零戦で、偵察も爆撃もします」（注、開戦当初の米軍は、零戦《ゼロファイター》を見たら、戦わずに逃げるように指示していた）

命をかけたこの意見も、結局は採用されず、若いパイロットたちは、つぎつぎに命を落としていった。それから二年後、フィリピン戦線が危機を迎え、戦闘機に爆弾を抱かせて出撃させたが、すでに彼我の間に大きな戦力の格差があり、特攻攻撃の成果も上がらなかった。

思うに日本海軍の首脳部は、大艦巨砲主義にこだわりすぎて、航空主力時代になったとの若い人たちの意見に耳をかさず、次第に敗戦への道をたどっていった。あのころと現在とでは、戦時と平時との違いもあり、時代の移り変わりもある。しかし、若い人は感受性が強いし、将来を察知しやすい立場にいることは、戦中も戦後は変わりはない。時代の推移を知るのに、若い人の意見は貴重であることを、銘記しておくべきである。

九、極限状態打開の特効薬

昔、武芸者が街道を歩いていたら、道端に荒馬がつないであった。武芸者が近づいたとき、荒馬は後ろ脚でけろうとした。武芸者はサッと身をかわして無事だったが、この場面を見ていた人たちは、さすがは武芸者と感心した。

しばらくすると、武芸者の師範が歩いてきた。弟子でもうまくかわしたから、師範はどんなみごとな動作をするかと見ていたら、師範は馬の脚のとどかないあたりを通り過ぎた。この師範のように、危機とか極限状態はできれば避けたいものである。

しかし、現実は、避けようとしても避けられない場合がある。兵学校では、土壇場に陥ったときの対策として、つぎのように三つの方法を教えた。

㈠　身を捨ててこそ、浮かぶ瀬もあれ
㈡　皮を切らせて肉を切れ、肉を切らせて骨を切れ
㈢　死中に活を求めよ

ある程度修業を積んだ人は、これらの言葉を聞いただけで、土壇場で具体的にどうすればよいか、理解できただろう。しかし修行中の私には、これらの言葉だけでは、どうしていいのかサッパリ分からなかった。戦時中、軍艦が三回撃沈され、一回目、二回目は上級士官が大勢生き残ったので、私の出番はなかった。三回目、すなわち短艇隊では次席将校だったので、今度は出番だと張り切った。

しかし、そのためには、六百キロも漕がなければならなかった。私の遠距離橈漕《とうそう》の経験は、江田島から厳島までの二十五キロだった。汗の出ない冬の日に、体調をととのえ、二時間あまりで漕いだ。今度は真夏の南方の海を、飲まず食わずで十五日間はかかる。兵員はわずか三キロの経験しか持っていない。

私はカーッとなり、目はつり上がり、声もうわずっていただろう。そのとき先任将校が、

おだやかな口調で、

「通信長、あわててもしようがないぞ。のんびり行こう」

といった。先任将校は私の上級者だから、私を叱りつけることも、堂々と注意することもできる。しかし、先任将校が部下の前で私にそんなことをすると、その後の私は部下統率がしにくくなる。

そこで先任将校は、私に落ち着けと、だれにも気づかれないように注意したと思った。そこで私は落ち着くために、つぎの歌をダンチョネ節で心の中で歌った。

〽沖のかもめに　潮時とえばョ

　わたしゃ立つ鳥ネ　波に聞け

そしたら、胸のつかえがとれたというか、胸がスーッとして、その後はふだんと変わらない判断、行動ができるようになった。

極限状態打開の特効薬はないかと、私は八方手をつくして捜したが、とうとう見つからなかった。極限状態の「虎の巻」を捜してみたが、これも見当たらなかった。私の経験から、極限状態を乗り切るには、つぎのような方法しかないとの結論に達した。

極限状態を乗り切るためには、リーダーは平生から、知力、体力、人格を磨いて、まずリーダーシップを身につけておかなければならない。また部下は、根性をもった集団に育てておく必要がある。そしてリーダーと部下との間に、相互信頼感が醸成されているときに、はじめて極限状態を乗り切ることができる。

そのように、極限状態を乗り切る態勢がととのっていても、危機や極限状態は、できるだけ避けるのが望ましい。避けようとしていて、危機や極限状態にぶつかったならば、私のように、いきなり飛びつかずに、一歩下がってというか、言葉を換えると、一段高いところから、危機や極限状態を見下ろして下さい。そして心を落ち着けるために、心の中で、ダンチヨネの歌を口ずさんで下さい。

14 理想的指揮官像とは

『先任将校』について

伴野剛敬　松永さんの著書『先任将校』を読んで、非常な感銘を受けました。私は、航空機の機長として、また企業の一員として働いていますが、著者の松永さんから一度ゆっくりお話を伺ってみたいと思っていました。この本を、まだお読みでない人もおられるでしょう。松永さんから、『先任将校』のあらましについて、話して下さいませんか。

松永市郎　昭和十九年八月、私が乗っていた軍艦「名取」は、マニラから西太平洋のパラオ諸島に向かう途中、敵潜水艦の雷撃を受け撃沈されました。場所は、フィリピン群島サマール島の東六百キロの洋上でした。乗員六百名の中の二百名足らずが生き残り、カッター（大型ボート、定員四十五名）三隻が残りました。先任将校（将校の中の最上級者）小林英一大尉が指揮官となり、「名取」短艇隊を編成しました。味方の偵察機は「駆逐艦二隻、救助に向かいつつあり」との通信筒を落としたので、皆はこの救助艦を待つものと思っていましした。

た。ところが、先任将校は、つぎの決断を下しました。「当隊は昼間の発煙筒も夜間の発光信号も持たないから、洋上で救助艦に発見される確率はきわめて小さい。そこで、当隊独自の力でフィリピンまで漕いでゆく」。全員反対しましたが、先任将校は決心を変えませんでした。

伴野　六百キロと言いますと、新幹線で東京と大阪の距離ですね。それも外洋航海ですから、六分儀、磁石、時計などの航海要具が必要と思いますが。

松永　航海要具は何一つなかったので、昼間は方角が分かりません。夜空に輝く星座で方角を決めて、毎晩漕ぎました。乾パンを、リンゴ箱大の二缶持っていました。水は本艦で木の樽《たる》につめましたが、平生使っていなかった樽だったので、飲もうとしたときには水は一滴も残っていませんでした。乾パン一日当たり六～七グラムをかじり、スコールをすすり、毎晩十時間漕いで、十五日間かかる予定で出発しました。結果的には、十三日目の朝、陸岸に辿《たど》り着きましたが、これを体験談として書いたわけです。

伴野　松永さんは、第二次大戦ではつねに第一線で勤務され、戦後は会社や銀行に勤めておられました。作家を志されたのは、どんな動機でしたか。

松永　作家と言われると気が引けますが、何か書いていることは事実です。じつは戦時中、私の乗っている軍艦が三回撃沈されましたが、私自身は怪我も火傷も受けませんでした。口幅ったい言い方ですが、「松永、何か仕事をしろ」と、神様が私に命を授けて下さったと思いました。地位も財産もなく、格別の才能もない私としては、体験を綴ることしかできませんでした。一方、明治人は思慮深いと感心させられます。軍人についても、上層部では乃木希典《まれすけ》大将や東郷平八郎大将、中間層では橘周太中佐や広瀬武夫中佐、下層部では木口小平（ラッパ卒）や三浦虎次郎（勇敢なる水兵）の話を残しています。

伴野　ところで、昭和の第二次大戦では、上層部については屋上屋を重ねていますが、中間層や下層部について書いた物はあまりにも少ないですね。

松永　小林大尉は、敵艦を撃沈したというような戦果はあげませんでしたが、大勢の者を死地から救い出しました。二百人ほどの大部隊が六百キロも漕いで成功したことは、戦時、平時を問わず、日本海軍はもとより列国海軍にも前例がありません。このように思い当たった私は、小林大尉のことを書くのが、私にあたえられた使命だと私自身に言い聞かせ、非才にむちうって書いたわけです。

航空機の機長・伴野剛敬氏。『先任将校』に非常な感銘をうけたという。

伴野　この本は、単に戦記物としてばかりでなく、平和時代の実業社会でも役に立つと、新聞雑誌で高く評価されていました。そして二年足らずで、十四版（現在十九版）を重ねられたわけですね。

松永　一番驚いているのは、本人の私です。私と同じ世代の人は、戦記物として読んでくれるだろうと、予想していました。ところが、戦後生まれの人たちも、企業人としての生き方について学ぶだけでなく、家庭生活とか子供の育て方の参考にして下さったことが、頂いた読後感から分かりました。

伴野　最近、トップの条件とか指揮官のあり方といった本が出回っていますが、要素を観念的に並べたものが多いようです。『先任将校』では、理想的な指揮官像、参謀役はいかにあるべきか、あるいは実務者の職分は、それからリソース・マネージメントのあり方、チームプレーとしてグループ・パフォーマンスを上げるには、といった実例が随所に盛りこまれていて、現代企業や個人生活の大きな教訓にもなっていると思います。

松永　出版後の半年間に、四百通ほどの読後感を頂きましたが、中には、拙著の実質価値より高い評価を受けたものもありました。大会社の社長とか大学教授の感想文を読んでは、「本は著者の書いた物だが、読者の手に渡ったとき、その本は著者と読者との共著になる」との言葉を、実感として味わっていました。

短艇隊成功の原点

伴野　短艇隊成功の原因を、どのように考えておられますか。

松永　陸岸にたどり着いたときには、体力の限界点でしたから、二、三日でも救助艦を待っていたら駄目だったと思います。成功の原点は、先任将校の速やかなる決断と、指揮権の確立と申しますか、自分の責任でやると明言されたことです。

伴野　それもありましょうが、全員の参加意識を呼び起こさなければ、海軍常識をはるかに越えた偉業の達成はできなかったでしょう。

松永　皆がフィリピンまで漕ぐことに反対したとき、軍隊ですから「命令だっ」と一喝することもできました。しかし、先任将校は、つぎのように言って熱誠こめて皆を説得しました。「『名取』沈没現場に、大勢の生き残りとカッター三隻残っていたことは、味方の偵察機が確認している。カッターは絶対沈まないということは、船乗りの常識である。もし俺たちが陸岸に着かなければ、『名取』乗員は総員、行方不明に認定される。それでは、戦死者にも俺たちの家族にも申しわけない。俺たちは、なんとしても陸岸にたどり着かなければならない」。反対の急先鋒だった先任下士官が立ち上がって言いました。「ここで死ねば、当然、戦死と思っていました。行方不明では、死んでも死にきれません。漕ぎます、頑張ります」。短艇隊のあちらこちらで、「そうだ、そうだ」「頑張るぞ！」の声が起こり、総員参加の雰囲気になってきました。

伴野　飛行機の運航でも、同じことが言えます。グループで立派な仕事をするには、まず優れたリーダーがいること、グループ員が訓練されていること、リーダーとグループ員との間に常日ごろから相互信頼感ができていることが必要です。これらの条件がととのっていなければ、グループ・パフォーマンスを上げることはできません。松永さんは次席将校として、先任将校と他の士官や一般兵員との間の調整役を果たされたわけですね。

松永　昨日、長崎空港から羽田まで、私は操縦室の体験搭乗をさせていただきました。副操縦士の仕事ぶりを見て、次席将校だった当時を偲びました。副操縦士は、伴野機長の命令を実行するだけでなく、機長の心中を推察して情報を集め、それをそのまま全部伝えるのではなく、選択して機長に伝えていました。立派な参謀役だと思いました。

伴野　コックピット内で先任将校に相当する機長は、作業の重要性に応じて順序よく指示します。参謀役である副操縦士の機長に対する情報提供は、さっき言われたように、当然分かっていることは必要ありません。しかし、大事なことを落としてはなりません。そこで私たちはお互いに、二重にも三重にも確認し合っていたわけです。

大切な平生の訓練

松永　私はこれまで、いろんな生き死にの場に出入りしてきました。大勢の人命を預かっている操縦室では、ピーンと張りつめた一種、異様な雰囲気だろうと想像していました。ところが、体験搭乗の離陸のとき、伴野機長と副操縦士の会話の声が、平生の調子とまったく変わらなかったので、驚きもしましたが、冷静なのに感心しました。

伴野　現在の大型機は、コックピットだけでも、機長、副操縦士、航空機関士と三人のクルーがいて、協力して運航しています。各人が、十分に力を出せる雰囲気にしておかなければなりません。操縦桿にしましても、力一杯握りしめていては、いざというときに対応しにくいわけです。とにかく操縦は、緊張の中にも心の余裕が大事なんです。

松永　海軍兵学校の同期生、高橋武雄（新潟県新発田市出身）は剣道の達人でしたが、いつも私に、竹刀は軽く握れと教えていました。伴野機長の操縦桿の握り具合を見ていて、高橋の言葉を思い出していました。

伴野　コックピットの中も、余裕を持った気持で臨んでいないと、何か前兆があっても気がつかなかったり、異常が起こっての対応が遅れたりします。厳しさの中にもリラックスした、コックピット内の雰囲気づくりが大事なことです。

松永　雰囲気づくりで、短艇隊のことを思い出します。なんにも見えない六百キロの外洋航海計画を、二十一歳で海上経験わずか三年あまりの浜田秋朗少尉が立てました。小林大尉は、浜田少尉が兵学校生徒のときの教官で、十一年余りの海上経験を持っていました。しかし、浜田少尉の計画が大局的に間違っていなければ、小林大尉は、プラスアルファーの意見を一切言いませんでした。先任将校は、浜田少尉が意見を出しやすい雰囲気をつくっていました。

伴野　機長と副操縦士との間にも、年齢、経験、資格などの差があります。若い副操縦士は、ベテラン機長に遠慮しがちですが、遠慮があってはなりません。機長も人間ですから、思い違いもしますし、ミスもあります。そんな場合、副操縦士が機長にアドバイスしやすい雰囲気を、前もってつくっておかなければなりません。

松永　昨日、伴野機長と副操縦士とがチェックし合っているとき、副操縦士が物おじせずに、機長と堂々と渡り合っているのを間近に見ていて、これも安全運航の一因であると、副操縦士をとても頼もしく思いました。

伴野　昔の飛行機の運航は、コントロールという言葉で言い表わしていました。システムが複雑になってからは、オペレーションという言葉を使うようになりました。現在のように、巨大で複雑なシステムにより運航される飛行機は、コックピットのトータル・パフォーマンスという観点でとらえなければならなくなってきました。そうなりますと、オペレーションという言葉ではカバーできなくなり、マネージメントで表現しなければならないわけです。
松永　大型機の出現によって、操縦室内の仕事が重要さを増すことは、素人でもおぼろ気ながら分かります。ところで伴野さん、私たち利用者がもっとも心配するのは、要員か機材に事故があった場合、平生のチームワークが有効に発揮されるだろうか、ということですよ。
伴野　そこで最近では、コックピット・リソース・マネージメント（CRM）ということが、非常に大きく採り上げられています。これは、安全で効率の高い運航を行なうために、コックピット内におけるリソース（資源）、すなわち情報や装備、それに人間など利用できるリソースを全幅活用するということです。そのCRMを関係者に理解させるために、良いケース・スタディはないかと捜していたとき、『先任将校』を読ませていただき、「これだっ！」と思った次第です。
松永　本人の病気や家族の都合で、コックピット三人の組み合わせが変わったとき、いつものように安全飛行ができるだろうかと、私はかねがね不安に思っていました。昨日、私は午後飛びました。副操縦士は、午前中には別の機長との乗務だったことを知り、組み合わせが変わっても安全と分かって一安心しました。
伴野　コックピット・クールは、一日に二回、メンバーが入れ変わることがあります。どのような組み合わせになろうとも、安全運航ができるよう、普段から業務の標準化について訓練を重ねています。

松永　どのような職種、役割でも、普段の訓練が、大切なんですね。スポーツ放送でよく耳にする「練習は試合のつもりで、試合は練習のつもりで」という言葉も、味わってみると、哲学的な教訓をふくんでいますね。

伴野　訓練で業務の標準化はできていても、メンバーの能力を発揮させる人間関係ができていなければなりません。コックピットのリーダーである機長が、そのような認識で行動しないと、トータル・パフォーマンスとしてのコックピット・コーディネーションはとれないことになります。ここが、CRMのもっとも重要なところなんです。CRMでは、少なくとも「一プラス一は二」で、三人乗務なら三人以上の力が発揮されるのが当然です。ところが、事故の起きた場合など、三以下になっていることもあります。私としましては、CRMはコックピット内に留まることではなく、カンパニー・リソース・マネージメントにもつながると思っています。

松永　そうですね、経営者から拙著に対し、つぎのような感想文をいただきました。「先任将校はフィリピンまで漕いでゆくとの方針を示した。幕僚は、どの星を見て夜十時間漕ぐとの方法を見つけた。兵員は、その方法を実行した。各人がその持ち分を守ったから、短艇隊は前人未踏の偉業を成し遂げた。会社経営も、まったく同じ理屈である」と。

伴野　当社の場合、窪田社長が口癖のように、「外国に飛行機を飛ばす」と、おっしゃって方針を示しておられます。その方針を達成するための方法を検討するのが役員・管理職で、一般社員がその方法を実行するわけですね。

松永　御社の社員の中には、外国に飛行機を飛ばすとは、「天の星をとってこい」というような言葉だと受けとめておられる方がいらっしゃるかも分かりません。じつは次席将校の私ですら、先任将校が「フィリピンまで漕いでゆく」と発表したとき、気でも狂ったんじゃないかと驚きました。しかし、夢みたいな大きな目標を掲げて、全員が精神的、肉体的な力を結集したからこそ、成功したと、現在では思っています。

相手の心を知る

伴野　不可能と思っていた部下に、一喝して強制せずに、隊員を説得したところに、小林大尉の指導力がありました。ところで松永さんは御著で、知識と知恵とを区別しておられますね。私たちはかねがね「実際のオペレーションにつながらない知識は、知識でない」と、パイロットに強調しています。松永さんは、いつごろから知識と知恵とを区別しておられますか。

松永　中学校で、「可燃物に点火し、酸素を供給すると、燃焼という現象が起こる」と教わったとき、田舎の付近の人がだれも知らないことを知った、自分はとても偉くなったと思いました。当時の田舎では、薪《まき》でご飯を炊いていました。私がやってもサッパリもえないのに、酸素とか燃焼とかの言葉も知らない祖母が燃やしますと、パーッと燃え上がります。祖母は知識は持たないけど、知恵を持っていると気がつきました。中学一年生の夏休み、郷土の先輩、大川貢さんに連れられて、背振山に登りました。方角を知るには磁石を使うと言ったら、大川さんはつぎのように諭《さと》しました。「磁石はこわれることもあるし、失うこともある。山へ登ったら、日没前に大きな木の周りをぐるーっと回りなさい。苔《こけ》のはえている方角が北である」。知識と知恵の違いがはっきり分かり、大川さんを見習って中学の登山部に入りました。

伴野　当社の窪田社長は、「知恵のある者は知恵を出せ、知恵のない者は汗を出せ、両方ない者は去れ」と言っておられます。厳しい経営環境のつづく当社では、知恵も汗も出さない者は役に立たないというより、邪魔だということだと思います。

松永　短艇隊でも、知恵を出した者と汗を出した者とがいました。伴野さんも、カッター漕ぎの経験を持っておられるようですが、嫌々ながら漕いでいたら、役にたたないばかりか、かえって邪魔ですね。

伴野　松永さんは「名取」で通信長をしておられました。私は以前に、「通信は通心に通じる」と聞いたことがあります。松永さんは、どんな気持で本をお書きになるんですか。

松永　兵学校受験に身長不足だったので、中学校では運動ばかりしていました。兵学校は理数系の学校ですから、文科の本とか小説はほとんど読んでいません。そんな私ですから、文章を書くには心で書いています。

伴野　いま、「心で書く」とおっしゃいましたが、松永さんの御本を読みますと、そのあたりの事情がにじみ出ています。短艇隊の次席将校で、首席参謀の務めをなさったわけですが、当時から皆の心に通ずるコツを身につけておられたんですね。

松永　それには、「名取」艦長久保田智大佐の教えもあります。私が長ったらしい電文を起案して持ってゆくと、艦長はおっしゃいました。「こちらが言いたいことを書くのではなく、相手がなにを知りたがっているかを踏まえて書け」。先ほども申し上げましたが、副操縦士は機長の心中を推察して、届ける情報を選んでいました。通信には、まず相手の心を知る必要がありますね。

伴野　松永さんは、お住まいの長崎から東京までの旅には、よく当社便を利用しておられると承っています。TDAという会社に、どういう印象をお持ちですか。

松永　一、二年前に乗ったとき、「私たちだけで作ってみました。どうぞご覧になって下さい」と言って、スチュワーデスがちょっとした印刷物を渡しました。会社がPRのため作ったものでなく、若い人たちが寄り集まってつくっているから、紙質も粗末だし、文章も絵も、素人くささがありました。しかし、文章を心で書くのと同様に、若い人たちが自発的に真心で書いていると思わせるものがありました。そして私はひそかに、これを会社が、見まもって育ててくれたらよいがと思いました。昨日こちらに来るとき、第二集とか第三集をいただいたら、立派に育っているとわかりました。

伴野　会社が強制したのでも、頼んだのでもありません。スチュワーデスが自発的に、「真心サービスキャンペーン」を展開しています。その一環として、自分たちが書いて作成して、お客様にお配りしていたものです。新聞、雑誌にもとりあげられ、「たいへん良いことだ」と、お誉めの言葉を頂きました。

松永　日本海軍は、第二次大戦で、大艦巨砲主義にとらわれていて、アメリカ海軍に完敗したと言われています。その内情を、さぐってみましょう。兵学校のクラスメートの茂木《もてぎ》明治は、対空射撃の新しい優れた理論を開発しましたが、海軍はただちに全面的には採用しませんでした。それでも茂木は現在生きていますから、彼にはまだ救いがあります。悲惨だったのは、飛行機乗りです。戦闘機乗りの野口義一と陸上攻撃機乗りの篠崎真一とは、とくに仲のよい期友でした。激しい航空消耗戦に巻きこまれ、わずか二十キロ離れた東と西のラバウル飛行場にいながら、野口が戦死するまでの半年間、二人は会えませんでした。

二人がやりとりしていた手紙が、いまも残っています。彼ら若いパイロットたちは、毎日の死闘をくり返しながら、つぎのことに気がつきました。「自分たちは現在、目に見えるパイロット相手ではなく、数という目に見えない敵と戦っている」。当時の日本の航空機生産能力は、アメリカにくらべて格段に低かった。そこで若いパイロットたちは、戦闘機、偵察機、爆撃機、攻撃機を平均的に造らずに、戦闘機だけを造ってくださいと意見具申しました。命がけのこの意見も採用されず、若いパイロットたちはつぎつぎに戦死していきました。

それから二年後、フィリピン戦線が危機となり、戦闘機に爆弾を抱かせて出撃させましたが、すでに彼我に戦力の格差が大きすぎて、特攻攻撃の成果も上がりませんでした。このように、若い人の意見を採用しなかった日本海軍は、敗戦への道を歩くことになりました。

あのころと現在とでは、戦時と平時との違いもあり、時代の移り変わりもあります。しかし、若い人は感受性が強いし、将来を察知しやすいポジションにいることは、戦中も現在も変わりません。若いスチュワーデスのちょっとした思いつきを育てられた御社は、今後大いに発展される素地を持っておられると思います。御社の若い乗務員とか、若い職員と会談する機会がないので、スチュワーデスを代表させて話したことを申し添えます。東亜国内航空の全社員が打って一丸となられ、窪田社長の掲げておられる目標を、一日も早く達成されるよう、私は陰ながらお祈りしています。

伴野　ありがとうございます。窪田社長は、末端からもいろいろな意見を聞きたいと、忙しい中で現場をよく回っておられます。社長は、国際線への進出、株式上場などの大方針を、すでに決定しておられます。私たちは、先任将校に対する参謀のように、大方針にのっとった方法の発見につとめます。そして社員一丸となって、その方法実施に励みます。松永さんには今後とも、お気づきの点は遠慮なくアドバイスしていただきたいし、よろしくご指導をお願いしたいと思っています。

〔付記〕昭和六十一年九月十九日、東亜国内航空株式会社の国際チャーター第一便が、大阪空港からソウル金浦空港に向け就航した。国内線だけだった同社としては、はじめて国際線に進出したわけで、この日は同社にとって意義深い記念すべき日となった。

以後、香港、シンガポール、釜山などのアジア各地への国際チャーター、さらにはパラオ島、グアム島への米国チャーターを順調に経過し、六十二年の末までに国際チャーターとして合計五十便を消化した。

六十三年度の同社は、これまでの国際チャーターの経験と実績を生かして、ソウル線、ホノルル線への国際定期便就航を目指し、全社を挙げて実現に向け努力している。また、東亜国内航空株式会社は、昭和六十三年四月一日以降、「株式会社日本エアシステム」と社名を変更した。

15 青年の船

『先任将校』の読者からの推せんもあり、私は「青年の船」（日本経済青年協議会主催）の講師として乗船することになった。

昭和六十年二月六日、夜来の雨は上がったが、いまにも泣き出しそうな、いま一つはっきりしない日和だった。

午後一時、青年の船「コーラル・プリンセス号」一万トンは、第十六回ジュニア・リーダー研修団員として、全国各地から集まってきた男女青年四百名の夢と希望を乗せて、静かに横浜の大桟橋を離れた。

マニラ、ホンコンに寄港する十六日間の研修航海が、いままさにはじまろうとしている。送る者と送られる者との、それぞれの思いをのせて、五色のテープは次第に伸びてゆく。「頑張ってこい」「行ってきます」の明るい声が、あちらこちらから飛びかう。この華やかな船出には、別離の悲哀もなければ、前途の不安もまったく見うけられなかった。

私はこの青年の船に、講師団の一員として参加した。江田島海軍兵学校を卒業し、青春時代を海で暮らしていた私は、久しぶりに潮気を満喫してきたが、青年の船における研修を、船乗りの立場から回想してみた。

一、船出

船は研修団員の感傷をよそに船脚を速めて、三浦半島の観音崎を後にし、黒潮を突っ切ってマニラに向かった。思い起こすと、船舶に大型機械を装備し、立派な航海要具を使って、人類が計画的に大洋航海できるようになったのは、わずかここ百数十年のことである。帆と小型機械を併用したごく短い期間もあったが、それ以前は帆だけで航海していた。

「船は帆まかせ、帆は風まかせ」

「時化《しけ》は極楽、凪《なぎ》こそ地獄」

などの言葉は、ままならなかった帆船時代の航海事情を、問わず語りに伝えている。また当時の人類は、食糧保存について知識も経験も持たなかった。このため大洋航海では、栄養のバランスをくずして、犠牲者のでるのは当然のこととされていた。

先年、私は、海上自衛隊練習艦隊の世界一周遠洋航海に、新聞記者として参加する機会をあたえられた。横須賀を後にしてまずハワイに向かったが、十二日目の朝まだき、朝もやの彼方に金属的に光る一条《ひとすじ》の光を発見した。これこそ私たちが、いまかいまかと待ち望んでいた、ハワイ諸島オアフ島のダイヤモンドヘッドを見つけた瞬間だった。

あのあたりは、土壌の中にふくんでいる物質の関係上、太陽光線の具合でぴかーっと光ることがある。私はそのとき、予定どおり着いたなーと思っただけだった。

ところで、帆船時代の船乗りたちは、あのぴかーっと光る光を見て、やれやれ一命を拾ったと、随喜の涙を流していた。そこで当時の船乗りたちが、あのぴかーっと光る光は人類最高の宝物ダイヤモンドの輝きにも匹敵すると、あそこをダイヤモンドヘッドと命名した。ダイヤモンドヘッドは現在、ハワイの観光名所になっているが、空の旅が海外旅行の主流になっている今日、その命名の由来を知る者も少なくなってきた。

百年前の大洋航海は、このように命がけだったが、五百年前の航海はもっと悲惨だった。マゼランは、人類ではじめて地球を一周したという栄誉に輝き、マゼラン海峡を発見し、太平洋の名づけ親にもなっている。

そのマゼラン最後の航海では、二百七十人を五隻の船に乗せて母港を後にした。マゼラン自身は、フィリピン群島セブ島付近の原住民から襲撃を受けて、途中で非業の死を遂げた。彼の遺志を継ぎ、三年後に母港に帰ってきたのは、一隻の船に息も絶えだえの十八名だけだった。有名なマゼランでさえこの有様で、五百年前の大洋航海は、幸運と偶然を頼りにした生き地獄の一面を内蔵していた。

この青年の船の行く手には、昔どおり、人の命を狙う鮫もいれば、船と人の運命を狂わす、暗礁もあれば時化《しけ》もやってくる。しかし、この日は、送る者も送られる者も、だれひとり別離の悲哀も、前途の不安も持っていなかった、なぜだろうか。

この船は十六日後に、予定どおり横浜に無事に帰ってくると、だれもが確信しているからである。日本経済青年協議会が主催する「青年の船」は、昭和四十六年以来、回を重ねてすでに十五回となり六千名を上回る青年たちが、そのつど無事に帰国している。この実績に裏打ちされた信頼があればこそ、この日の別れには、悲哀も不安もまったくなかったわけである。

二、事前研修

安全な大洋航海をして立派な研修業績を上げるには、主催者がまず適切周到な計画を立てなければならない。そのため洋上研修は事前研修、船内研修、さらには上陸地研修と三本の柱を持っている。そして前年の十二月中旬、代々木で二泊三日の事前研修を開いた。男女四百名が、新たな体験と仲間を求めて、全国各地から集まってきた。

団員は第一班から第十三班までに区分され、さらに班内は約八名の三つのグループに分けられた。運営委員長には丹下勇君が、運営副委員長には荒木慎二君が任命され、各班各グループには、それぞれ班長、グループ長が選出された。これがタテ割りの研修を進めるための班別の組織である。

各員は、八委員会（生活、報告書、集い、企画開発、広報、航海日誌、お祭り、研修）の中のある委員を担当する。これが、ヨコ割りの活動を進めるための役割別組織となる。このように研修団は、タテとヨコによって構成されたマトリックス的組織を動態化することによって、生き生きとした小集団活動づくりの基礎訓練を行なう。

マトリックス組織論というのは、職能とか事業部を超えて、横の協力も結集するというものので、アメリカでは、昭和五十年ごろから注目されてきた。このアイデアは、ガルブレイスの『横断組織の設計』（一九七三年刊、一九八〇年邦訳）などによって体系化された。

この研修団では、事前研修に参加した者でなければ、その後の研修に参加できない仕組みになっている。事前研修の目玉は特別講演である。特別講演者には、前年度は現日本ハム監督・高田繁氏が、そして今年度は前巨人軍監督・藤田元司氏が選ばれた。二年つづいてスポーツ関係者が選ばれたことは、研修目的が、行動的青年の養成を目指しているからである。

プロ野球は、もともと素質のある者を集めて、その人たちを鍛え抜いた技術集団である。そこで、「勝ち抜くための組織の条件」と題する講演では技術談を予想していたが、この予想はまったくはずれてしまった。選手に求めるものとして、挨拶・心構えなど技術以前の話題が多く、監督は、率先躬行しなければならないと、やはり心構えを説いていた。

中でも、川上哲治・元監督にまつわる実話は、V九達成という前人未踏の実績があるだけに、とくに感銘を受けた。藤田氏がコーチ時代に、川上監督は後ろ姿で人を引っぱっていたと言う。川上監督は宮崎キャンプの練習にさき立ち、人知れずひとりでグラウンドの小石拾いをしていた。これを知ったコーチ陣も、翌日から監督といっしょに小石を拾った。選手に伝えたわけではなかったが、選手たちもいつのまにやら小石を拾うようになった。監督から拾えと命令されてやるのと、自発的に拾うのでは、拾う量が違う。

仕事は求めてやるものということを、川上監督は、言葉ではなく実行で教えていた。人の倍働くのがリーダーの役割だと、川上監督は無言の中に教えられたと、藤田氏は熱っぽく話していた。

研修団員の中には、デスクワークは自信があるが、行動は苦手という人もいるだろう。そのような人たちは、藤田元司氏の特別講演をかみしめて、まず洋上研修で積極的に行動してもらいたい。その積極性を持ち帰って、会社、団体の仕事に生かし、まわりの人たちから、
「彼は洋上研修に参加してから、人間が変わった」
と言われるような、行動的な人間になってほしいと、私は陰ながら祈った。

三、コーラル・プリンセス号

主催者が適切周到な計画を立てても、船側が安全運航を実施しなければ、洋上研修は絵に描いた餅になってしまう。そこでコーラル・プリンセス号の親会社スワイヤ客船部が窓口となり、つねに主催者と密接な連絡をとっている。

この船は、一九六二年に建造された、英国籍一万トンの純クルーズ型客船である。設備、乗客サービス、安全基準など、英国ロイド船級会登録の国際的一級レベルを誇っている。全長百四十六メートル、全幅十八・四メートル、航海速力十七ノットである。乗客数は五百二十名で、乗組員は百四十五名である。全船室は、専用バスまたはシャワー、それにトイレ付きで、エアコンディションをほどこしてあり、スタビライザー（横揺れ防止装置）も装備されている。

船長が操舵室《ブリッジ》にいるのは、出入港、複雑な航路、時化などの場合で、通常は三名の士官が輪番で操船している。しかし、船長は、二十四時間スタンバイ（待機の姿勢）していて、電話、船内放送で呼び出されると、すぐ操舵室にかけつける態勢をととのえている。船は、操

舵員の舵の取り違い、機関員の操作違いで事故を起こすこともある。部下の錯誤があっても、事故を起こしたことにたいして、船長が最終責任をまぬがれるわけではない。また船長は、単に船の運航面だけでなく、セールスサイドについても考えなければならない。このため船長は、たまに食堂に入ってきても、乗客が食事をどのくらい食べているかを、自分の目で確かめるとともに、ボーイ長に質問していた。

報告委員会では、初山庄一君ほか八名が、「船長のリーダーシップについて」、グローブス船長にインタビューをした。リーダーシップは意識的にでるのか無意識的に出るのか、という質問にたいして船長はつぎのように答えた。

「生まれつきリーダーの素質を持っている人は、少ないと思う。東郷元帥、ネルソン提督はべつとして、大方のリーダーたちは、経験を積み重ねてリーダーになっている。私がとくに心がけていることは、明るい職場づくりです。そして私は、いつも冒険をさけて、安全に目的港に着く妥当な方法を選んでいます。私の好きな言葉は〝最悪を予期するも、それでも最良を望む〟です」

船長は責任者らしく、言葉を選び慎重に答えていた。

船長主催のカクテル・パーティーが、船内のコーラル・バーで開かれた。今村文雄団長は、船長に私をつぎのように紹介した。

「松永さんは、海軍兵学校を卒業した海軍大尉です。戦時中、松永さんの乗艦は、太平洋上で敵潜水艦の魚雷攻撃で撃沈されました。生き残り二百名をカッター（大型ボート）三隻に乗せ、航海要具も持たずに、星座をたよりに六百キロを、ほとんど飲まず食わずで櫂を漕ぎつづけ、十三日目に陸岸にたどり着きました。そのときの次席指揮官でした」

船長は急に姿勢を正して、私に船乗りの先輩としての礼儀をつくした。さらに私に向かって、海上経験を承りたいと申し入れてきた。船長の栄職にありながら、異国人の老骨に敬意を表わす船長の謙虚な人柄に、私の方がかえって心打たれた。そして私は、

「チームプレーをするには、まず挨拶が大切である」

と言った、藤田元司氏の講演を思い出した。

この船は、研修団員、講師および研修団の事務局員、それに乗組員を加えると、六百名近い大人数である。この大勢の人たちが、狭い船内で快適な航海をするには、やはり挨拶と礼儀が必要だろう。

しかも乗組員の職種は、甲板員、機関員、事務員のほか、通信、調理、医務と多種多様である。また人種的には、英国人、日本人、中国人、韓国人、フィリピン人など七ヵ国の人たちによってできたチームを引っぱり、安全で快適な航海をしている、グローブス船長がまずもってリーダーシップの模範である。

四、船内生活

事前研修から出港までには、二ヵ月間の準備期間があるから、団員は、その間に心身の準備ができた。研修団には、「世界を考え、日本を見つめ、自分の役割をつくろう」と、統一スローガンがあたえられている。それでも各班、各委員会には自主活動が認められていて、

それぞれ自分たちのスローガンをつくるが、それらは二、三の種類に大別される。そのいくつかを拾ってみよう。

(1)足許を見つめるもの

積極的に対話しよう　参加率を高めよう

(2)ユーモアを含むもの

後悔しない航海日誌

(3)ロマンを求めるもの

南十字星と共に

(4)将来を目指すもの

成果を明日へ

実績を次代に生かそう

自主運営といっても、団員に放漫を許すものではない。六時半の起床から、二十三時の消灯就寝まで、スケジュールがぎっしりつまっている。

朝の集いでは、人員点呼につづいて、君が代斉唱裡に国旗を掲揚する。そして夕べの集いでは、人員点呼につづいて、君が代斉唱裡に国旗を降下する。夕食時には、正装（背広、ネクタイ）で食卓につかなければならない。その間には午前と午後、三時間ずつの授業があるが、出港の翌日からさっそくはじまった。その余暇を見つけて、班別および役割別の会議が開かれるので、乗船当初の団員には、息つく暇もないように感じられる。

しかし、青年のエネルギーとアイデアは、ハードスケジュールをはねのけて、笑いと希望をふりまいていた。集い委員会では、夕べの集いでその日の誕生者を紹介し、不島《ふ》裏里《しまり り》、石井良枝の女性団員がウイットにとんだインタビューをしていたが、これはとても好評だった。広報委員会では、壁新聞の「ふれあい」を六号までと号外を一つ、さらに情報紙を五号まで発行した。パンチのきいた文句に上手なイラストは、どちらも本職はだしだった。槍玉に上がったご本人も、思わず苦笑させられていた。

お祭り委員会では、ジュニア・リーダー祭に備えて、夜っぴいてお神輿《みこし》をつくっていた。お陰で炎天下の祭りは、日本の夏祭りを連想させる楽しい催しとなった。企画開発委員会では、上陸地ゼミナールおよびカラオケ大会を開き、この間に「愛の募金」を実施した。集まった募金は、フィリピンの某団体にとどけられた。

団員には、見知らない人たちとの間のコミュニケーションを勧奨されている。団員たちはこの趣旨を体して、班別、委員会別の会議が終わってから、「飲みニケーション」で交友の輪をひろげる者もいる。それもハメをはずすと、「自主運営」と称する熱いお灸をすえられる。生活委員会では、毎日二十三時、船内パトロールを行なっていた。

このような縁の下の力持ちがあったればこそ、全員無事、予定どおり横浜に帰ることができた。全員が予定どおり無事に帰ることが、どのようにむずかしいかについては、今村文雄団長はつぎのように語った。

「数年前、出港を見送りに来た家族の車が、自宅に帰る途中に交通事故を起こしました。その団員はマニラに入港後、ただちに空路日本に帰りました。また団員の所属している会社、団体で事故が起きて、団員が途中で帰国する場合もあります。ですから、全員が無事に予定どおりそろって帰るためには、団員一人一人が健康とか事故に注意するのはもちろんですが、団員の家族、さらには団員の所属する会社、団体など、とても大勢の人たちが注意して下さらなければならないんですよ」

五、船上慰霊祭

コーラル・プリンセス号は、真冬の日本を後にして、フィリピン群島マニラを目指して一路南下した。日増しに暖かさを増していたが、マニラ入港を明日にひかえた五日目の二月十日十一時、真夏を思わせる強い日差しのサンデッキで、船上慰霊祭がしめやかに行なわれた。第二次大戦で、ここフィリピン群島および付近海域では、五十万余の戦死者があり、団員の中にも十二名の遺族がいた。今村団長はじめ講師団、事務局員および団員一同が正装にて整列した。そして遺族代表の上根繁盛君が弔辞を読んだ。

高橋清君のおごそかな読経のつづく中で、遺族および代表者が焼香した。わずか二歳のときに父親が戦死し、父親の顔をまったく知らない上根君が、「お父さん今日は」の呼びかけで弔辞を読んだとき、私はわが身につまされて涙がとめどもなくあふれ出た。

私の乗艦「名取」は、この近海で敵潜水艦の雷撃により撃沈され、戦友四百名はいまなお海底に眠っている。上根君のお父さんは、私とほぼ同年か、せいぜい私より四つか五つ年上だろう。上根君の弔辞は私にとって、他人ごととは思えなかった。

戦後四十年の歳月が流れているし、一部の国民の間では戦後は終わったと言われている。遺族の十二名は別として、戦後生まれの他の団員たちは、この弔辞をどのように受け止めただろうかと、私にはそれが気がかりだった。

明けて十一日八時、マニラ南港第十五埠頭《ふとう》に横付けし、バス十台に乗って市内見物に出かけ、マカテイ地区のホテルで昼食をした。午後は十三の選択コースが設けられていて、さらに市内見学をつづけるもの、バギオ、ネグロス島、セブ島へ空路の一泊旅行に出かける者もあった。

私は背広姿で、セブ島行きの飛行機に乗った。同行の小坂部進君が、みんな軽装なのにどうして背広ですかと、質問してきた。乗艦「名取」の最後の寄港地がセブ島だったから、亡き戦友の弔問に出かけていると話したら、上根君の弔辞を聞いて、思わずもらい泣きしました。松永先生が背広姿で出かけられるお気持、私にも理解できます」

「私の一族に戦死者はいませんが、つぎの言葉が返ってきた。

戦前派と戦後派の乖離《かいり》については、価値観の多様化とか、親子の断絶などと言われている。また、豊かな世相、そして恵まれた家庭に育った人たちが、他人の心の痛みに関心を持たないのは、やむを得ない一面もある。そこでこれまでの私は、戦後生まれの青年との付き合いに、一種のためらいと遠慮を持っていた。

ところが、研修団の青年たちも、仲間の心の痛みに同情の涙を流したことを知った。戦後の青年の中にも、戦前の私たちと同様に、他人への思い遣りの気持があることが分かった。

そこで私は、マニラからセブ島への空の旅でも、ホンコンから中山市へのバス旅行でも、見知らない団員に向かって、こちらから積極的に話しかけてみた。どの団員も、上根君の弔辞には、もらい泣きしましたと言った。団員の中には、フィリピンおよび中国の貧しい農民に同情した者もいたし、自分たちはこれまで贅沢《ぜいたく》しすぎたと反省している者もいた。上根君のお父さん、それに私の亡き戦友の霊が、団員と私との間にあった心の垣根を取り除いてくれたに違いない。団員と私との間にできた心の触れ合いを、私はいつまでも大切にして、ますます発展させていこうと思った。

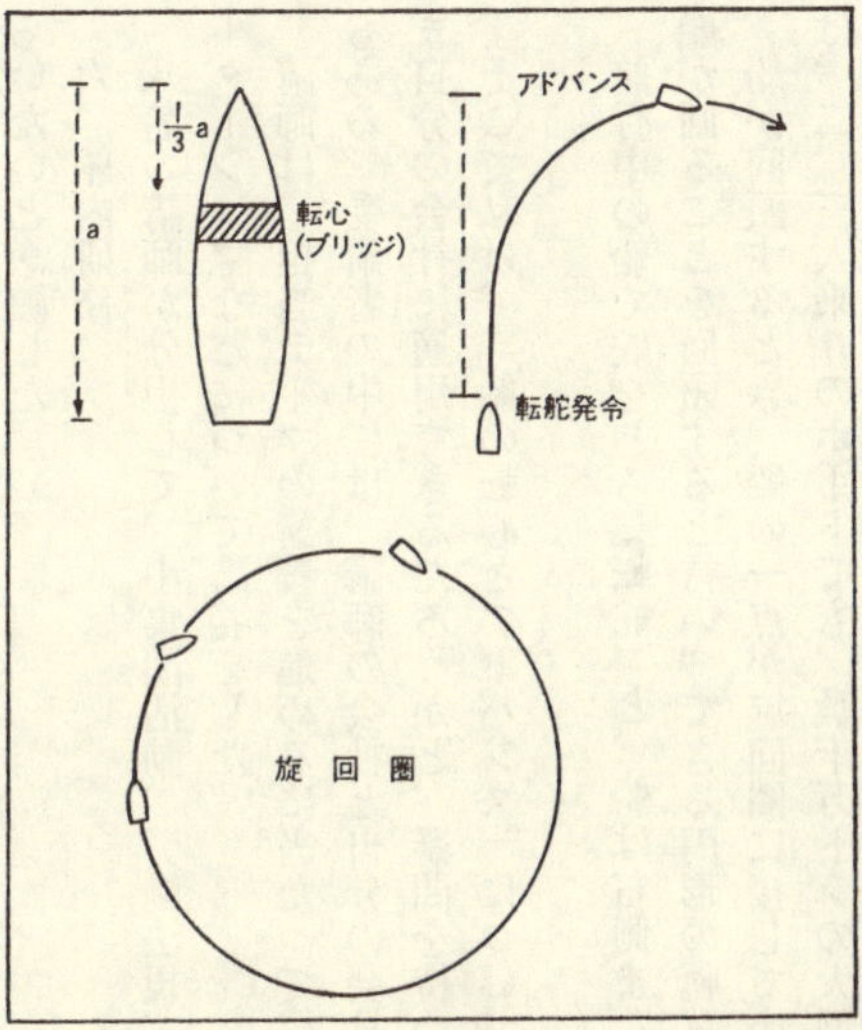

年間五十万人もの日本人が海外旅行に出かけているが、そのほとんどは欧米の先進諸国に出かけている。それらの人のなかには、成金根性を丸出しにして、外国人からひんしゅくを買っている者もある。団員は、若いときに発展途上国に旅行した、数すくない日本人の一人になった。この尊い体験を生かして、心得違いをしている同胞のよい指導者になっても

らいたいと念願した。

六、船内研修

八名の講師が分担して、小集団活動、労働法規、レクリエーション、危機をのりこえるリーダーシップなどについて講義をした。

講師は、担当テーマの講義を進めるに当たって、実業社会における講師の経験を話すこともある。受講者の中には、講師の会社と自分の会社とは規模が違うので、講師の話がそのまま自分の会社に適用できるだろうかと、疑問を持つ人もいるだろう。

そこで私は、「船の転心とアドバンス」について記してみたいと思う。

航行中の船で舵をとる（転舵）と、船は右側または左側に、円形の軌跡を描きながら回る。船が回頭することを回頭すると言い、できる円形の軌跡を旋回圏という。

船が回頭するとき、船の一点が旋回圏に接しているが、この点を転心という。転心の位置は、二、三人乗りのボートでも、数十万トンの大型船でも、船首から船尾に向かって、その船の長さの三分の一のところにある。船長百二十メートルの船では、船首から四十メートルのところに転心がある。転心付近に船橋《ブリッジ》があると、とても操船しやすいので、大概の船ではそのような構造になっている。

転心にいて操船すると、小舟だろうと大型船だろうと、その要領はまったく同じである。会社経営でも、ある観点に立てば、操船と同じように、規模が違っても要領は同じだろう。

だから講師と受講者との会社規模が違っていても、講師の経験は、受講者の会社に活用できるに違いない。

ここで考えなければならないのは、アドバンス（Advance）の問題である。船が直進しているとき、舵を右または左にとっても、船はただちに右または左に回頭をはじめるわけではない。そして、転舵してから回頭をはじめるまでに船が直進する距離をアドバンスと言う。

大型船は小舟にくらべて、旋回圏もアドバンスも大きいが、操船の要領はまったく同じである。そこで船乗り仲間では、

「小舟は小回りがきくが、大型船は小回りがきかない」

と言っている。この言葉で、船という字を会社に置き換えても、そのまま会社経営の要領に通じるだろう。

船のアドバンスは、会社における〝根回し〟と考えればよい。大型船ほどアドバンスが大きいように、大会社ほど根回しに努力を要するわけである。

七、行脚

船は機械を止めても、ブレーキはないし、船がその地点でただちに止まるわけではない。船の大きさにもよるが、数百メートルから数千メートルも進む。機械を止めてから船が進むことを、「行脚《ゆきあし》」と言う。この理屈から海軍では、進取の気性に富み、積極的に仕事をする人を評して、「あいつは行脚がある」と言った。

前進だろうと後進だろうと、船が動いておれば舵はきく。ところが、船が動いていないと、

舵はまったくきかない。海軍先輩が何気なく話していた、人生談義はこうだった。「後進でもいいから行脚があると、船は操縦できる。海軍士官として仕事をするのはもちろんだが、仕事をしないときには酒でも飲め。沈香もたかず屁《へ》もひらず、そのような男では、海軍士官は勤まらないぞ」

青年時代ぼんやり聞いていたこの話、中年になって反芻《はんすう》してみると、なかなか味わいがある。平生よく仕事をしていないと、入港して酒を飲んでよい状態になっても、酒を飲む気分にはなれない。病気でもしていると、まして酒は飲めない。酒を飲めるということは、平生よく仕事をしていて、体は健康ということを意味している。人生談義としては、含みのある言葉である。だからと言って、飲んで暴れたり器物をこわしたりすると、「あいつは薯掘《いもほ》り（荒々しい行為をする名に対する蔑称）だ」と軽べつされた。

香港《ホンコン》から横浜までの、後半の研修団団長・上村嵐氏は、「五分前精神」「出船《でぶね》の精神」を強調していたが、双方とも海軍用語である。

五分前精神は、仕事とか行事の五分前には物心両面の準備をととのえて、所定の場所に整列して発動の号令を待っていることを言う。出船の精神は、消防車の車庫入れに一脈相通じている。消防車はいざ出動に備えて、車の前方を出口に向けて車庫入れしている。同様に、艦首を港の出口に向けて碇泊することを、出船の精神と言った。五分前精神、出船の精神、いずれも仕事に積極的に取り組む心構えを言ったものである。言葉を換えると、行脚のことである。

行脚という言葉を聞くと、私は、昭和十九年の紀元節（建国記念日）を思いだす。当時の私は、軍艦「那珂」通信長として、中部太平洋トラック島方面の作戦に従事していた。だれか紀元節に関する講話を分隊員にするようにと、大学出の部下、通信士に言いつけた。十名の少尉が尻ごみして譲り合っていたが、中の一人がこの難役を買ってでた。その少尉は、そのあたりの経緯を私につぎのように語った。

彼の同僚は、参考書がないから良い講話はできないと、講話を試験の答案を書くことに見立てていた。彼は大学で、選手にはならなかったが、柔道部に入っていた。四年生になると、下級生に準備運動、つづいて練習をさせ、練習が終わると後片づけをさせていた。とにかく四年生は、行動を通じて下級生を指導しなければならなかった。この体験を持っていた彼は、講演を行動と受け止めて、難役をかってでたというわけである。

それまでの私は、会社がスポーツ選手を入社させるのを、仕事とスポーツを混同するものとして、苦々しく思っていた。柔道部出身の少尉が進んで講話をしたのを見て、会社はスポーツ技術よりも行動力を買って採用しているだろうと思うようになった。

団員が船の行脚を体験し、行脚のある青年として、会社団体に帰るように祈念した。

八、アロハ

水平線だけしか見えない大洋を航海して、「海のロマン」を求めないのは、花園にきて花を見ないにも等しい。ポリネシアの舟乗りのロマンを探ってみよう。

昭和五十四年、海上自衛隊練習艦隊の世界一周遠洋航海に、私は新聞記者として参加する機会をあたえられた。ハワイのパールハーバーに寄港したさい、ワイキキ海岸から車で約二時間のポリネシア文化センターを訪ねた。私はその施設を見て回りながら、第二次大戦で軍艦乗組として、つぎの島々を転戦した当時をしのんだ。

ソロモン群島、カロリン諸島、マーシャル諸島、マリアナ諸島、フィリピン群島。

さらには、帆船時代の舟乗りに思いを馳《は》せた。帆船時代の大洋航海には、いつも不安と困難がつきまとっていた。それなのに当時の舟乗りたちは、どんな気持で命がけの航海に出かけただろうか。それは私が、海に係わりを持つようになってからの、長年にわたる疑問だった。

この疑問を解決できないだろうかと施設を回りながら、昔の舟乗りのロマンを探ってみた。

ポリネシア文化センターでは、南太平洋に散在する島々に住む人たちの、生活様式を再現した村落が展示されている。

私がここで、もっとも大きな興味をもったのは大型カヌーだった。一本の丸太をくりぬいた丸木舟の小型カヌーとは違って、板を平張りにして継ぎ合わせてあり、舟の長さは二十メートルあまりもあった。この大型カヌーには、横木の先端に浮きをつけたアウトリッガー型と、双胴式のカタマラン型の二種類があった。舟としての構造は簡単だが、これなら大洋航海できるだろうと思った。この大型カヌーの横には、「魔法のひょうたん」がおいてあった。

説明によると、タヒチ島の島民の間には、ハワイ諸島への航海について、つぎのように語りつがれているという。タヒチからハワイ諸島に向かって進むには、南東の貿易風を右舷開きで受けて、針路を北東にとった。やがて左舷の水平線に北極星が見えてくるが、そこらあたりは地球のヘソ（赤道）である。そのまま北東に進むにしたがって、北極星の水平線からの仰角がだんだん大きくなってくる。赤道から北の方にどのくらい進んだかを測るには、「魔法のひょうたん」を利用していた。

ひょうたんの上部を平らに切り落とし、その口からいくらか下の方に、四つの穴を底から同じ高さにあける。こうして水を注ぐと、水は四つの穴によってできる水平面まで入る。四つの穴を、水平に保つように支えると、ここに人工水平面ができる。一個の穴に目を当てて中をのぞいて、ひょうたんの切り口から北極星を望むようにする。

このようにすると、北極星と人工水平面とのなす仰角は、いつどこで見ても同じ角度になる。ハワイは北緯二十度だから、この角度が二十度になるように、あらかじめひょうたんを加工しておく。このようにして、ハワイと同じ緯度の地点を探す。そこから真西に向けて航海すると、ダイヤモンドヘッドのぴかーっと光る輝きが見えてくる。

タヒチ島（西経百度）よりいくらか西側にあるハワイ諸島（西経百十五度）に行くのに、まず北東に進むのは一見、奇異に感じられる。ところで、北緯二十度あたりには、いつも北東貿易風がふいているし、北赤道海流も西に向かって流れている。あのあたりから舟を西に進めるには、きわめて好都合である。だから、北東に進んでから西に向かっていたのは、学問的に見ても理屈にかなっている。他の航海も大体同じだっただろう。

ポリネシアの原住民たちは、北極星は北に、南十字星は南にあることをもちろん知っていたし、北極星の水平線からの仰角で、そこの緯度が分かることも承知していた。さらには、地球の自転にともなう貿易風にも海流にも、十分通じていたと思われる。ポリネシア民族の生活の知恵は、今日の学問的天文航法となんら矛盾するものではない。

大型カヌーに「魔法のひょうたん」を積んでおけば、大洋航海のできる可能性はあると思った。しかし、人間は、可能性があれば、かならず冒険に挑むとは限らない。ポリネシアの舟乗りたちを、大洋航海の冒険に駆りたてたのは、地位、名誉、財産のいずれだっただろうか、それともほかに何かがあっただろうか、そのような疑問を残したまま、暮れかかったハイウェイを帰路についた。

ワイキキ海岸に帰ってきて、レストランで夕食をとった。ステージでは、二十人ほどのダンサーによるショーがはじまった。

フラダンスも本場だけに、なかなか迫力があった。いよいよクライマックスに達したとき、ダンサーたちがいっせいに大きな声で、「アロハー」とさけんだ。

案内役の斉藤さんの説明によると、ハワイ語の「アロハ」という言葉は、使う場合によって、「いらっしゃい」という言葉にもなり、「また会いましょう」という意味にもなるとか。

日本語の「さようなら」は、別れを惜しむ言葉として、今日では外国人も使っている。しかし「さようなら」は、「また会いましょう」との積極的な意志表示にはなっていない。そしかも言いやすいし、語呂《ごろ》もよいし素晴らしい言葉である。

そのとき私に、ひらめきがあった。ポリネシアの舟乗りを、大洋航海の冒険に誘ったのは、ハワイ娘の投げかけた「アロハー」という言葉だっただろう。昔から言われている。

「思うて通えば、千里も一里」

と。私たちにとっては広い広い太平洋も、ポリネシアの舟乗りたちにとっては、小さな池に思えただろう……。

九、危機を乗り越えるリーダーシップ

講師八名がそれぞれのテーマで講義をしたが、私のテーマは「危機を乗り越えるリーダーシップ」で、つぎの戦争体験を題材にした。

昭和十九年八月、私の乗っていた軍艦「名取」は、フィリピン群島東方六百キロの太平洋洋上で、敵潜水艦の魚雷攻撃によって撃沈された。艦長久保田智大佐は、艦と運命を共にするに先立ち、航海長小林大尉に最後の命令を下された。

「小林大尉は、マニラ海軍司令部にいたり、ただいまの艦長の戦訓所見を司令部につたえよ。そのさい、なるべく大勢の若い者を連れてゆけ」

乗員六百名中の二百名足らずが生き残り、カッターが三隻残った。

幸い、味方の偵察機が飛んできて、駆逐艦二隻が救助に向かっているとの通信筒を落とした。みんなは救助艦を待つものと思っていたが、小林大尉は、洋上でカッターが発見される確率は小さいからと、自分たちの力で陸岸まで漕《こ》いでゆくと決断を下した。

この決断は海軍常識からは不可能だった。そこで全員反対したが、小林英一大尉（当時二十七歳）は決心を変えなかった。

乾パン少々はあったが、まともな食べ物も飲み水もなかったし、航海要具も持たなかった。乾パンをかじり、スコールをすって露命をつなぎ、星座をたよりに毎晩十時間ずつ漕ぎつづけた。十三日目、火傷で途中死亡した十名あまりを除いた百八十名全員が、無事陸岸にたどり着くことができた。指揮官の速やかなる決断が、あったればこそである。

やり直しのきかない、あの人間生存の極限状態で、全員の反対を押し切った指揮官のリーダーシップは、小林大尉が学んだ海軍兵学校の教育によるものである。

兵学校はもともと指揮官を育てる学校で、まず教官（一般校の先生）が使命感を与え、全人教育（知力、体力、人格）を施して、指揮官としての能力を高める。つぎには、上級生が下級生に向かって行なう躾《しつけ》教育を通じて、指揮官としての「マイナス要素」を取り除いていた。

兵学校は世にいう全寮制度になっていて、生徒は入校と同時に生徒館（旧制高校の寮に相当）生活をすることになる。昭和十二年当時、千人ほどの生徒が二十四コ分隊に配属されていた。一コ分隊は、一学年から四学年までの合計四十名が、あたかも一家族のように起居をともにする。

この共同生活から、掃除をした雑巾をかわかして取り込むとか、ちり箱のちりを捨てるなどの隊務が必要となる。隊務は一学年の役割で、頭を使うとか熟練を要するものではなかった。しかし、めまぐるしい日課週課の中で、隊務を完全にやり遂げることは、生やさしいことでもなかった。隊務ができていないと、連帯責任ということで、一学年全員が四学年から殴《なぐ》られる。

「物理の授業がのびて休憩時間に食いこんだので、隊務ができませんでした」と理由を言おうものなら、「言いわけ言うな」と、二倍も三倍もなぐられる。そこで兵学校で三、四ヵ月暮らしていると、「言いわけ、泣き言、不平」を次第に言わなくなる。これを後天的性格に高めて、指揮官としてのマイナス要素を取り除くのが、兵学校の躾教育である。

「マニラ海軍司令部にいたり、艦長の戦訓所見を司令部につたえよ」との久保田艦長の命令に対して、そんなことはできませんとの言いわけの材料なら、何十項目でもすぐ見つかった。ところが、小林大尉は、言いわけは一切口にせず、命令の実行に邁進した。小林大尉の成功は、星座、台風などに関する知識を持っていたこともあるが、言いわけを言わないという、兵学校の躾教育を身につけていたればこそである。

仕事が順調に進み、前途に明るい見通しがある場合は、各自が能力を発揮しておれば事はすむ。ところが、危機に直面したとか、相手ペースになった場合には、各人が持っている能力が大きいか小さいかよりも、各人がマイナス要素を持っているかどうかが、成功と失敗の分岐点となる。

これまでの日本経済は、高度成長に支えられてきた。そこで指揮官（経営者）が決断を迫られる場合も少なかったし、関係者の能力アップだけを考えておけば、それでよかった。ところで現在は、構造不況に加えて円高不況も叫ばれるようになり、これからは零《ゼロ》成長、マイナス成長も考えられる。そうなると会社団体は、生き残り（サバイバル）を賭けて、業務に励まなければならない。経営者が決断を迫られることもあろう。また関係者は、ハウツー教育による能力アップだけでなく、「言いわけ、泣き言、不平」を言わない躾教育を必要とするだろう。

十、時化《しけ》

香港を出港して間もなく、コーラル・プリンセス号は、低気圧の圏内に突入して、揺れに揺れ、大勢の船酔いがでた。時化が激しくなり、講義に欠席者があり、出席者の中にもさえない顔つきの者が多かった。私はつぎのように話した。

諸君はこれまで、自分たちが安くて良い品を造るから、輸出できると思っていただろう。それも一つの見方だが、つぎのような見方もある。

原料を売る人、製品を買う人、原料・製品を運ぶ人、さらには海をまもる人がいるから、日本の加工貿易が成り立ち、日本民族は生きてゆける。諸君にこのあたりの事情を認識させるために、神様がこの時化を諸君にプレゼントされたと思う。

　思い起こすと戦前の日本は、慢性的な輸入超過だった。そのころ、欧米人のちょっとした振舞が、私たち日本人に激しい憤りをあたえたこともあった。欧米人はなんの気なしに平生の行動をしていただろうが、習慣の違いもあって、私たちにはドル紙幣で顔を逆撫《さかな》でされるように感じたこともあった。

　現在の日本は逆に、輸出超過の国になっていて、世界各地で貿易摩擦問題を起こしている。また日本人の海外におけるちょっとした振舞が、あちこちで物議をかもしている。強者は強者の言い分にこだわらずに、弱者の言葉に耳を傾ける、強者の倫理と度量とが必要である。

　つぎに、海洋民族のイギリス人について話を進めよう。雨風のはげしい晩、子供はおびえてしまってなかなか寝つかない。そんな場合、お母さんはつぎのように話して、子供を寝かしつける。

「陸でこのくらいだから、海ではもっと時化ているよ。だけど、心配する必要はありません。勇敢な船員さんたちが、海をまもったり、物を運んだりしていて下さるから……」

　イギリスでは子供のときから、船員を敬う習慣を身につけさせ、一族の中から一人は船員にさせたと言われている。四面を海に囲まれ、地政学的にはイギリスとまったく同じ立場だが、日本にはなぜか、船員に感謝する習慣がない。しかも現在の海外旅行は、飛行機が主流だから、船員にはますます無頓着になっている。

　諸君は、日本では数少ない大洋航海の経験者である。今後もときおりは、時化の辛かったことと、船員に対する感謝の気持を思い出してもらいたい。

十一、船旅の本質

二月六日、横浜を出港したその晩から、団員は見知らない者四名が同室することになった。覚悟はしていたが、いざとなると、プライバシーは保てるだろうかと不安になった。二、三日すると、不安も心細さも薄らいできた。コミュニケーションと、飲みニケーションをくり返している間に、お互いの気心も分かってきて、親密さも日増しにふえてきた。

十三班では、班員相互の輪をつくろうと、「○○ちゃん」と愛称で呼び合うことにした。船内研修と、上陸地研修に追い回されている間に、日数が残り少なくなっていることに気づき、「第十三班の歌」(「高校三年生」の替え歌)をつくった。

一、残り少ない日数を胸に
　船がゆれてる青い海
　ああー個性派十三班われら
　道はそれぞれ別れても
　越えて歌おうこの歌を

二、赤い夕陽がデッキをそめて
　夕べのつどいに弾む声

ああ一個性派十三班ぼくら
離ればなれになろうとも
二十六人衆いつまでも

その別れにさいしては、
「毎年、二月十一日の祭日に、関西のどこかで会おう」
と誓い合っていた。

七班には、「教授」のニックネームをもつM君がいて、班の和づくりに貢献していた。ジュニア・リーダー班別競技で優勝したのも、班の和があったればこそと、全員そろって胸をはった。

八班では、全員が若い島田博志班長を盛り立てていた。十一班では、大宮班長が急病で乗船できなかったから、草壁信介君がピンチヒッターを務めた。アクシデントのため、班の団結はかえって強くなっていた。文字どおり、雨降って土固まったわけである。

別れの日が近づくにつれ団員たちは、船旅による心の絆が意外に強いことに気がついた。この秘密は、船酔いの世話をしたためだろうか、それともノミニケーションのためだろうかと、団員たちはさかんに話し合っていた。それらは、船旅の現象ではあっても、本質ではあるまいと、私は思った。そこで私は、私なりに船旅の本質をさがしてみた。

㈠　陸になくて、船旅にあるもの

(イ)　四六時中いっしょに暮らして、寝るのも食べるのもいっしょである。大勢が狭い船内にいて他人への思いやりを持った。

(ロ)　旅行代理業の発達は、陸と空の旅から、旅の苦労を取り払った。喜ばしい一面もあるが、現代人は旅による人生体験の機会を失ってしまったとも言える。「可愛い子には、旅をさせよ」の格言も、現在では本来の意味をなくしている。

ところで船旅には、やはり苦労が残っていた。海が時化《しけ》てきて、団員たちは、「旅は道連れ、世は情け」「遠い親戚より近くの他人」の格言を実感として味わっていた。

㈡　陸にあって、船旅にないもの

(イ)　陸では、彼は○大卒で○○社勤務、父親は市長などと、相手の背景を意識している。船の団員名簿には、各自の住所と電話番号を書いてあるだけである。だから団員は、お互いに相手の背景をまったく知らずに交際していた。

(ロ)　陸ではだれでも、マスコミのニュースを求め、ニュースを仲介とした会話をしている。また電信電話にじゃまされて、会話も思考も中断される。船旅では、ニュースもなければ、じゃまも入らない。

船旅の本質をさぐってみると、「同じ釜の飯を食う」とか「裸の付き合い」など、浪花節みたいな言葉にぶつかった。そして私は、陸上でどんなにお金と時間をかけても、船旅のような効果は上がらないと確信した。また、「船旅は一生の友をつくる」との言葉を、あらためてかみしめた。「青年の船」に、毎年大勢の人たちが申し込みをしているのも、このあたりに意義を見つけているのだろう。

あとがき

昭和十五年八月、私は海軍兵学校を卒業し、戦時中は軍艦乗りとして常に南方海域の第一線で戦っていた。この間、乗っていた軍艦（「古鷹」「那珂」「名取」）が三回も撃沈された。軍艦「名取」の生き残り約二百名は、カッター（大型ボート、定員四十五名）三隻に乗り、フィリピン群島の最寄り海岸に向け漕《こ》ぎはじめた。

六百キロをほとんど飲まず食わずで、スコールを飲み、乾パンをかじり、火傷で戦死した十数名を除いた百八十名が、十三日目にスリガオ（ミンダナオ島の北東端）にたどり着いた。日本海軍はもとより列国海軍においても、二、三日漕いだ記録はあったが、十日以上も飲まず食わずで漕ぎつづけることは、それまでの海軍常識では不可能だった。

先任将校・小林英一大尉（当時二十七歳）の、速やかなる決断と適切なるリーダーシップによって、不可能を可能にしたこの経緯《いきさつ》を、私は書き残そうと思った。とはいっても、戦後三十年あまり陸上生活をしていた私としては、すくなくとも数ヵ月間は艦上生活をして、「海に生きるセンス」、すなわち海軍でいう「潮気《しおけ》」を身につける必要があった。

幸い昭和五十四年、海上自衛隊練習艦隊の五ヵ月間におよぶ世界一周遠洋航海に、新聞記者として参加する機会をあたえられた。この経験を生かして、五十九年春、『先任将校――軍艦名取短艇隊帰投せり』を出版することができたので、私としてはいちおう所期の目的を達したわけである。

戦後の日本人の海外旅行は、航空機を利用して欧米諸国に旅行することが主流になっていて、その種のガイドブック、旅行記は屋上屋を重ねるほど沢山ある。そして空港から主要都市に向かう道路は、個人の家の玄関口から客間に入るようなものになっている。

練習艦隊は、アメリカ、イギリス、フランスなどの先進国、ドイツ、イタリアの敗戦国、さらにはメキシコ、エジプト、スリランカ、マレーシアなど開発途上国を歴訪した。また海港（主として軍港）に入港するのは、他人の家に勝手口から入るようなもので、訪問国とその国民のありのままの姿を見ることができた。

それはまた、「人のふり見て、わがふり直せ」の言葉どおり、日本の現状を反省することにもなった。しかし、このことを、『先任将校』の中に書き加えることはできなかったので、別の機会に発表することにしたいと思った。

拙著『先任将校』は、常識的には「戦記物」の部類に入るはずである。ところが、頂いた読後感の中には、戦記物としてばかりでなく、ビジネスの参考としての、また青少年育成の反省材料としての、感想なり質問も結構多かった。その中には、拙著の程度を上回る意見もありり、それらを世間に公表することも意義があると思うようになった。高橋潤子さんが、突然拙宅を訪ねてこられたことは、懦夫《だふ》の私が、日本軍のタブーとされている「捕虜問題」に論及する切っ掛けとなった。

旅行案内業の発達は、旅行計画を肩代わりしてくれるだけでなく、添乗員が旅先のトラブルまで解決してくれる。旅の苦労がなくなるのは喜ばしいわけだが、その反面、旅行は印象の薄い味わいの少ないものになってしまった。新幹線とか貸し切りバスによる陸の旅、ジェット機による高々度の空の旅では、「かわいい子には旅をさせよ」「旅は道連れ、世は情け」などの格言は死語に近い。

文明の進んだ現在でも、時化《しけ》による船酔いをなくすことはできない。しかし、船酔いがあるからこそ、目的地に着いたときには、陸や空の旅では味わえない感激がある。また船旅では、「地球は丸い」ことを実感として体験できるし、星空をながめて「海のロマン」を感ずることもできる。青年たちに、船旅を奨める所以である。

本書の出版に当たっては、多くの先輩、知友から御意見、御高導をいただいた。しかし、本書には、幼稚な推論を生硬な文章でつづった点があるので、御尊名の発表がかえってご迷惑をかけるのではないかと案じていることを申し添え、関係者への謝辞に代えたい。

昭和六十三年三月

松永市郎

【参考引用文献】＊「日本捕虜志」（長谷川伸・時事通信社）＊「浮虜記」（大岡昇平・新潮文庫）＊「漂流記」（豊田穣・三笠書房）＊「割腹」（豊田穣・集英社文庫）＊「ピラミッドの謎」（吉村作治・講談社現代新書）＊「ざっくばらん」（東山半之助・日本教文社）＊「深海の使者」（吉村昭・文春文庫）＊「航海術」（茂在寅男・中公新書）＊「思い出のネイビーブルー」（松永市郎・海文堂）＊「朝日新聞」＊「海上自衛新聞」＊「翼」（東亜国内航空社内報）＊「あゆみ」（富士経済社内報）＊「先見経済」＊「若年管理層」＊「靖国」＊「別冊歴史読本・日本海軍の名将と参謀」（松永市郎・新人物往来社）＊「丸・あゝ特殊潜航艇」（松永市郎・潮書房）＊「マッカーサー——東京への長いながい道」（シドニー・メイヤー著・芳地昌三訳・サンケイ新聞社出版局）

単行本　昭和六十三年四月「続・先任将校」改題　光人社刊

NF文庫

軽巡「名取」短艇隊物語

二〇一六年四月 十五 日 印刷
二〇一六年四月二十一日 発行
著 者 松永市郎
発行者 高城直一
発行所 株式会社潮書房光人社
〒102-0073 東京都千代田区九段北一-九-十一
振替/〇〇一七〇-六-五四六九三
電話/〇三-三二六五-一八六四代
印刷所 慶昌堂印刷株式会社
製本所 東 京 美 術 紙 工
定価はカバーに表示してあります
乱丁・落丁のものはお取りかえ致します。本文は中性紙を使用
ISBN978-4-7698-2943-0 C0195
http://www.kojinsha.co.jp

NF文庫

刊行のことば

第二次世界大戦の戦火が熄《や》んで五〇年——その間、小社は夥しい数の戦争の記録を渉猟し、発掘し、常に公正なる立場を貫いて書誌とし、大方の絶讃を博して今日に及ぶが、その源は、散華された世代への熱き思い入れであり、同時に、その記録を誌して平和の礎とし、後世に伝えんとするにある。

小社の出版物は、戦記、伝記、文学、エッセイ、写真集、その他、すでに一、〇〇〇点を越え、加えて戦後五〇年になんなんとするを契機として、「光人社NF（ノンフィクション）文庫」を創刊して、読者諸賢の熱烈要望におこたえする次第である。人生のバイブルとして、心弱きときの活性の糧として、散華の世代からの感動の肉声に、あなたもぜひ、耳を傾けて下さい。

＊潮書房光人社が贈る勇気と感動を伝える人生のバイブル＊

ＮＦ文庫

零戦隊長宮野善治郎の生涯
神立尚紀
無謀な戦争への疑問を抱きながらも困難な任務を率先して引き受け、ついにガダルカナルの空に散った若き指揮官の足跡を描く。

敷設艦 工作艦 給油艦 病院船 表舞台には登場しない秘めたる艦船
大内建二
隠密行動を旨とし、機雷の設置を担った敷設艦など人知れず重要な位置づけにあった日本海軍の特異な艦船を図版と写真で詳解。

血盟団事件 井上日召の生涯
岡村　青
昭和初期の疲弊した農村の状況、政党財閥特権階級の腐敗堕落。昭和維新を叫んだ暗殺者たちへの大衆が見せた共感とはなにか。

悲劇の提督伊藤整一 戦艦「大和」に殉じた至誠の人
星　亮一
海軍きっての知性派と目されながら、太平洋戦争末期に無謀とも評された水上特攻艦隊を率いて死地に赴いた悲運の提督の苦悩。

戦艦「大和」機銃員の戦い 証言・昭和の戦争
小林昌信ほか
名もなき兵士たちの血と涙の戦争記録！　大和、陸奥、加賀、瑞鶴——一市井の人々が体験した戦場の実態を綴る戦艦空母戦記。

写真 太平洋戦争 全10巻　〈全巻完結〉
「丸」編集部編
日米の戦闘を綴る激動の写真昭和史——雑誌「丸」が四十数年にわたって収集した極秘フィルムで構築した太平洋戦争の全記録。